STEVIE J. COLE LP LOVELL

Nenhum ROMEU

Traduzido por Wélida Muniz

1ª Edição

2023

Direção Editorial:	**Arte de Capa:**
Anastacia Cabo	Lori Jackson
Tradução:	**Adaptação de Capa:**
Wélida Muniz	Bianca Santana
Revisão Final:	**Preparação de texto e diagramação:**
Equipe The Gift Box	Carol Dias
Ícones de diagramação:	Macrovector/Freepik e Pixabay

Copyright © Stevie J. Cole, 2022
Copyright © The Gift Box, 2023

Todos os direitos reservados.
Nenhuma parte do conteúdo desse livro poderá ser reproduzida em qualquer meio ou forma – impresso, digital, áudio ou visual – sem a expressa autorização da editora sob penas criminais e ações civis.
Esta é uma obra de ficção. Nomes, personagens, lugares e acontecimentos descritos são produtos da imaginação da autora. Qualquer semelhança com nomes, datas ou acontecimentos reais é mera coincidência.

Este livro segue as regras da Nova Ortografia da Língua Portuguesa.

CIP-BRASIL. CATALOGAÇÃO NA PUBLICAÇÃO

C655n

Cole, Stevie J.
  Nenhum Romeu / Stevie J. Cole, L. P. Lovell ; tradução Wélida Muniz. - 1. ed. - Rio de Janeiro : The Gift Box, 2023.
  280 p.

Tradução de: No Romeo
ISBN 978-65-5636-229-8

1. Ficção inglesa. I. Lovell, L. P. II. Muniz, Wélida. III. Título.

  CDD: 823
  CDU: 82-3(410)

> *"Se eu te tratasse mal, você me daria um murro no rosto.*
> *Seria impossível te amar mais, você adquiriu um belo gosto."*
> *"Glycerine"* — *Bush.*

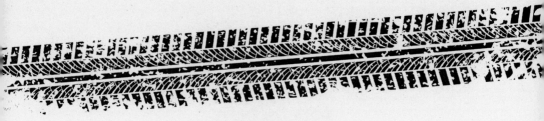

ATENÇÃO

Aviso de gatilho:
No todo, essa é uma leitura engraçada, apesar de ser um pouco pedregosa.

Embora não seja explícito, há referências a alguns temas mais pesados, tais como: *abuso de substâncias tóxicas, violência sexual e aborto.* **Nada disso está explícito nas páginas.**

Os xingamentos foram usados para dar mais autenticidade aos personagens.

Entendemos completamente se o livro não for do seu gosto, mas, se for, esperamos que você ame a loucura que é Hendrix Hunt. Ele é cem por cento diferente do seu namorado literário de costume. Sério mesmo.

Vale lembrar que os personagens deste livro são do sul dos Estados Unidos, e os diálogos podem apresentar um vocabulário diferente.

Foi proposital, para dar mais autenticidade à história.

Todos os lugares neste livro são fictícios. Waffle Hut, Bullseye, Frank's Famous Chicken, quaisquer universidades e cidades citadas... apesar das possíveis similaridades com lugares reais, são fictícios.

*** Nada neste livro foi escrito com a intenção de estereotipar ou ofender qualquer classe social, decisões pessoais ou crenças políticas e religiosas etc.***

Simplesmente queríamos escrever a história que os personagens desejavam.

Tomara que você goste do livro!

I

HENDRIX

A melhor hora para furtar na Bullseye Supercenter era no finzinho das noites de domingo.

A loja costumava estar vazia, e o segurança matusalém que tinha olho de vidro ficava lá na frente. Desde que passássemos pelo seu lado esquerdo, ele não conseguiria ver porra nenhuma.

Uma vez, passei com um flamingo de plástico, desses de jardim, enfiado debaixo do braço e usando um chapéu do capitão Jack Sparrow só para ver se ele me pegava. O homem nem piscou o olho bom.

As portas automáticas deslizaram abertas, as luzes halógenas brilhantes e as paredes vermelhas me faziam sentir uma raiva silenciosa. Odeio essa droga de loja, mas, desde que fui banido do Wal-E-Mart por roubo, eu não tinha muita escolha. A outra opção em Dayton era o decadente Piggly Wiggly, e eles não têm coisas bacanas. E eu não lavaria o saco com uma marca chamada *O Orgulho do Porco, Pinho Fresco, desodorante corporal.*

Wolf pegou um carrinho e apontou com a cabeça para o quadro de avisos atrás do lugar em que eles ficavam.

— Só restam dois papeizinhos no seu anúncio.

Minha atenção se desviou para o folheto que prendi lá há uma semana. Estava cercado por anúncios de agentes de fiança e de experimentos para drogas que causavam dependência.

— É. E foi tudo uma merda.

— É Dayton. É claro que foi.

Esse era o problema. As únicas pessoas querendo alugar um quarto nesta droga de cidade geralmente eram mais desesperadas que o meu rabo pobre: viciados ou prostitutas. Cresci em meio a essa merda, mas a quantidade de avisos de despejo vinha se empilhando desde que o meu irmão, Zepp, havia sido preso, e eu precisava de alguém naquele quarto logo.

Segui Wolf pelo corredor de fraldas, depois virei no de planejamento familiar.

Kyle Jones, a maldição da minha existência, estava de pé lá do outro lado, com o corpo esquelético engolido pela camiseta de Chewbacca. Seu olhar se desviou devagar das prateleiras e pousou em mim. Um olhar de pânico contorceu o rosto do otário antes de ele sair em disparada.

— Que idiota — murmurei, ao pegar uma embalagem de tamanho econômico de camisinha.

Pelo canto do olho, vi uma menina dar a volta nas prateleiras. Minha atenção foi para o All Star surrado em seus pés, e seguiu deslizando por pernas gostosas pra caralho até uma camiseta gigante que fazia muito pouco para esconder suas curvas. Então meu olhar pousou no cabelo louro-prateado emoldurando um rosto perfeito pra cacete, e meu coração detonou que nem uma ogiva nuclear.

— Ah, Deus. Não...

Ela cruzou os braços.

— Eu deveria saber.

Eu tinha passado os últimos dois anos dizendo a mim mesmo que havia superado essa garota. Quase me convenci de que estava cagando para aquela merda de Medusa-malvada-que-transforma-corações-em-pedra que ela fez comigo e, ainda assim, aqui estava eu, com uma pontada desgraçada contorcendo o meu peito.

— Ora, ora, se não é a Medusa em carne, osso e sangue frio — falei, ao pegar a caixa de camisinha na prateleira enquanto debatia se devia jogar tudo em cima dela.

O olhar de Lola foi de mim para o pacote na minha mão, e depois voltou.

— Que merda você está fazendo no Bullseye em vez de estar no Wal-E-Mart?

Eu tinha sido banido, mas aquela informação não era privilégio dela.

Balanço a tira de camisinhas no ar e fico muito satisfeito com a forma como a mandíbula dela se retesa.

— O que parece que eu estou fazendo? — Enfiei os preservativos dentro dos bolsos, me lembrando exatamente de por que preciso dessa merda: *ela!* — O Wolf disse que te viu na casa do monte de bosta do Kyle ontem à noite. Até mesmo uma pica acanhada pode te deixar nauseada. — Odiei o fato de ela ter voltado e não ter se dado o trabalho de me falar, mas, evidentemente, tinha contado ao Kyle.

Peguei a caixa de camisinha de tamanho pequeno na prateleira e joguei para ela, que as rebateu com um golpe.

— Pelo que ouvi, você deveria estar muito mais preocupado com a sua própria pica rodada do que com as em que eu ando sentando.

Sentando! A imagem dela nua e *sentando* no pau do merda do Chewbacca fez uma fúria descontrolada espiralar pelo meu peito.

Um sorriso de Medusa tingido de vitória se repuxou em seus lábios quando o meu olho se contraiu.

— Ainda com esse pavio-curto, pelo que vejo.

Ela passou por mim, e o cheiro familiar de hidratante de pêssego seguiu o seu rastro. Aquele cheiro era todo de Lola e, como um dos cães de Pavlov, meu pau tinha sido treinado para reagir rápido e com força. Meu olhar caiu para a curva redonda da bunda dela, que quase escapava do short, e mordi o lábio. Surgiu a imagem de mim empurrando-a para as prateleiras e rasgando aquele short bem antes de eu trepar com aquela garota até cada grama do ódio que eu sentia por ela desaparecer.

Santo Deus, eu queria machucar essa garota igual ela fez comigo, e depois eu queria gozar na cara bonita dela.

Que se foda ela ser gostosa, que se foda o meu pau estar doido por ela.

Eu me ajustei enquanto a observava pegar uma caixa de absorvente interno e enfiar debaixo da camisa. Amadora. Um Oompa-Loompa poderia enfiar uma girafa no rabo e esconder a coisa melhor.

— Qualquer idiota sabe que precisa tirar da caixa. Quando o Jacobs te prender por furto, diga para ele que eu disse para ele ir se foder. — Mostro o dedo do meio para ela e, com o pau ainda duro, dou a volta no display de lubrificante, e quase dou uma trombada com o Wolf.

Ele franze as sobrancelhas ao olhar a curva do corredor.

— Era a Lo…

Dou um soco em sua barriga antes que ele possa terminar de falar o nome dela.

— É contra as regras mencionar o nome dela, otário. — Todos os caras sabem disso. É a razão para não terem falado dela nos últimos dois anos.

Ele se curvou, tossindo.

— Jesus Cristo, Hendrix. Ela não é o Voldemort. Dizer o nome dela

Nenhum **ROMEU**

não vai convocar os comensais da morte.

— O caralho que não vai. — Convocava uma dor do cacete, o que, até onde eu sei, superava que merda fossem esses comensais da morte.

E a única coisa que talvez desse um jeito temporário nisso seria eu ir até Barrington arranjar briga com um daqueles babacas ricos, tipo o Max Harford ou o Ethan Taylor.

Não havia melhor cura para essa bobagem emocional do que levar um belo de um soco na cara antes de arrasar com um daqueles escrotos insuportáveis.

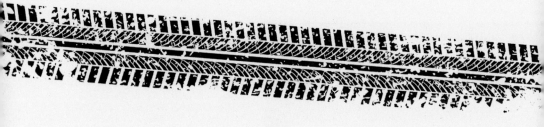

2

LOLA

Lutei contra a dor horrorosa no peito enquanto saía praticamente correndo do Bullseye. Fazia dois anos que não via Hendrix Hunt. Dois anos sentindo saudade dele e odiando a mim mesma pelo que fiz com ele. Doze anos o amando... parei de pensar naquilo na mesma hora.

Não havia razão para me debruçar sobre coisas que eu não podia mudar.

Atravessei o estacionamento muito bem iluminado do Bullseye e me joguei no banco do carona da Honda de Kyle, que estava a minha espera. Assim que a porta bateu, ele arrancou, os pneus cantaram como se os cães do inferno estivessem nos perseguindo.

Ele olhou pelo retrovisor antes de o pequeno motor de quatro cilindros soltar um lamento ao passar pelo quebra-molas.

— Ele não está vindo atrás de você, Kyle.

— Eles estão saindo de lá. — Pisou fundo em direção à saída, e em vez de parar no sinal vermelho, deu uma guinada em direção à estrada movimentada.

Se havia uma pessoa que evitava o meu ex-namorado mais que eu, era Kyle. Apesar de ser por razões muito diferentes. Eu não queria ser atacada por uma torrente de emoções. Kyle não queria levar uma surra.

O cinto de segurança cravou no meu ombro quando ele quase bateu na traseira de uma caminhonete enferrujada.

— Jesus Cristo, Kyle.

O som dele puxando ar da bombinha de placebo soou. E de novo e de novo. A única razão para eu não arrancá-la de sua mão foi porque a mãe dele tinha me dito que não era nada além de ar, e que o ajudava com a ansiedade.

— Você pode se acalmar e dirigir feito uma pessoa normal? — Liguei a luz do teto, em seguida tirei os absorventes roubados de debaixo da camiseta e os enfiei na mochila.

Os ombros de Kyle só relaxaram depois que percorremos uns três quilômetros.

— Minha mãe está de folga hoje à noite — ele disse.

A culpa dá um nó no meu estômago. Sandra, a mãe de Kyle, disse que não se importava de eu ficar no sofá deles, mas odeio ser um estorvo para ela. Já fazia três semanas desde que fiquei velha demais para continuar no programa de acolhimento familiar, e ainda não tinha encontrado um lugar que pudesse pagar com as gorjetas de merda que recebia no trabalho.

O clique da seta do carro soou antes de Kyle virar no bairro em que morava.

— Quer assistir a Netflix no meu quarto?

— Você deveria assistir a um filme com a sua mãe, Kyle. Pode me deixar na praça perto da casa do Velho?

— Por quê? — Ele parou em um cruzamento e fez careta para mim. — Para onde você vai?

— Vou ficar na casa de um amigo.

Ele franziu a sobrancelha.

— Quem?

— Você não é meu único amigo, Kyle. — Ele era.

Eu destruí cada laço que já tive nessa cidade. Fui de ter uma família improvisada com a minha irmã mais nova, Hendrix e Zepp a não ter nada nem ninguém. Kyle era tudo o que me restava.

O carro atrás de nós buzinou, e meu amigo encostou, deu a volta no quarteirão e me deixou sair.

Encarei através da janela suja a casa condenada na esquina. No escuro, ela me lembrava de alguma coisa que eu esperava ver em um filme de terror. Tinta descascada. Teto desabando. Mato na altura da cintura.

Enquanto eu crescia, o Velho deixava a gente brincar no bosque nos fundos da casa. O imóvel tinha sido condenado muito antes de ele morrer, mas agora era como se a Mãe Natureza estivesse tentando reivindicá-lo.

— Eu vou ficar bem, Kyle. — Beijei-o na bochecha, pus a mochila nas costas e saí do carro com ar-condicionado fraco.

O calor desgraçado do verão me envolveu como um cobertor grosso e úmido conforme eu encarava o matagal.

Cheguei a meio caminho do quintal antes de me virar e olhar feio para Kyle, cujo carro ainda estava parado no meio-fio. Suspirei, tirei o celular do bolso e enviei uma mensagem para ele:

> Eu: Está tudo bem, Kyle. Vá para casa.

> Kyle: Para onde você vai?

Se eu dissesse ao garoto para onde estava indo, ele jamais sairia dali. Encarei o céu abarrotado de estrelas e respirei fundo.

> Eu: Eu te falei, para a casa de um amigo. Vai!

> Kyle: Por que eu não podia te deixar na casa do seu amigo?

> Kyle: E se você for assassinada?

Balancei a cabeça e avancei pelo mato alto de novo enquanto mandava uma última mensagem dizendo para ele ir para casa, odiando ter que mentir para o meu melhor amigo.

Eu já tinha contornado metade da casa abandonada quando o ouvi arrancar. Mais alguns passos, e parei na linha escura de árvores no terreno dos fundos. O luar dançava pelos galhos de cada carvalho aninhado entre os pinheiros altos, brincando sobre a silhueta da casa da árvore que Hendrix havia construído para mim quando tínhamos dez anos.

Passei os dedos pelas iniciais entalhadas na casca grossa do tronco. *LS & HH*. Por mais que doesse estar aqui, eu tinha pouquíssimas opções. Preferia dormir nessa casa de árvore em vez de pedir ajuda à minha mãe de merda.

Respirei fundo, tirei uma lanterna da mochila e acendi; em seguida, subi a escada de corda e entrei no espaço pequeno. Vir aqui apenas cutucou uma ferida mal curada, mas eu ansiava pela nostalgia, a familiaridade, a dor.

A luz brilhou sobre pilhas de folhas no chão e pelas paredes úmidas e cobertas de musgo. Mesmo em meio ao mofo, eu ainda podia ler as mensagens entalhadas nas tábuas gastas e meu olhar pousou primeiro em: *eu amo você*.

Assim como quando eu tinha treze anos e havia lido aquela mensagem pela primeira vez, meu coração disparou. Desde então, Hendrix havia escrito e dito aquelas palavras uma centena de vezes. E agora era tudo o que eram: palavras. Esquecidas. Vazias.

Meu olhar desviou para a parede do fundo. Na qual, quando fui embora de Dayton, não tinha nada escrito.

POR QUÊ?
ESTOU COM SAUDADE.
EU TE AMO.
EU TE ODEIO!

Hendrix deve ter vindo aqui e as entalhado depois que fui mandada para o acolhimento familiar. E, Deus, aquilo doía.

Tive minhas razões para fazer o que fiz, mas não podia contar a ele nenhuma delas. E foi por isso que cortei contato no momento que fui embora de Dayton. Era mais fácil mentir quando ele não fazia mais parte da minha vida.

E, ainda assim, ele tinha vindo aqui. Eu o imaginei sozinho, de coração partido, acreditando que eu o havia traído enquanto, cheio de raiva, entalhava naquela parede palavras que não podia dizer para mim. Lágrimas arderam nos meus olhos, e eu puxei um fôlego trêmulo para lutar contra elas.

Eu o amava também.

E eu sempre amaria. Peguei o canivete na minha mochila e apoiei a ponta afiada na madeira, entalhando uma mensagem que eu sabia que Hendrix jamais veria.

ESTOU COM SAUDADE TAMBÉM.

Na manhã seguinte, eu estava de pé no estacionamento do Colégio Dayton, encarando as portas duplas da entrada.

Nos últimos dois anos, frequentei cinco escolas diferentes, e nunca pensei que teria que enfeitar esses corredores manchados com a minha presença de novo. Mas eu não tinha outro lugar em que completar meu último ano. E eu ia me formar.

Estudantes se demoravam perto dos carros detonados enquanto passavam baseados, provavelmente esperando ficar doidões o suficiente para suportar essa merda.

Como se precisasse de mais razões para temer esse momento, eu sabia que Hendrix estaria ali, e era bem capaz de todo mundo saber o que "fiz" com ele.

Deus, não seria simplesmente um inferno; seria o círculo mais interno de lá.

Kyle deu uma baforada no inalador conforme seguíamos para a entrada.

— Eu odeio esse lugar.

— Só falta mais esse ano… — Eu me agarrava àquilo ao pisar naquele caos de gente indo aos empurrões até os detectores de metal.

Reparei nas pirocas pichadas ao longo de uma fileira de armários, as palavras *pica das galáxias* pintadas de qualquer jeito por baixo do jorro de porra.

Kyle foi se juntar ao grupo onde a galera da banda estava amontoada, como se aquilo fosse salvá-los. Não salvaria. Eles eram presa ali, e arrancariam membro por membro deles, como sempre.

Depois de eu encontrar o meu armário e guardar os livros, entrei no banheiro mais próximo. Só precisava de um segundo para me recompor antes de encarar o ninho de cobras que era o Colégio Dayton, mas, infelizmente, não tive essa oportunidade.

No segundo em que me aproximei da pia, a porta abriu, e a conversa se derramou lá do corredor. As cobras tinham chegado a mim.

— Ah, olha só, é a puta. — *Jessica Masters*.

Observei o reflexo das duas louras se movendo atrás de mim. Mas só prestei atenção em Jessica, a garota que *costumava* ser minha amiga. Uma das minhas melhores amigas…

Fechei a torneira e as encarei.

— Interessante que *eu* seja a puta…

— Você traiu o Hendrix. É claro que você é a puta. Uma puta gigantesca.

Ela era uma das poucas pessoas que sabiam a verdade, ou quase toda a verdade, do que aconteceu dois anos atrás, e usou aquilo contra mim.

Nenhum **ROMEU**

Distorceu a história toda e, sozinha, atirou um fósforo no meu relacionamento com Hendrix, na minha vida.

Cerrei os punhos nas laterais do corpo, usando toda a força de vontade que possuía para não esmagar a cara dela bem ali na pia.

— Você sabe que eu não traí o Hendrix, Jessica.

— Não é o que todo mundo disse. — Um sorriso nojento se espalhou pelos lábios vermelhos dela. — E *coitadinho* do Hendrix. O garoto ficou arrasado.

É... tão arrasado que, por fim, foi foder com o rabo desesperado daquela garota. Pensar naquilo embrulhou o meu estômago, mas eu me recusava a permitir que ela visse o quanto me atingia.

Eu podia ter passado dois anos fora, mas ainda era Dayton dos pés à cabeça.

— Eu te devo toda a dor do mundo, Jessica. A próxima vez que você me encurralar no banheiro como a malvadona que você *pensa* que é, vou garantir que esse seu nariz de tucano fique ainda mais quebrado. — Lanço um sorriso maligno para ela. — É uma promessa.

Antes que ela pudesse responder, eu a atingi no ombro com força o bastante para fazer a garota tropeçar para a lata de lixo, então saí do banheiro.

Só precisava ficar na minha, terminar o último ano, tirar minha irmã mais nova do acolhimento familiar e seguir com a vida. Não importava o quanto eu queira entrar lá e fazê-la sangrar cada gota de retribuição que era minha de direito, eu não podia me dar ao luxo de ser presa.

Virei no corredor e trombei direto com alguém.

— Merda. — Agachei para pegar os livros que se espalharam pelo chão, olhei para cima e vi um garoto mais novo usando uma blusa com a bandeira dos Estados Unidos.

— Desculpa.

— Não foi nada.

Entreguei os livros para ele bem quando Kyle veio correndo, com os óculos meio tortos, e logo bateu no ombro do cara.

— Se você dá valor à sua vida — ele sussurrou —, corre.

— Oi? — O cara franziu a testa para Kyle, e eu entendi. Kyle parecia estar sendo extremamente obtuso no momento.

A conversa no corredor diminuiu como passarinhos se aquietando ante o perigo, e eu fiquei tensa. Sabia exatamente a quem aquele silêncio anunciava.

— Corre! — Kyle meio que sussurrou e gritou antes de disparar por nós, indo em direção ao banheiro masculino.

O cara olhou para trás, e disparou também. As pessoas no corredor lotado tropeçavam umas nas outras para sair da frente de Hendrix.

Eu estava surpresa demais ontem à noite para reparar bem nele, mas quando seu olhar se fixou em mim como um leão escolhendo sua presa no rebanho, meu coração disparou em uma batida irregular, manca e ferida. O garoto que costumava ser meu era mais devastador do que eu lembrava. Mais alto e mais largo e, se possível, ainda mais lindo.

A litania de tatuagens que se rastejavam sobre a manga da camiseta preta era antiga, mas as que serpenteavam pela lateral do seu pescoço eram recentes. Grossas e pretas, como se a imundície de Dayton tivesse penetrado em sua pele, espalhando-se feito uma doença.

Mas o que me deu um soco na boca do estômago foi a coleção de pulseiras esfarrapadas decorando seu pulso esquerdo.

Dez, para ser exata.

Eu tinha dado uma para ele de presente de aniversário desde que tínhamos seis anos, tirando os últimos dois que eu tinha perdido, e o fato de ele não as ter cortado me doía do jeito mais gostoso.

O sinal dos cinco minutos tocou. Pessoas dispararam para a sala, mas Hendrix continuou vindo, a atenção focada somente em mim.

Um fragmento de nada de pânico inflou no meu corpo. Nunca estive do lado receptor do ódio dele, nem queria estar, e foi por isso que me enfiei dentro do banheiro vazio.

A porta mal tinha se fechado quando o barulho dela batendo na parede de blocos de concreto me fez virar.

Hendrix se avultou na porta, os olhos azuis e descontrolados mirados em mim conforme dava um passo, depois outro. Eu não tinha percebido que tinha me afastado dele até minhas costas atingirem a parede.

O aroma mentolado e cítrico invadiu os meus pulmões quando ele me prendeu com o seu corpo firme. Minhas coxas se pressionaram com a memória de nós juntos desse jeito, mas de uma centena de formas diferentes. Vestidos, pelados, ele me segurando, me comendo, mas isso aqui não era igual. Não havia nada de carinhoso ou sexual agora. Ele estava com raiva.

— Estou *com saudade* também? — Ele se aproximou mais, o fôlego quente provocando o meu rosto. — Sério, Lola?

Antes que eu pudesse responder, ele bateu a mão com força na parede, bem ao lado da minha cabeça.

— Que *porra* te fez escrever aquilo? — Seu olhar queimou em mim como se ele pudesse ver cada emoção em carne viva, cada mentira sórdida se estendendo entre nós. Tudo. Menos a verdade.

— Porque eu sinto. — Sentia saudade da versão dele que eu amava. A versão que não me odiava tanto. — Sinto saudade do garoto que escreveu naquelas paredes.

— Você não tem o direito de sentir saudade dele. — A voz de Hendrix rimbombou no espaço confinado, me assustando ao ponto de eu me calar. — Aquele garoto que você *diz* sentir saudade não era bom o bastante para você. Lembra? — A mandíbula dele se contraiu. — Você nem mesmo me deu a porra de um tchau depois de tudo o que fez comigo.

Mas o que ele não percebia era que tudo o que fiz tinha um propósito: protegê-lo. E o tiro tinha saído pela culatra.

Em um minuto, eu estava em Dayton, no seguinte, o governo tinha arrastado a mim e a Gracie para o acolhimento familiar. Não houve tempo para despedidas e, mesmo se tivesse havido, depois das mentiras em que permiti que ele acreditasse, eu não teria sabido nem o que dizer.

Lutei com o nó na minha garganta.

— Você era tudo para mim, Hendrix.

Os braços dele caíram para a lateral do corpo com uma risada cínica.

— Tudo, hein? — Ele deu um passo para trás e o olhar me varreu, cheio de desgosto. — Mas você deu para outro cara. E nem sequer sabia quem era o pai daquela criança.

Precisei dar tudo de mim para não me encolher àquelas palavras. Para não me afogar nas memórias que eu tinha passado anos tentando esquecer. A dor dele se enterrou sob a minha pele como um parasita, acendendo a minha.

Não havia nada que eu pudesse dizer. Nenhuma mentira poderia suavizar a dor.

— Era complicado — sussurrei.

— Eu te *amava*, caralho. — Segundos silenciosos se passaram antes de ele respirar bem fundo. Então ele se virou e acertou o espelho sujo com o punho, fazendo cacos de vidro se espalharem por toda a pia e pelo chão. — Puta que pariu! Eu te *amava*, caralho, e você cagou tudo. — Ele foi para a porta, e com uma última olhada cheia de ódio por cima do ombro, a empurrou. — Fique bem longe de mim!

Lágrimas se libertaram quando a porta se fechou atrás dele, e fui deslizando pela parede. Eu amei aquele garoto a minha vida toda. Ainda amava, e aquela era a única razão para eu ter permitido que ele pensasse que eu o traíra.

A verdade o destruiria tanto quanto destruiu a mim. Talvez mais...

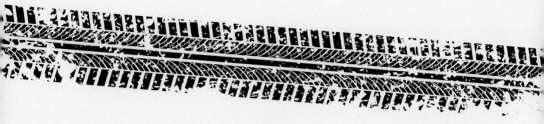

3

HENDRIX

Eu estava saindo feito um furacão do banheiro quando tive um vislumbre de Kyle esperando ao virar do corredor. Se eu tivesse que adivinhar, era pela Lola. Ele recuou com um arquejo antes de disparar em direção à sala do diretor Brown.

— É, melhor correr mesmo, Chewbacca. — Passei a mão pelo rosto, tentando puxar as rédeas da raiva irracional que me corroía por dentro como ácido de bateria. Mas, caramba, eu odiava muito a Lola estar de volta em Dayton, de volta na *minha* escola. Eu não precisava dela perto de mim.

A merda de desculpa dela dava voltas e voltas na minha cabeça conforme eu abria caminho em meio aos alunos. *Era complicado.* Ela só podia estar de sacanagem. A garota arrancou meu coração do peito e não foi capaz nem de dizer um "sinto muito". Não, eu só recebia um *era complicado*. Dois anos depois de ela ter dado para outro cara, ficado grávida e não me dito quem era o pai.

Bem, vai se foder, Lola Stevens.

Ela complicou tudo. Ela complicou a minha vida inteira... Bato a palma da mão em um armário, deixando um amassado no metal.

— Ei, Hendrix. — A voz enjoada, esganiçada e que faz-o-meu-pau-se-esconder-para-dentro-do-meu-corpo da Jessica soou às minhas costas. Eu não estava no humor para lidar com aquela puta burra hoje, não depois de encontrar a sugadora de alma da minha ex. A sugadora de alma da minha ex que essa garota tinha delatado.

— Vaza. — Segui caminho, mas, é claro, ela veio atrás.

Comi a garota uma vez, meses depois de Lola ter ido embora, esperando que fosse servir como distração, talvez até mesmo como uma vingança doentia, mas não adiantou. Talvez ela fosse me contar com quem Lola me traiu.

Tudo só serviu para eu me sentir um merda e para levar um pouquinho de Lola embora. Assim como foi com cada garota desde então. Mas, bem, superá-la era a razão para tudo aquilo...

— Vai ter uma festa no Rabbit Hill essa semana — ela disse, bem atrás de mim.

Parei do lado de fora da sala da Smith e olhei puto por cima do ombro, para a cara maquiada demais dela.

— Foda-se.

— A gente vai nadar pelado.

— Jesus Cristo. Que parte de vaza você não entendeu? — Entrei na sala cheia de alunos.

A Srta. Smith ergueu os olhos da mesa e afastou uma mecha de cabelo louro.

— Por que, meu bom Deus, o Senhor colocou o outro Sr. Hunt na minha turma? — A expressão irritada dela se aprofundou em uma careta. — Vou à igreja todo domingo, e dou para o dízimo os dez por cento que recebo do meu parco salário para manter a Sua casa em ordem.

— Qual é, Srta. Smith. O Wolf me disse que você quer uma provinha disso aqui também.

Um *oooooh* soou ao redor da sala.

Smith me fuzilou com o olhar e pegou sobre a mesa a garrafa térmica que todos sabiam estar cheia de vodca. Até o fim do dia, ela federia àquilo.

— Você não tem que dar ouvidos ao que o Sr. Wolf diz.

É claro que não. O cara tinha deixado a mulher chupar o pau dele.

Desci o corredor e arranquei o boné de Isaac Isacc da cabeça idiota dele antes de me largar em uma carteira vazia no fundo da sala.

O último dos condenados entrou assim que o alarme final tocou.

Smith pigarreou, e a cadeira rangeu assim que ela se levantou.

— Em primeiro lugar, não tenho tempo para desculpas no dia de hoje, e nem em qualquer outro dia, diga-se de passagem. E tenho certeza de que a gentalha não vai ter tempo de causar estardalhaço no fundo da sala. Não façam perguntas. Se tiverem perguntas esse semestre, perguntem ao Sr. Google-ponto-com. — Ela puxou a lista de chamada de debaixo de uma pilha de livros. — Vou fazer a chamada. Digam presente. Não me venham com "é bem-dotado" ou "é uma puta imunda" quando eu terminar de chamar o nome das pessoas hoje. Não é legal, e Jesus está vendo cada um de vocês.

Ela continuou com a chamada e parou, depois de chamar Tanya Haney, para beber de sua garrafa térmica. Não havia vodca suficiente no mundo para fazer a mulher passar pelo meu último ano nesse buraco.

— Hendrix Hunt.

— É bem-dotado e tem um piercing na rola. — Não consegui me segurar.

A sala caiu na gargalhada, e Smith me olhou feio e cravou um punho no quadril.

— Garoto. Você e o seu piercing no pinto querem fazer uma visitinha ao diretor Brown?

— Depende. Ele vai querer dar uma chupada?

— Quer saber? Acho que você só quer sair da minha aula. Então, você e seu pinto enorme vão ficar sentadinhos bem aí. — Ela continua fazendo a chamada, quase todo mundo foi engraçadinho com ela. — Kyle Jones? Kyle Jones, onde estão você e a sua bombinha?

Talvez ainda na sala do Brown choramingando feito uma criancinha chata porque o valentão grande e malvado o assustou.

Bem naquele momento, a porta se abriu com tudo, e a criancinha chata do Kyle a atravessou, Lola vindo logo atrás.

— Desculpa, Srta. Smith — Kyle arfou. — A gente só…

— Não preciso saber da história da sua vida, Sr. Obi-wan Kenobi. Só sente o seu traseiro na cadeira. Você e a princesa Leia aí.

No momento que Lola apareceu no corredor, os olhos inchados dela pousaram em mim, e seus passos titubearam. Um salpico microscópico de culpa surgiu no meu interior ao pensar nela chorando no banheiro depois que eu saí, e o esmaguei como se fosse um pernilongo cheio de sangue. *Pá!* Tudo espalhado pela minha consciência moribunda. Sorrindo, ergui o dedo do meio.

— Oi, Lola Cola.

Senti a atenção da sala se desviar para nós.

Uma garota qualquer murmurou um "ah, merda".

Algo que eu e Lola nunca fizemos foi ficar em segredo. Todo mundo nessa escola sabia que a gente tinha se envolvido. Nós dois éramos ciumentos e territoriais e fomos suspensos várias vezes por trepar no banheiro. E, quando terminamos, o que ela fez se espalhou pela escola como uma infecção de chato.

Com um sorriso debochado, eu me recostei no meu assento.

— Parece que você está prestes a pagar pelos seus pecados.

E, caralho, esse pagamento já estava bastante atrasado.

Nenhum **ROMEU**

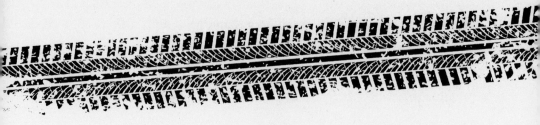

4

LOLA

Não demorou muito para começarem os cochichos. Lola Stevens. A garota que tinha ferrado com Hendrix Hunt.

Eu sabia que Jessica tinha espalhado aquele boato como se fosse merda no pasto. Como se eu precisasse de ainda mais razões para odiar aquela filha da puta. A garota trazia à tona o que havia de pior em mim, algum demoniozinho cruel que rogava pelo sangue dela.

O professor tinha acabado de passar o dever de casa de matemática quando o sinal para o almoço tocou. Os estudantes empurraram as carteiras, lutando para passar pela porta estreita enquanto fiquei lá. Se a aula foi ruim, então o refeitório seria um pesadelo.

Depois que as batidas das portas dos armários reduziram, me levantei e fui me encontrar com Kyle no corredor.

— Como foi a aula do Weaver? — ele perguntou, ao virarmos, nos desviando de um cara entregando um papelote para um aluno do primeiro ano.

— Bem, esses dois anos não deixaram o homem mais interessante. — Mas Hendrix não estava na aula, o que era um bônus.

Um grupo de garotas passou por nós, com os olhares maliciosos fixos em mim.

As garotas sempre tinham sido trouxas com Hendrix e os caras, esperando que um dos problemáticos da escola desse a elas algo além de uma rapidinha no banheiro. Antes de eu ir embora, Hendrix não olharia nem duas vezes para o rabo cheio de fogo delas. Mas agora… agora eu teria que lidar com isso.

O barulho do refeitório irrompeu no corredor poucos antes de eu ouvir Kyle sugar a bombinha. Olhei por cima do ombro.

Ele tinha parado a poucos passos da porta.

— Ah, Deus… — Frenético, ele enfiou as duas mãos no bolso do jeans, o rosto ficou pálido quando os virou do avesso. — Eu não tenho dinheiro.

— Nosso almoço é grátis, Kyle. — Como o da metade dos alunos pobres dali.

— Não. — Ele balançou a cabeça tão rápido que os óculos quase caíram. — Minha doação.

Um grupo de caras passou por nós enquanto Kyle ficava ali, encarando a porta como se fosse um abismo sem fundo cheio de cobras venenosas.

— Doação para o quê? — Não havia caridade em Dayton. Nós éramos os casos de caridade.

— Para a ONG do Hendrix.

Minha cara foi no chão. Ele não podia estar falando sério.

Olhei para o refeitório lotado e vi um grupo de estudantes amontados ao redor da mesa em que Zepp, Hendrix, Wolf, Bellamy e eu costumávamos nos sentar.

— Como assim a *ONG* dele?

— A ONG que cuida para que você não apanhe. Dez dólares te mantêm relativamente a salvo pelo semestre. Tanto deles quanto dos outros. — Ele secou o suor que escorria de sua testa e voltou a vasculhar os bolsos.

Inacreditável. Hendrix sempre tinha sido um pouco babaca — mesmo estando apaixonada por ele, eu percebia isso. Acho que nunca me importei porque a babaquice nunca esteve voltada para mim.

Agarrei Kyle pela mão e o arrastei até o refeitório.

— Você *não* vai dar dinheiro a ele, Kyle. — Nem por cima do meu cadáver eu deixaria Hendrix lucrar com o medo do meu amigo.

Devagar, nós nos movemos pela fila da comida. Peguei um sanduíche e, quando parei no caixa, tentei ignorar o absurdo se passando lá no canto.

Kyle pegou a bandeja com duas porções de batata frita e foi para a mesa dos nerds onde sempre se sentava, os ombros curvados, como se ele estivesse tentando se fazer sumir. Eu o segui até a mesa vazia. Vazia porque todos os amigos dele estavam esperando para pagar ao Hendrix.

A vigarista assolada pela pobreza em mim estava um pouco impressionada por ele e Wolf estarem ganhando dinheiro tão fácil, mas também enojada na mesma medida.

Eu tinha quase acabado de comer quando os amigos de Kyle finalmente começaram a chegar. Robert, um garoto com um cabelo muito, muito

Nenhum **ROMEU**

23

vermelho, sentou-se com a bandeja, olhando para Kyle com nervosismo.

— Você não vai fazer a sua doação, Kyle?

Olhei feio para Robert.

— Não, ele não vai.

Todos eles me encararam com olhos arregalados, como se eu fosse uma herege sentada em algum culto na igreja, e o diabo estivesse prestes a me derrubar.

— Mas… se ele não pagar…

— Eles não vão fazer porra nenhuma! — Pelo menos não com o Kyle. Eu não deixaria.

— Tommy Beavers não pagou no ano passado, e acabou com os dois ouvidos infeccionados por causa da quantidade de vezes que a cabeça dele foi mergulhada na privada.

— Quer saber… — Fiquei de pé, a fúria latejava por mim a cada passo raivoso que eu dava ao atravessar o refeitório.

Abri caminho em meio à turba amontoada ao redor de Hendrix e de Wolf antes de bater as mãos na mesa que me separava dos dois.

O olhar frio de Hendrix encontrou o meu. Um sorrisinho devastador brincava em seus lábios. Wolf sorriu também, e estendeu a mão aberta.

— Dê a sua contribuição, Voldemort.

— Como se eu fosse dar dinheiro para vocês dois.

Os dois caíram na gargalhada, o que só me fez ficar com mais raiva.

— Ameaçar as pessoas em troca de dinheiro… isso é um nível de baixaria que jamais imaginei. Mesmo vindo de você, Hendrix. — Até então, eu nunca tinha me sentido tão genuinamente decepcionada com ele. Foi isso que ele se tornou nos últimos dois anos?

Um sorriso convencido se espalhou pelo seu rosto, formando covinhas.

— Então, o que estou ouvindo a garota dizer, Wolf, é que ela não quer fazer a doação neste momento?

Rindo alto, Wolf enfiou uma mãozada de batata frita na boca.

— Eu acho que *ela* deveria pagar tarifa dobrada.

Hendrix riu de novo, e um flash momentâneo de vermelho me cegou antes de eu o forçar a recuar.

— O que você vai fazer, Hendrix? Bater em mim? — Eu me debrucei ainda mais sobre a mesa, e não deixei passar a forma como o olhar dele se afundou para o decote frouxo da minha camiseta. — As ovelhinhas podem estar aqui formando fila, mas o Kyle não vai fazer essa doação idiota. E você vai ficar longe dele.

A atenção dele voltou para o meu rosto, algo feroz reluziu em seus olhos antes de eu me virar e voltar para a minha mesa.

— Não pise no meu calo, Lola Stevens! — A voz dele se elevou acima do burburinho e do tilintar das bandejas.

Mostrei o dedo do meio para ele por cima do ombro. Eu esmagaria a porra do calo dele todinho caso ele fosse atrás do Kyle.

O resto do dia foi uma merda absoluta.

Uma briga estourou no corredor depois do quarto tempo, e sangue do nariz quebrado do garoto espirrou no meu tênis. Claro, não havia papel higiênico no banheiro e, quando perguntei a uma garota qualquer se ela tinha algum lenço, ela fugiu de mim como se eu estivesse contaminada pela peste. Hendrix já tinha operado a sua magia, ao que parecia. Deus sabia, àquela altura, que ele devia ter ameaçado matar metade da escola se alguém falasse comigo.

O último sinal tocou, e abri caminho em meio aos corredores lotados, doida para escapar desse inferno e do otário do seu rei coroado. Assim que pisei no sol quente, meu foco se desviou para o alto dos capôs dos carros, e vi Hendrix recostado na lateral da caminhonete de Wolf. Como se ele tivesse algum imã maligno que me atraísse.

Uma batida de anseio soou no meu peito, e me forcei a me virar bem quando Kyle se espremeu em meio aos estudantes se derramando da saída.

— Desculpa a demora. — Ele puxou os óculos para o alto do nariz. — Me enfiaram no armário.

— Quem?

— Um dos jogadores de futebol americano. Eles vão atrás de qualquer um que não esteja na lista de segurança do Hendrix.

A fúria se acendeu dentro de mim. Eu não dava a mínima para a lista idiota do Hendrix.

— Quem foi?

Kyle balançou a cabeça e começou a atravessar o estacionamento.

— Estou falando sério, Kyle. Me diz.

— Só deixa para lá, Lola. Por favor?

Maldito. Ele não vai pagar aquela taxa, e não vou deixar as pessoas fazerem *bullying* com ele. No segundo que eu descobrisse, aquele jogador de futebol teria que tirar as bolas do fundo da própria garganta. Será que ele vai procurar Hendrix para protegê-lo de mim?

Intencionalmente, ignorei meu ex-namorado quando passei pela caminhonete de Wolf e entrei no carro de Kyle. O motor deu a partida e ar quente saiu das passagens.

— Hendrix está te olhando igual àquele cara do *Psicopata americano*.

É claro, Hendrix me olhava feio lá do outro lado do estacionamento enquanto a gente se afastava.

— Ele deve estar tramando todas as formas de me fazer pagar pelo que eu fiz.

— E eu te ajudei, então ele vai me matar também!

— Ele não vai matar você...

Kyle seguiu a fileira de carros zunindo em direção à saída e o motor engasgou quando ele virou para a estrada. Peguei minha blusa xadrez do uniforme do trabalho na mochila. O cheiro nojento de carne defumada emanou do tecido.

— Posso usar sua máquina de lavar quando eu sair? — Tirei a minha camiseta, e Kyle quase saiu da estrada. É de se pensar que ele nunca tenha visto um sutiã na vida.

— Ah, Deus. — Ele agarrou o volante com força, curvando-se sobre ele ao encarar direto pelo para-brisa. — Se o cara descobre que você está ficando comigo, ele vai cagar na minha varanda antes de me assassinar a sangue frio.

— Ele não vai, não.

A ira de Hendrix era infame e, quando ele perdia o controle, não era racional. Mas eu poderia lidar com ele.

Fechei o último botão da camisa, em seguida enfiei a mão no bolso para procurar um prendedor de cabelo. Em vez de tirar um de lá, o que encontrei foi um pedaço de papel amassado.

Kyle manobrou pelo trânsito de depois da escola, divagando sobre todas as maneiras como Hendrix o mataria enquanto eu encarava o número que tinha me esquecido de ter pegado lá no quadro de avisos do Bullseye ontem à noite.

— Repito: ele não vai te matar. Ele é doido, mas não é assassino. — Peguei meu telefone na mochila e digitei uma mensagem.

> **Eu:** Oi. Estou entrando em contato para perguntar sobre o quarto para alugar.

Sem dúvida era outro antro de drogas ou algum pervertido, igualzinho ao outro quarto que eu tinha encontrado. Era Dayton. Não havia muitas opções.

> **Número desconhecido:** O que você quer saber?

> **Eu:** Você é homem?

Com quem eu estaria morando era a única coisa que importava de verdade. O quarto em si não teria muito peso se a pessoa fosse um otário pervertido.

> **Número desconhecido:** Eu sou homem.

> **Eu:** Você é um esquisitão?

Pontinhos dançaram na tela, então pararam, e começaram de novo. É claro, se ele fosse mesmo um esquisitão, não me diria. Fiquei mexendo no rádio enquanto esperava, procurando pela única estação boa que não tinha estática.

> **Número desconhecido:** Que porra de pergunta é essa?

> **Número desconhecido:** VOCÊ é homem ou mulher?

> **Eu:** Mulher. Você não respondeu se é um esquisitão...

> **Número desconhecido:** Um esquisitão é o que um esquisitão faz...

Esquisito, sem sombra de dúvida. Mas a cavalo dado não se olha os dentes... Aceitaria um esquisito se ele não fosse pervertido.

Nenhum **ROMEU**

> **Número desconhecido:** Você pode vir ver o lugar e decidir por si mesma se sou um esquisitão. Mas não pode espalhar merdas de menina pela minha casa. Merdas de menina ficam no seu quarto.

Eu não tinha "merda" nenhuma, que dirá as de menina. Mas eu podia ver agora que era uma casa de solteiro cheia de lata de cerveja. Desde que não houvesse câmeras escondidas, eu não dava a mínima.

> **Eu:** Ótimo. Que horas?

> **Número desconhecido:** Amanhã às cinco?

> **Eu:** Tudo bem. Qual é o endereço?

> **Número desconhecido:** Victory Lane, 1129.

Ah, mas não era possível. Larguei o telefone. Ele ricocheteou no banco e caiu aos pés de Kyle enquanto ele trocava a marcha, o carro quase parou.

— O que foi? — ele perguntou.

— Eu acabei de enviar mensagem para perguntar pelo quarto para alugar. É do Hendrix. — Eu deveria ter sabido, deveria ter sabido muito bem. *Um esquisitão é o que um esquisitão faz...* Hendrix estava estampado naquilo. Como era possível, de todas as pessoas nesse mundo, eu acabar mandando mensagem para Hendrix Hunt? Estava começando a pensar que os Fantasmas do Natal Passado estavam me assombrando por causa dos meus pecados. Deus, eu estava amaldiçoada.

Eu não daria ao meu ex a satisfação de aparecer só para que ele pudesse me rejeitar. Preferia ir morar com a cracuda da minha mãe.

— Você não vai morar com ele, vai? — Kyle olhou para mim quando o carro parou no sinal vermelho. — Eu não posso ir te visitar lá.

Ele estava louco?

— De jeito nenhum, eu não vou morar com Hendrix.

Uma buzina berrou ao nosso lado segundos antes de uma raspadinha vermelha se espalhar pelo para-brisa, fazendo Kyle e eu pularmos.

— Mas que...

A caminhonete detonada do Wolf estava na pista ao nosso lado.

Minha atenção se desviou para o banco de trás, e revirei os olhos. A bunda nua de Hendrix estava pressionada na janela de trás, as bolas dele pareciam ter sido atropeladas lá no vidro. É, Hendrix Hunt e as bolas murchas dele estavam me assombrando, sem dúvida. O que ele era? O Beetlejuice? Era só falar o nome que ele aparecia...

— Ele não deveria sentir tanto orgulho do próprio rabo... — Fazendo careta, pressionei o dedo do meio do vidro enquanto Wolf ria.

O barulho da bombinha de Kyle soou ao meu lado.

— E se eles nos tirarem da pista?

O sinal ficou verde, e os quatro cilindros berraram quando disparamos. É claro, Wolf mudou de pista e colou na nossa traseira.

— Eles não vão te tirar da pista. Só estão sendo uns otários.

Ele ligou o alerta e se pressionou no assento.

— Você cutucou a colmeia ao ir à mesa deles hoje, e agora o urso está atrás de nós.

— Deixe de ser tão dramático. — Peguei a bombinha dele em seu colo e a atirei em seu rosto. — Dá uma puxada aí e se acalma.

Depois de alguns quilômetros, a caminhonete de Wolf reduziu a velocidade e fez uma curva fechada para um dos postos de gasolina.

Kyle relaxou visivelmente e suspirou aliviado.

— Eu vou pagar a ele amanhã.

— Você não vai.

O gramado morto e marrom de repente ficou verde e perfeitamente aparado quando ultrapassamos a fronteira invisível para Barrington. Tudo parecia mais iluminado, mais brilhante, mais vivo. E não havia nenhum cu nem bola murcha à vista.

Kyle me deixou no trabalho e arrancou em seguida.

O cheiro forte de nogueira defumada e o som da música country flutuava pelas portas quando entrei no The Squealing Hog. Aquele cheiro me dava náuseas. Provavelmente porque me lembrava dos otários de Barrington que comiam ali.

Abri caminho em meio às pessoas que esperavam lugar, e meu olhar pousou na garotinha perto da bancada da *hostess*. Cachos louros escorriam pelas costas do vestido rosa de princesa. Olhei duas vezes enquanto ela enfiava a mão no pote de bala. A menina se parecia com a minha irmã. Fazia mais de um mês que eu não via Gracie, e supus que fosse apenas meu coração saudoso, até que ela se virou.

— Limã! — Sorrindo, ela jogou a mãozada de balas de volta no pote e correu para mim.

Eu me agachei para pegá-la, abraçando-a com força quando ela jogou os braços ao redor do meu pescoço.

— Jujuba. — Eu sabia que ela seria arrancada de mim a qualquer momento. Eu não tinha autorização para vê-la fora do horário de visita, e entre sair do sistema e Gracie mudar de casa, eu ainda não tinha conseguido pegar uma.

Tentei desalojar o nó na minha garganta quando segurei aquele rostinho inocente.

— Gostei do vestido.

Sorrindo, ela ergueu a saia rosa e balançou para lá e para cá.

— A Srta. Emma comprou para mim.

— Srta. Emma?

Assentindo, Gracie apontou para uma mulher esperando a alguns passos dali. O vestido bem passado e o corte chanel recém-escovado berravam dinheiro; dinheiro de Barrington.

— Gracie, carinho — ela disse, ao dar um passo para frente. — Precisamos ir, senão nos atrasaremos para o dentista. — A mulher se ajoelhou e enfiou um cacho de Gracie atrás da orelha ao erguer o olhar para mim. — Quem é a sua amiga?

— É a minha irmã.

Esperei pelo julgamento, que ela puxasse Gracie para longe do lixo contaminado de Dayton, mas, em vez disso, ela sorriu.

— Lola? Gracie fala de você o tempo todo. É um prazer te conhecer. — Ela estendeu a mão. — Sou Emma Lancaster. A nova mãe provisória da Gracie.

Apertei a mão dela, querendo odiá-la. A mulher estava com a minha irmã, e eu, não. Mas Gracie parecia tão feliz com o vestidinho de princesa. Minha mãe nunca comprou nada assim para nós... nem nunca nos levou ao dentista.

Uma expressão complacente cobriu o rosto de Emma.

— Sinto muito pela pressa, mas já estamos ficando atrasadas.

Eu não queria soltar Gracie. Sabia que provavelmente não a veria nem tão cedo, mas era assim que funcionava para nós. Afastadas por um sistema injusto.

— Tchau, Jujuba. — Afaguei o cabelo fininho de criança dela. — Eu te amo.

Seu lábio inferior tremeu.

— Eu te amo também.

Emma a pegou pela mão, e me virei, incapaz de observá-la ir embora. Eu odiava a minha mãe por fazer isso conosco. Gracie merecia tudo o que havia de bom.

Depois de me recompor, fui até o balcão e bati o ponto. Não havia razão para me lamentar por coisas que não podia mudar.

— Ela é muito parecida contigo. — Chad, um dos funcionários, se aproximou de mim.

Nunca cheguei a falar direito com ele, mas sabia que o cara era de Barrington. O que já era o bastante.

— Eu deveria ter sabido que você é irmã da Gracie.

Como ele sabia qualquer coisa sobre a minha irmã?

— Oi? — Eu me virei para olhá-lo.

— Emma é minha mãe.

É claro. O mesmo cabelo louro. Os mesmos olhos azuis. O que fazia dele o irmão provisório de Gracie. E me ressenti do garoto no mesmo instante.

Apanhei um punhado de guardanapos e os enfiei no meu avental.

— E você é o cara com quem ela está morando. — Em vez de comigo. Ele pelo menos teve a decência de parecer culpado por isso.

— Sinto muito, eu sei…

— Você não sabe.

Não havia como ele saber o que foi, para mim, criar a minha irmã. Observá-la ser levada para longe, sem poder fazer nada para impedir. Eu havia perdido a ela e ao Hendrix, todo mundo que eu amava, em uma tacada só. Ele não sabia.

Não queria discutir com ele a merda que era a minha vida. Só queria pegar as minhas gorjetas, acabar o meu turno e dar o fora dali. Meu telefone vibrou no bolso do avental quando me afastei. Verifiquei o que era.

> Número desconhecido: Chegue às 6 amanhã.

Ignorando, salvei o número de Hendrix como Satã. Porque minha vida já parecia um verdadeiro inferno, e era ele o meu demônio pessoal que atiçava as chamas.

Nenhum ROMEU

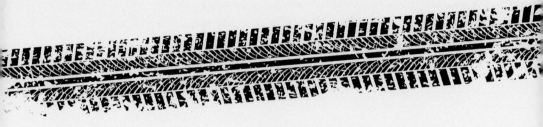

5

HENDRIX

Terça-feira de manhã, Wolf e eu estávamos sentados na caçamba da caminhonete dele, vendendo saquinhos de maconha para os estudantes antes de dar a hora da aula. Se tivéssemos sorte, até o fim da semana, eu teria o suficiente para evitar que a minha luz fosse cortada.

— Que horas você está esperando que a garota vá dar uma olhada na sua casa? — Wolf perguntou.

— Seis.

— Se ela for gostosa, aluga.

— Cara, minha luz está prestes a ser cortada. Se ela se parecer com a irmã gêmea do Corcunda de Notredame e cheirar a cu, e ainda assim puder pagar, eu vou alugar para ela.

Eu tinha acabado de receber dez dólares de um garoto qualquer usando um capacete quando notei o Honda vermelho desbotado de Kyle parado do outro lado do estacionamento. Ele saiu, quase se afundando no chão ao se virar para pegar a mochila. Que bom, eu esperava que fosse um caso bem ruim de dor no saco que o estivesse deixando tão pesado.

Wolf bateu o ombro no meu.

— Para que merda você está olhando, cara?

— O desgraçado do Kyle...

— Por que você odeia tanto aquele idiota? Ele está usando regata do *Star Wars*, parceiro...

— E isso já é razão suficiente, Wolf. Só olhe para ele. — Apontei para o monte de merda enquanto embolsava o dinheiro.

Wolf não sabia exatamente por que eu odiava o garoto. Nenhum dos caras sabia. Era algo que eu não conseguia me obrigar a admitir.

— Ele é a definição de odiável.

Então a porta do carona se abriu, e Lola saiu.

Observei aquela traiçoeira por cima dos capôs enferrujados, maldita cria de Medusa. Uma brisa capturou a camiseta folgada dela, fazendo a peça se agarrar a seus peitos perfeitos. Foi só isso que bastou para o meu fluxo sanguíneo se alterar um pouquinho.

Wolf se inclinou, bloqueando a minha visão.

— Será que eles estão trepando?

Dou um tapa na parte de trás da cabeça suada dele.

— Ela não está dando para ele, valão de bosta de ogro.

Ela não estava. Ele era tudo o que eu não era: uma flor delicada e bem-educada. Lola era uma rebelde com um gênio que quase se comparava ao meu. De jeito nenhum ela acharia aquele cara atraente. E, mesmo se estivesse trepando com ele, não havia macaco voador no mundo que me faria me importar. Eu queimaria todos que se aproximassem de mim… junto com a casa na árvore.

— Se ele não está, pelo menos está tentando. E você sabe que estou certo.

Lola jogou a mochila sobre o ombro. Ela ficou presa na barra da saia, puxando a peça para cima e mostrando aquela bunda incrível que faria a Beyonce sentir inveja. Bem naquele momento, Kyle puxou a bombinha do bolso. *Isso mesmo, Kyle. Ela é areia demais para o seu caminhãozinho.* Ele poderia muito bem voltar para a sua toca de Wookie e bater uma assistindo a pornô Ewok.

Wolf balançou a cabeça, pegou os protetores de ombro e saltou da caminhonete.

— Vamos lá, surtado.

Deslizei da caçamba da caminhonete enquanto Kyle e Lola seguiam para a escola.

Caminhando juntos.

Vindo de carro juntos.

Meu olho teve um tique bem quando Wolf bateu a caçamba.

— Não vou tirar o seu rabo da cadeia se você bater no Kyle dos *Star Wars* — avisou, ao atravessar o estacionamento.

— Ele não fez a doação. — Fui atrás dele, observando Kyle mergulhar para a porta para segurá-la para Lola. — Não sou responsável pelo que acontece se o garoto não quer garantir a própria segurança. — Não que a gente saísse metendo a porrada nos outros sem qualquer motivo, mas Kyle fez o assunto se tornar pessoal quando tentou ajudar Lola a esconder a gravidez de mim. Para ser sincero, ele tinha sorte que o pior que eu fiz foi atirar um monte de camisinha cheia de água nele.

— Jesus Cristo… — Wolf balançou a cabeça antes de saltar para o meio-fio. — Tanto você quanto eu sabemos que não vamos fazer porra nenhuma com o garoto. Ele vale dez dólares. A gente pode respirar um pouco mais forte e nocautear o cara. Além do mais, a Lola iria…

Dei um soco na boca do estômago dele, com força o suficiente para fazê-lo se curvar.

— Sério, cara? — ele tossiu.

— Não diga o nome dela. — Mostrei o dedo do meio para ele e passei pelas portas, entrando no corredor congestionado. O bater dos armários e o ranger dos tênis preenchiam o espaço estreito, junto com o cheiro úmido da maconha e de odor corporal.

Alguns caras congelaram no meio do corredor, me encarando com um olhar de puro pânico.

— Sinto o cheiro fresco do medo no ar. — Wolf puxou uma respiração profunda e satisfeita. — É porque eles sabem que não vou conter você.

Porque Zepp sempre fez isso. Eu tenho um torcicolo permanente por causa do número de vezes que ele agarrou a gola da minha camisa e me puxou para trás para me impedir de entrar em brigas.

Wolf batia nas minhas costas.

— Até mais tarde, surtado.

Peguei meus livros no armário e fui para a aula da Smith. Larguei-me na cadeira com um bufo irritado. Uma a uma, as carteiras vazias foram sendo preenchidas. À altura que Kyle e Lola entraram na sala, restavam apenas duas. Uma eram bem na minha frente.

Sorri para Kyle, desafiando aquele saco de bosta a se sentar.

Ele olhou para Lola, e enquadrou os ombros. Engolindo em seco, o garoto mirou a parede dos fundos e percorreu a fileira como se estivesse a caminho do corredor da morte. Então caiu na cadeira como uma mosca morta esborrachando na bosta.

Esperei o garoto se organizar antes de me inclinar por cima do seu ombro.

— Mas que nerdzinho cavalheiro em armadura de Darth Vader você é. — Chutei as costas da cadeira dele.

Kyle ficou visivelmente tenso, abriu uma revistinha em quadrinhos e enterrou o nariz lá.

— Acha que bancar o herói vai fazer a Lola montar no seu pau, Kyle?

Ele não respondeu. Nem sequer respirou, como se ele fosse aquele cara na privada do *Jurassic Park* que pensou que se não se mexesse, o tiranossauro rex não o engoliria.

Coloquei o dedo na boca, me debrucei sobre a carteira e em seguida o enfiei na orelha dele.

— Eu falei contigo.

Ele se encolheu ao se afastar. Eu deveria deixar para lá, mas a ideia de que ele tinha coragem de *pensar* que poderia comer a garota... era demais para o meu ego demoníaco engolir.

— Você sabe que eu trepava com ela; então, se algum dia sequer tentar enfiar a língua na minha garota... — Mordi a parte interna da minha bochecha com aquela escapulida. Ela não era minha... — Vai ser a mesma coisa que chupar o meu pau.

Virei o rosto para a lateral da sala, onde Lola havia se sentado, e me animei quando a vi olhando feio para mim. Eu estava sendo mesquinho? Com certeza, porra. Acenei para ela, e coloquei uma mão pesada sobre o ombro de Kyle.

— É isso, Kyle? Quer chupar o meu pau?

— N-não?

Ergui uma sobrancelha.

— Não me passou muita segurança.

As bochechas dele ficaram vermelhas, e a raivinha de nerd ferveu a ponto de ele amassar o canto da revistinha.

— Lola também não quer te chupar! — Antes de bater a mão na boca, os olhos do garoto se arregalaram, como se tivesse ficado surpreso por ter dito aquilo.

O valentão em mim se deleitou com essa merda.

— Será que esse seu pintinho esperançoso de repente fez crescer em você o par de bolas que estou prestes a arrancar e enfiar no seu rabo?

Um lápis bateu no meu rosto segundos antes de Lola fazer o impensável.

— Hendrix Jethro Hunt!

A sala toda ficou em silêncio. E aquela nuvenzinha de raiva que vinha se avolumando no meu peito desde que vi as palavras *estou com saudade também* na casa da árvore inflamou um incêndio descontrolado. Ela sabia que eu odiava meu nome do meio, odiava com a paixão de mil sóis moribundos. Foi uma declaração de uma luta sem luvas e sem regras.

35

— Ah, você não fez isso, porra!

Um brilho de orgulho surgiu em seus olhos. Um lado de sua boca se curvou naquele sorrisinho cretino sexy pra caralho antes de ela mostrar o dedo do meio para mim bem devagar.

O calor engolfou o meu rosto, mas, antes que eu pudesse retaliar, a porta da sala bateu com força.

— Por que, em nome de Deus, vocês estão quietos? — Smith jogou o diário na mesa, resmungando algo sobre Jesus, e logo se sentou. — Princesa Leia, tire esse dedo do meio do ar.

Lola ergueu o dedo um pouco mais antes de se virar para frente.

— Eu juro por Deus, mulher... — eu disse, entredentes.

— Sr. Hunt Número Dois, jurar por Deus não vai te fazer nenhum bem. Não tenho dúvida nenhuma de que você mereceu aquele dedo feio. Agora, vire-se para a frente e fique quieto.

Mas eu não podia, Lola tinha me irritado pra caralho. Agarrei as laterais da minha mesa, olhando feio para ela como se pudesse fazer sua cabeça explodir.

— Ei, Lola, minha-mãe-não-dava-a-mínima-para-mim-nem-para-me--dar-um-nome-do-meio Stevens, você se lembra de que eu costumava dizer que a sua xaninha tinha o gosto bom?

O olho de Lola se contraiu quando ela se virou na carteira para olhar para mim.

Smith bateu palmas.

— Hã-hã. Não, senhor. Sei que vocês não estão falando sobre devorar gatas na minha aula.

A raiva tomou conta de mim e, mesmo que o que eu estava prestes a dizer fosse mentira, não consegui me deter. A mesquinharia se derramou da minha boca feito lava.

— A da Jessica é muito melhor, porra.

A risada irrompeu ao redor da sala, e o rosto de Lola ficou rosa-boceta. Smith bateu palmas.

E Lola gritou por cima:

— Aposto que o seu pau tem o mesmo gosto do lixo em que você *enfia ele*!

Antes que eu pudesse responder, Smith disparou pela sala e deu um tapa na minha nuca.

— Você vai sentar o seu ser sabor lixo lá no corredor e escrever:

"Eu não vou falar sobre comer gatas na aula da Srta. Smith" cem vezes.

— Ou talvez seja melhor uma em que ele não vai falar sobre enfiar o lixo na lixeira arreganhada da Jessica? — Lola disse.

Algumas risadas resfolegadas ecoaram pela sala antes de serem cortadas. Mas nem fodendo eu deixaria essa garota levar a melhor.

— Que tal eu tocar uma no seu rosto e deixar você ver que gosto tem?

— Chega! — Smith me agarrou pela orelha e me puxou de pé como o Incrível Hulk movido a vodca.

— Caramba, Srta. Smith. — Lutei para me desvencilhar dela. — Você é forte para uma bêbada.

Quase consegui ver o vapor escapar da tampa de sua cabeça.

— Leve esse seu serzinho imundo e censurado para a sala do diretor Brown. — Ela me empurrou para a porta. — Porque, se você não sair da minha aula, não restará uma rédea para Jesus tomar.

Ela voltou para a mesa, preencheu um papelzinho de detenção e o bateu na palma da minha mão aberta. Já passei por essa lenga-lenga milhares de vezes.

— Foi um prazer fazer negócios com você — falei.

Ela me fuzilou com o olhar antes de eu me virar para sair.

Pelo menos eu não teria que ficar e assistir àquela aula idiota. Quem em Dayton precisava de biologia? Encarei o papelzinho rosa enquanto atravessava os corredores vazios.

> *Hendrix Hunt:*
> *Atrapalhar a aula ao falar sobre comer gatos.*

Deus, o Brown vai amar isso aqui.

A secretária olhou de detrás do balcão quando entrei na diretoria e revirou os olhos por detrás dos óculos.

— Você se divertiu nas férias, Sr. Hunt?

— Fiquei aqui nesse buraco. — Assinei a folha de registro. — O que você acha?

Ela apontou com a cabeça para as duas cadeiras gastas do lado de fora da porta fechada de Brown.

— Tenho certeza de que ele vai amar te receber no segundo dia de aula.

— Ele não deveria esperar nada menos que isso.

Nenhum **ROMEU**

Não passei dois minutos na cadeira até que a porta da diretoria se abriu, e Lola entrou e assinou o registro. O olhar se desviou para mim antes de ela se sentar ao meu lado. Eu não conseguia fugir da garota nem na diretoria.

— Isso é culpa sua — ela murmurou.

Culpa minha.

— Como se eu tivesse te obrigado a dizer aquela merda. — Bufei, encarando a estante meio cheia de troféus diante de mim. — Jethro, caralho... — Eu odiava essa garota. Odiava de tantas formas aquela Medusa.

— Você mereceu, já que estava sendo babaca com Kyle.

— Você estava sendo babaca com Kyle — arremedei, com uma voz aguda. — Eu sou sempre babaca com Kyle. Você só está toda sentida agora porque está óbvio que está dando para aquele merda.

— Diz o cara que comeu a Jessica Masters.

Ah, ela não negou. Minha mandíbula cerrou, minha perna começou a saltar e eu disse a mim mesmo que não me importava. Eu a odiava. Para quem ela dava *não* deveria importar tanto, mas é claro que eu podia tirar a garota do sério.

— Eu *comi* a Jessica. — Meu olhar encontrou o dela. Lutei com a sensação ruim se avolumando no meu peito quando pensei no que Lola e eu costumávamos ser um para o outro. Costumávamos, até ela foder com tudo. — Eu só maceto boceta uma única vez. A fila é grande demais para repeteco.

O lábio dela se curvou, o olhar de nojo me varreu como se eu fosse um trapo cheio de doença.

— Você é nojento.

Voltei a me recostar na cadeira, tentando ignorá-la. Mas então ela cruzou as pernas.

A bainha da saia se ergueu, expondo mais da perna bronzeada. Eu sabia o quanto era gostoso ter aquelas pernas envolvidas ao redor da minha cabeça, minha língua na boceta dela, e não conseguia suportar o pensamento de que havia a mínima chance de que era Kyle quem agora arrancava as roupas dela, ou qualquer outro cara, diga-se de passagem.

Meu joelho quicou com mais força.

— A boca dele respira sobre a sua boceta igual ao Darth Vader? — Como se o Kyle fosse saber o que fazer com uma boceta mesmo que recebesse um manual cheio de desenhos.

— Por que você acha que é da sua conta? Você me odeia. — Ela estava certa, eu odiava, e não deveria querer saber.

— Você conquistou cada grama desse ódio, Lola Stevens.

A porta de Brown rangeu ao ser aberta. Eu me levantei e, logo antes de entrar na sala, me virei para Lola e articulei com os lábios: *vai se foder, Medusa.*

O sol de fim de tarde vertia pelas janelas da sala, lançando sombras sobre o tapete manchado. Wolf saiu da minha cozinha com um saco de Doritos.

— Estou orgulhoso de você por ter esperado até o segundo dia para acabar na detenção.

— O que posso dizer? — Atirei no avatar do Bellamy. Sangue se espalhou pela tela, e o soldado digital caiu no chão do deserto. — Amadureci durante o verão.

Bellamy jogou a manete dele no sofá.

— Esqueci de te dizer. Eu vi "Aquela-Que-Não-Deve-Ser-Nomeada" trabalhando de garçonete no The Squealing Hog ontem.

— Parabéns, caralho. — Olhei para o relógio, então me levantei do sofá e recolhi as latas vazias espalhadas na mesa de centro.

— Ele também soou um pouco magoadinho demais aos seus ouvidos, Wolf?

Eu me virei e joguei uma lata amassada no Bellamy.

— Não estou nem aí para o que ela faz, porra. — A menos que ela esteja dando para Kyle. Ou para qualquer outro cara.

— A menos que seja roubar absorvente no Bullseye. — Wolf pegou o baseado atrás da orelha e o levou aos lábios, em seguida apontou o queixo para mim. — O Dom Juan aqui ajudou a garota a roubar deles no outro dia.

— Cara, eu não ajudei…

— Total que o Gerald olho-de-vidro ia pegar a menina. Você disse a ela, e cito: "qualquer idiota sabe que precisa tirar a parada da caixa".

Bellamy sorriu.

— Ah, e os poderosos caem. Mal posso esperar para que o Zepp fique sabendo dessa merda quando sair da cadeia.

Eu quis meter o punho na cara do Wolf.

— Eu estava tirando onda com a cara dela. Desde quando isso significa ajudar?

— Hendrix, você tira onda com a cara das pessoas detonando o carro delas.

Resmungando, levei o lixo para a cozinha, depois vasculhei os armários procurando por uma lata de purificador de ar. Aquela garota devia chegar dali a dez minutos para olhar o quarto. O lugar não precisava estar fedendo à maconha.

Voltei para a sala e espirrei o purificador.

— Deve haver honra entre os ladrões, seus merdas. — Uma bruma potente de pinho revestiu o ar.

Wolf soprou uma nuvem de fumaça e passou o baseado para Bellamy.

— Esse pela-saco mala bancando a Mary Poppins.

Chega. Chutei o pé da poltrona reclinável, quase mandando o cara direto para o chão.

— Aquela garota está vindo ver o quarto daqui a meia hora. Meninas gostam de casas cheirando a limpeza.

Bellamy tossiu lá do sofá, movendo a mão diante do rosto.

— E aí você está fazendo o lugar cheirar a pinho e maconha?

Peguei o cinzeiro cheio de guimbas meio fumadas e joguei no agora vazio saquinho de Doritos.

— Cara… — Wolf jogou o telefone para mim, e eu o peguei quando bateu no meu peito. — Total que ela está engasgada no sabre de luz dele.

A conta de *StarWarsKyle0B1* no InstaPic foi exibida na tela. Praticamente todos os posts das últimas semanas eram fotos dele com a Lola. A mais recente era uma selfie de Kyle com o braço ao redor dela, a mão suada a meio caminho do peito da garota… Aquilo me deixou furioso.

Bellamy se inclinou, bufou, depois bateu a mão no meu ombro.

— Ela está dando para ele, parceiro.

Comi mais meninas sem nome do que estava disposto a admitir, o que significava que eu me importar com o que ela fazia era hipocrisia. Mas a pior parte dessa história toda era que cada menina que eu trazia para casa me fazia me odiar um pouquinho mais, sendo que a intenção de tudo isso era me fazer esquecer.

— Aposto que ele rosna igual ao Chewbacca quando goza. — Wolf caiu na gargalhada, cuspindo nuvens de fumaça.

Encarei a tela, meu cérebro tentou derreter a ideia daquela bunda magra estocando por cima dela, apagando cada pedacinho de mim.

— É melhor aquele filho da puta começar a rogar por preces e orações. Abri o direct, e bati os dedos no teclado da tela.

> Se você puser essas mãos de Esqueleto nela de novo, vou pegar essa sua bombinha e enfiar no seu cu até os seus pulmões não precisarem mais de ajuda para funcionar.

Esperei dois segundos antes de continuar:

> Eu juro, Kyle. Vai bastar você pensar em enfiar esse seu pintinho rosado e intocado nela, e vou aí na sua casa cagar na sua porta e espalhar a merda pelo seu rosto antes de te dar o resto de colherzinha.

Wolf parou de rir.

— Que merda você está fazendo?

— Fique fora disso, Wolf.

Ele se levantou da poltrona.

— Não mande comentário com a minha conta. — Então ele foi tomar o celular da minha mão, mas saltei do sofá feito um macaco-aranha e me desviei dele.

— Vai se foder.

Foi a isso que aquela garota me reduziu: um guerreiro de InstaPic, ameaçando enfiar anafiláticos no rabo de um fanático pelo *Star Wars*. O telefone dele apitou.

Quando olhei para a mensagem, senti como se minha cabeça fosse explodir.

> Eu sei que é você, Hendrix. Deixa o Kyle em paz.

Anexada à mensagem, estava uma selfie de Lola, na porra do sofá do Kyle, usando shortinho jeans e mostrando o dedo para mim. Puta merda. Minha ex-namorada estava a fim de um cara que chorava todas as vezes que um professor apagava as luzes para que relaxássemos quando estávamos na terceira série. O cara que teve um ataque de pânico e vomitou quando fomos a um passeio na porcaria do zoológico de Dayton, e um dos empregados passou por uma cobra-verde.

> Devolva o telefone para o catarro de pau, Lola. Deixe o nerd lutar as próprias batalhas.

Bem quando fui digitar outra mensagem, um pop-up apareceu na tela.

StarWarsKyle0b1 bloqueou você.

Ah, mas nem fodendo. Larguei o celular do Wolf, peguei o meu e entrei na conta do Kyle, só para descobrir que estava bloqueado também.

Bloqueado? *Ela* bloqueou o Wolf e eu? Na conta do Kyle. Como se ela fosse a protetora dele. O Obi-wan do garoto. O Mandaloriano dele. O que-caralho-que-seja do *Star Wars* que equivaleria a Kyle sendo um monte de bosta que eu agora queria esganar.

Enfiei o telefone no bolso, depois fui para a cozinha pegar um saco de batata chips. Talvez se eu me engasgasse, deteria essa filha da puta dessa dor idiota apertando o meu peito.

Levei o saco de batata para a sala, passei a mão engordurada pela camisa antes de pegar o controle remoto.

Bem quando ligamos o jogo, a TV apagou e a ventoinha do videogame ficou em silêncio; as lâminas desaceleraram até parar.

— Cara — Wolf começou. — Você está sem luz.

Meu olho se contraiu.

— Não brinca, gênio com cara de Gremlin! — Joguei o controle no sofá. Depois passei as mãos pelo cabelo.

Se eu não tivesse gastado vinte pratas em gasolina para queimar aquela casa da árvore até as cinzas no outro dia, eu teria tido dinheiro o bastante para pagar a conta de luz hoje. Mas, não. É claro que eu tinha que tacar fogo naquela merda e, agora... agora eu não podia nem carregar meu telefone nem refrescar as minhas bolas com o ventilador.

Que se foda Lola Stevens. Que se foda Kyle Jones. Que se foda todo mundo!

Eu estava tentado a ir cagar na minha própria varanda porque estava puto a esse ponto comigo mesmo. E se aquela garota não alugasse o quarto extra, talvez eu fizesse isso mesmo.

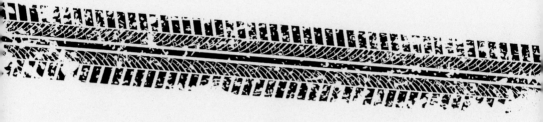

6

LOLA

Com uma expressão horrorizada, Kyle se remexeu no sofá quando lhe devolvi o celular. No segundo que seu olhar caiu para a tela, o rosto assumiu um tom estranho de cinza.

— Ele vai me matar, Lola.

— Hendrix é só conversa. Basta ignorar.

— Só conversa? — o garoto guinchou. — Ele tacou fogo no carro da Nikki porque ela... eu nem sei por quê. Robert comprou maconha com ele uma vez, contou à mãe onde arranjou, e o Hendrix quebrou o nariz do garoto com uma bandeja do refeitório. E ele acha... — Ele inalou a bombinha. — Ele acha que eu estou tentando me balançar na horizontal com você.

— Ele só está tentando ser idiota.

Mas ele achava mesmo aquilo, e até para os padrões da imaginação descontrolada de Hendrix, aquilo era ridículo. Era o Kyle. Ele tinha acabado de chamar o ato de balançar na horizontal...

— No outro dia, ele estava parado perto dos urinóis e me disse que ia esmagar a minha cara. Isso é ruim. — Kyle desbloqueou o aparelho. — Ruim demais.

Eu o vejo deslizar a tela até chegar às configurações de privacidade e depois rolar para baixo para desbloquear Hendrix.

— Não demonstre fraqueza. — Tomo o celular dele. — É o que ele quer. Ele...

Meu telefone apitou. Uma notificação do InstaPic apareceu.

Mensagem de PauZudo69.

Hendrix. Eu deveria simplesmente ter bloqueado o cara também, mas, como sempre, a curiosidade levou a melhor.

Abri a mensagem, e apertei o *play* para rodar a mensagem de voz:

— *Me desbloqueia, Kyle. Não deixa uma garota, especialmente essa traidora dessa Medusa loura, te dizer o que fazer.*

Kyle tomou o meu telefone e pressionou o dedo na tela. Ai, meu Deus. Ele ia mandar uma mensagem de voz.

— A Lola não é uma traidora, Hendrix. — Ele franziu as sobrancelhas, suas bochechas ficaram vermelhas. — Seu... seu... — Dava para ver o desespero e o pânico nos olhos dele. Deus o abençoe por tentar me defender. — Idiota burro. — Em seguida ele largou o telefone no sofá como se a coisa estivesse pegando fogo, seu rosto estava branco feito vela. — Agora você não pode me dizer que eu não vou morrer.

— Own, obrigada, Kyle... — O telefone apitou de novo.

O ruído do fôlego baixo de Hendrix veio pelos alto-falantes.

— *Pauladas e pedradas vão quebrar seus ossos porque a idiotice que você falou me irritou!* — Ele soou feito um psicopata completo.

Sempre gostei da loucura dele... um pouco demais.

— A gente tem que sair daqui. — Kyle ficou de pé e pegou as chaves.

— Hendrix não está prestes a saltar do seu armário.

— Não, ele vai saltar de uma janela. Ele sabe onde eu moro. — Kyle apanhou a bombinha na mesinha de centro e a enfiou no bolso.

— Você está sendo ridículo.

Uma camada de suor brilhava na sua testa.

— Ele fez cocô na piscina de areia quando tínhamos seis anos porque eu disse que ele não podia brincar com a gente. — Ele ergueu um dedo. — E colocou sumagre-venenoso na minha cadeira quando estávamos na quinta série porque comprei camisas do Yoda iguais para mim e para você. E não se esqueça de quando ele amarrou o Isacc Isaccs nos trilhos do trem, também na quinta série, porque o garoto disse que você era bonita!

Ok, bem, quando dito assim, Hendrix soava meio insano.

Ele foi em direção à porta como se tivessem tacado fogo nele.

— Robert disse que vai ter uma festa no Rabbit Hill. Vamos.

— Você odeia festas. É dia de semana. E se ele aparecer lá? Pelo menos a sua casa tem fechaduras.

— Robert foi convidado. O que significa que é festa de nerd. Hendrix nem sequer sabe que essas pessoas existem.

— Ah, tenho certeza de que elas pagaram a hipoteca dele esse mês. O cara sabe que elas existem.

Ele inalou na bombinha, tantas vezes que perdi a conta.

— Tudo bem, tudo bem. Vamos para essa festa aí. — Soltei um suspiro e enfiei os pés no meu All Star detonado. — É melhor que tenha cerveja.

Ah, havia cerveja. E não era uma festa de nerds. Caminhonetes suficientes para encher a metade do estacionamento de Dayton estavam paradas perto da fogueira imensa, com a caçamba aberta. Hordas de adolescentes bêbados se balançavam ao som da música alta estourando de um *subwoofer* detonado.

Enquanto isso, os amigos de Kyle estavam todos amontoados ao redor de um círculo, com cervejas na mão, jogando verdade ou consequência. Fora do controle. Seria necessária muita cerveja.

O olhar nervoso de Kyle não parava de esquadrinhar a festa.

— Os jogadores de futebol estão aqui.

— E metade da escola também. Eu te disse que a gente deveria ter ficado na sua casa. — Mas agora estávamos presos. A única forma de chegar e ir embora era de caminhonete, e a que nos deixou aqui tinha ido pegar mais outra leva de gente.

— Pronto — Robert disse, largando-se no círculo de amigos, com as bochechas vermelhas.

A consequência tinha sido pagar dez pratas para a Jessica Masters beijá-lo. Uma vez puta, sempre puta. Levei minha cerveja aos lábios.

— Betty... — Robert olhou ao redor do círculo, para uma morena peituda usando uma regata justa. — Verdade ou consequência?

Betty mastigou o lábio inferior como se fosse uma questão de vida ou morte e ela estivesse prestes a saltar de um precipício.

— Verdade. — Chato. Só covardes escolhem verdade.

— Você já fez sexo? — Mesmo sob a luz fraca da fogueira, consegui ver a garota corar.

— Duas vezes. — Betty abaixou o queixo e sorriu. — Com Hendrix Hunt.

O círculo arquejou, e meu estômago revirou. Eu tinha ouvido rumores, mas *escutar* o galinha que o meu ex se tornou e ter a evidência esfregada na minha cara eram duas coisas completamente diferentes.

— Você está mentindo, Betty — a garota ao lado dela disse. — Hendrix Hunt não come a mesma garota duas vezes. Todo mundo sabe disso.

Um Robert desgostoso olhou ao redor do círculo.

— Por que você iria para a cama com *ele*, Betty? Ele fez a mesma coisa com a Carol Davis e com a Becky Brown. Samantha Thompson… as gêmeas Greer. — A lista continuou e continuou e continuou, e a cada nome, a vontade de vomitar aumentava.

Era muito pior do que eu havia imaginado. O garoto que tinha ficado nervoso pra caramba na primeira vez dele, o garoto que tinha me prometido que eu seria a única, havia me superado com metade da escola.

Virei o resto da cerveja, depois apanhei uma garrafa de vodca barata do colo do cara ao meu lado e bebi. A queimação pouco fez para apagar as imagens nojentas dando voltas pela minha cabeça. Eu só queria parar de falar dele, que a maldição de Hendrix Hunt parasse de me seguir para qualquer lugar que eu fosse nessa cidade idiota.

— Tudo bem, Betty. Sua vez — anunciei, antes de tomar mais um gole de vodca.

— Lola. — Ela arqueou a sobrancelha. — Verdade ou consequência?

— Consequência. — É claro.

— Beijar o Kyle. — Ela parecia tão orgulhosa de si mesma.

Kyle parecia querer desmaiar antes que o chão se abrisse e o engolisse por inteiro.

— Sério? — Suspirando, agarrei Kyle pela nuca e o puxei para perto. Ele soltou um gritinho antes de eu beijá-lo na bochecha.

— Você está tentando fazer o cara ser morto? — Robert pareceu entrar em pânico. — Hendrix o trancaria em um armário e o deixaria lá até ele morrer de fome ou… — O foco de Robert se desviou do nada para o meu ombro, os olhos se arregalaram antes de ele recuar na grama escura como se fosse um caranguejo.

Eu sabia que era o meu ex sem nem precisar olhar. É claro, tocar Kyle o invocaria como uma sessão com o diabo em pessoa.

Suspirando, ergui o dedo do meio por cima da cabeça.

— Vaza, Hendrix.

— O que vocês, seus merdas, estão fazendo? — Fui banhada por sua voz rouca e profunda, e virei mais vodca pela garganta, tentando ficar entorpecida.

Ninguém no círculo respondeu, o olhar de todo mundo estava fixo no valentão grande e malvado pairando às minhas costas.

— Talvez você deva me responder, Obiwan-*Star-Wars*-comedor de Wookie — ele disse, sem dúvida nenhuma para Kyle.

O álcool turvou a minha visão quando olhei por cima do ombro.

— Você não tem coisas melhores a fazer? Lixeiras em que mergulhar?

— Você é uma pedra no meu sapato, Medusa. — Ele empurrou Kyle para longe antes de se largar entre nós.

O cheiro de pinho e frutas cítricas combinado com a fogueira era como crack para os meus sentidos privados de Hendrix.

— Não sou eu que estou me impondo a pessoas que claramente não me querem aqui.

Hendrix olhou ao redor do círculo, um Golias em meio a todo mundo, enquanto o brilho distante da luz do fogo brincava em seu rosto.

— Quem não me quer aqui levanta a mão.

E, claro, fui a única a levantar a mão. Eu o odiava. Quase o mesmo tanto que o meu eu bêbado gostava da forma como ele se pressionava a mim naquele momento.

— Viu. O problema é *seu*. — Ele deu um peteleco na minha testa, depois jogou o braço ao redor de Kyle. — Você vai me dizer o que vocês, otários, estão fazendo ou o quê?

— Jog… — Kyle soltou um bufo chiado. — Jogando verdade ou consequência.

O olhar dele se virou para mim na mesma hora.

— Me deixa adivinhar, alguém te desafiou a beijar essa pilha de cocô?

Eu nem sequer resisti ao sorrisinho presunçoso que sabia que estava no meu rosto. Lá no fundo, eu era ciumenta e possessiva, e isso nunca tinha sido um problema quando ele era meu.

— Estava de olho, é?

— E quando eu *não* estou de olho em você, Lola?

A confissão me pegou com a guarda baixa, mas logo captei o cheiro de uísque barato em seu hálito.

É claro. Ele só admitiria algo assim se estivesse bêbado.

Seu olhar prendeu o meu, e ele puxou Kyle para mais perto.

— De quem é a vez, Chewbacca?

Nenhum **ROMEU**

— Da Lola.

Com cara de poucos amigos, olhei para o meu ex, desejando que ele enfiasse a rola em um ninho de vespas até que a coisa caísse e ele nunca mais pudesse comer outra garota na vida.

— Verdade ou consequência, Hendrix?

— Quer me desafiar a fazer alguma idiotice tipo enfiar meu pau em uma árvore. Então vai ser verdade, Medusa. — Ele não estava nada longe da verdade...

— Você sabe muito bem que só covardes escolhem verdade.

— E você sabe muito bem que eu não sou nada disso. Por outro lado... — Sua mão desce sobre a minha coxa, e os dedos passam perigosamente perto da bainha do meu short.

Todo o meu ser se concentrou naquela carícia suave.

— Tudo bem. — Afastei a mão dele com um tapa. — Com quantas garotas você trepou desde que fui enviada para o acolhimento familiar, Hendrix?

O modo como formei a frase foi proposital, talvez para tentar fazer o cara se sentir culpado. Para lembrar a ele de que, enquanto fui forçada a ir embora, pulando de casa em casa, morrendo de saudade dele, ele estava comendo tudo o que podia respirar.

Um pontinho de algo que eu queria acreditar ser vergonha surgiu em seus olhos. Mas logo se estilhaçou, sendo substituído pela fachada arrogante.

— Eu não sei — ele disse.

Não sei bem por que aquilo me deixou com raiva ou por que eu queria saber um número preciso. Talvez eu só precisasse que ele fincasse o último prego no caixão do meu coração moribundo, que quebrasse o que ainda restava dele de uma vez por todas.

— Não sabe?

— Eu respondi à pergunta. — Seu olhar indiferente encontrou o meu. — Verdade ou...

— Consequência. — A última coisa que eu faria na vida era cuspir quaisquer verdades para Hendrix.

Ele apontou o queixo para o lago.

— Pule lá, nade até o meio e ande pela água por dois minutos.

Meu estômago revirou. Hendrix sabia o quanto eu odiava aquele lago. Morro de pavor do lugar desde que encontraram uma prostituta morta lá anos atrás, meio comida por só Deus sabe o quê.

Olho para o imenso e sinistro buraco escuro que estava na beirada do terreno, logo além do alcance da fogueira.

— Qual é o problema, Lola? — Hendrix se inclinou para perto, seu hálito quente banhado em uísque acariciou o meu pescoço. — Está com medo?

— Você sabe que estou, seu imbecil. — Eu não queria fazer isso, mas, com medo ou não, eu não o deixaria ganhar. Chutei os sapatos para longe, sem perceber o quanto estava bêbada até que fiquei de pé.

— Você pode trocar para verdade, se preferir — Hendrix gritou às minhas costas, conforme eu cambaleava pela escuridão em direção à margem barrenta. — Essa opção só é dada a covardes.

— Vai se foder.

Ignorando o aperto aterrorizante no meu peito, continuei andando pelo mato alto até meu pé tocar a beirada do píer de madeira. Foi quando eu congelei.

Quantos corpos havia no fundo daquele lago? Quantas prostitutas meio comidas?

Engolindo em seco, tirei a blusa e encarei a água escura. Cento e vinte segundos naquela sopa de cadáveres em decomposição. Era tudo o que precisava fazer.

Deus, esse nível de mesquinharia era uma estupidez sem tamanho. Empurrei o short por minhas pernas e tropecei ao chutá-los para o lado.

Passos irregulares e pesados soaram às minhas costas.

— Mas que rabo…

Em qualquer outra situação, eu poderia ter respondido ao comentário com alguma gracinha. Mas eu estava preocupada demais com ele vindo atrás de mim. Conhecendo Hendrix, era bem capaz de que ele me empurrasse lá dentro.

Eu me virei para encará-lo, o mundo enluarado ao meu redor ficou turvo.

O olhar feroz e bêbado de luxúria que ele havia lançado para o meu corpo exposto era quase bom demais para me fazer esquecer o medo por um instante.

— Sabe — ele disse, baixando o olhar para o meu peito. — Você poderia dar para trás.

— Eu não vou dar para trás.

Tropecei até a beirada do píer e estendi a mão para a escada, o cheiro de pântano com pitadas de peixe era quase insuportável. Desci dois degraus, e então meus dedos afundaram na água morna.

— Prostitutas mortas, Lola. — As tábuas de madeira rangeram quando Hendrix pisou na doca. — Cadáveres podres e inchados.

Nenhum **ROMEU**

Meu aperto nas hastes de metal ficou mais firme. Tentei não imaginá-los espreitando logo abaixo da superfície, meio comidos e em decomposição. Então me forcei a descer mais um degrau e mais um até a água morna bater nos meus ombros.

Eu me empurrei para longe do píer, lutando com o pânico enquanto eu nadava. A poucos metros da margem, algo pegajoso tocou a minha perna.

Eu me debati.

— Alguma coisa encostou em mim!

— Fique calma antes que você se afogue. É só um peixe.

Do tipo canibal que comia corpos, ou... *era* um corpo. A coisa me tocou de novo, e eu gritei, meus membros paralisaram.

Meu rosto afundou abaixo da superfície escura antes de eu engolir um pouco de água. Fui consumida pelo pânico ao imaginar um zumbi agarrando meu tornozelo e me puxando para as profundezas do lago.

Meus membros inúteis se debatiam conforme eu me afundava mais ainda. Eu ia morrer, porque tinha uma imaginação descontrolada demais, e porque Hendrix Hunt havia me desafiado a pular nesse lago idiota.

Mal tive tempo de pirar antes de alguém me puxar para cima.

— Respira! — Hendrix me segurou com força junto ao seu peito quente e forte enquanto eu tossia a água nojenta.

Apertei as coxas ao redor dos seus quadris como se pudesse escalar para longe do lago em direção à segurança. Era puro instinto de sobrevivência, até eu perceber o jeito com que cada centímetro de mim estava grudado a cada centímetro dele. De repente, me esqueci da água, e dos peixes, e dos cadáveres.

A água batia ao nosso redor conforme eu ficava ali congelada, encarando o luar dançando nos ângulos marcados do rosto dele.

— Você está bem?

— Sim...

Ele colocou uma mecha de cabelo molhado atrás da minha orelha e, por um instante único e puro, me olhou do jeito que costumava olhar. Como se me amasse. Como se estivesse morrendo de medo de me perder.

A minha parte perdida e esfrangalhada queria que ele me beijasse, que soprasse oxigênio de volta nos meus pulmões que estiveram famintos por muito mais tempo que apenas os últimos minutos. Mas ele não podia mais ser isso para mim. Eu o maculei, o transformei em algo tóxico e venenoso.

— Desculpa — sussurrei, afagando uma trilha úmida ao longo da sua mandíbula. Um toque íntimo a que eu não tinha direito, mas do qual eu parecia não conseguir me abster. — Por tudo.

Os olhos dele se fecharam. Seu aperto em minha cintura ficou mais firme. As sobrancelhas escuras franziram.

— Não faça isso comigo, porra…

Toquei a testa úmida na dele e inalei a sua dor até ela arranhar e me apunhalar as entranhas. Meus dedos trêmulos se moveram da mandíbula para os lábios, roçando-os do jeito que eu desejava fazer com a minha boca.

— Hendrix…

— Juro por Deus! — A voz de Wolf ecoou pela água. — Se você estiver comendo Voldemort nesse lago, eu nunca mais vou te dar sossego.

Nós nos afastamos um do outro como se tivéssemos sido flagrados fazendo algo errado.

Meu rosto queimou quando nadei ao redor de Hendrix, em direção ao píer.

— Cara, eu não estou comendo a garota. Ela quase se afogou. — Só não aconteceu graças a ele.

Quando estendi a mão para a escada, Wolf cruzou os braços sobre o peito imenso.

— Coitado do Kyle. Mas, uma vez traidora…

A insinuação fez meu sangue ferver. Kyle era meu amigo.

— Vai se foder, Wolf. — Eu me icei para o píer. — Como se algum dia eu fosse tocar o Hendrix de novo. — A mentira quase me faz engasgar.

Wolf inclinou a cabeça para trás e encarou o céu.

— Por favor, pelo amor de Deus, vá vestir a roupa.

— Cresce. Sei que você já comeu coisa bem pior.

Ele gemeu.

— Eu tinha esquecido o quanto você é irritante.

Hendrix saiu do lago. Precisei juntar toda a minha força de vontade para desviar o olhar daquela camiseta molhada agarrada aos músculos esculpidos.

Quando me curvei para pegar as minhas roupas, um monte de água salpicou às minhas costas.

— Cara — Wolf tossiu. — Mas que porra foi essa?

— Você estava olhando.

Quando me virei, a expressão conflitante de Hendrix quase me matou, mas eu não podia analisar de perto demais nada do que aconteceu naquela noite.

— Obrigada por não me deixar me afogar na sopa de cadáveres. — Eu queria dizer mais, e esse era o problema. Havia muita coisa entre nós que não podia *ser* dita.

Não faça isso comigo, porra.

Eu o tinha magoado, e continuaria magoando. Foi por isso que fui embora e segui adiante. Porque eu precisava *seguir* adiante até Hendrix não ser nada mais que uma memória distante na minha vida.

Eu já tinha causado estrago suficiente.

7

HENDRIX

Observei, confuso pra caramba, quando a escuridão engoliu Lola.

Passei dois anos querendo ouvir aquele pedido de desculpas. Agora que consegui, não mudou nada. Não deixou nada melhor, só me fez me sentir um merda ainda maior.

— Você é um otário. — Wolf se içou da escada. — Eu não estava olhando para ela.

— Que mentira. — Arranquei minha camiseta molhada e torci a água dela antes de atravessar o terreno e ir para a festa.

— Você está por um fio, seu filho da puta — Wolf grita às minhas costas.

E, pelo que senti momentos atrás quando o corpo molhado de Lola esteve colado ao meu lá na água, eu odiava admitir, mas achava que ele estava certo.

Na manhã seguinte, antes da escola, Wolf me deixou perto da empresa de luz.

Vendemos maconha o bastante ontem à noite na festa para eu conseguir pagar a taxa de religação e comprar uma raspadinha. O que era bom, já que aquela garota não apareceu para ver o quarto.

Parei do lado de fora da 7-11, tomando a bebida ruidosamente enquanto encarava o estacionamento da escola no outro lado da rua. Sendo mais específico, o Honda vermelho de Kyle. Que tinha um adesivo do Chewbacca colado no para-brisa traseiro.

Aposto que ele ronrona feito um Chewbacca quando goza.

Observá-la beijando o cara ontem à noite me deixou louco e, depois ter o corpo molhado dela pressionado ao meu lá na água... meu pau doía hoje de manhã por eu ter passado a noite toda batendo punheta usando o hidratante de pêssego.

Eu tinha uma mente da qual fugir, só assim não teria que ficar perto da Medusa e de todas aquelas cobras se contorcendo ao redor de sua cabeça, mas, mesmo com a energia de volta, minha casa mais pareceria um inferno. Eu preferia sofrer com as merdas da Lola a ficar com as bolas assadas, então atravessei a rua e entrei na escola a tempo de combinar uma venda de drogas na biblioteca antes do almoço.

Bati a porta do armário, depois virei no corredor e dei de frente com Wolf.

— Você está indo para o lado errado.

— Estou indo vender erva para a Mary, Mary, não é bem por aí.

— E como ela cultiva o jardim dali? — Um sorriso imenso se espalhou por seu rosto antes de ele soltar uma risada quando completei a musiquinha.

— Careca. Porque ela apara aquela merda. — Ele me dá um tapa nas costas. — Faz a garota fazer aquela coisa que ela pressiona o seu períneo antes de você gozar. — Ele imitou um beijo de chef antes de sair andando.

Mas acontece que eu não queria que a Mary, Mary Não é Bem Por Aí fizesse algo com o meu períneo. Foi isso que Lola Stevens fez comigo; ela havia apagado a minha luz a ponto de eu nem sequer encontrar alegria ao bater uma sem a ajuda de um hidratante de pêssego. O que era uma vergonha.

O cheiro úmido dos livros me bateu na cara igual a um pau molhado quando abri a porta da biblioteca. Perambulei pelas estantes e passei pelas lombadas empoeiradas da seção de referências.

Um arquejo alto veio do outro lado das prateleiras.

— Não deixe a Srta. Thomas te ver com isso, Kevin. Ela vai contar para a sua mãe.

— Puta merda! Isso é *super*pornô.

Eram dois daqueles garotos esquisitos para quem o Bell roubou as provas ano passado. Eles encontraram pornô na biblioteca da escola?

O clique familiar da câmera do telefone soou.

— Vou mandar uma foto dessa cavalgada invertida para o Kyle. Ele pode tentar com a Lola.

Tentar. Com a Lola? Ciúme furioso queimou puro em mim quando disparei pelo canto da estante.

Kevin estava sentado no meio do corredor, com O Kama Sutra aberto no colo, o telefone pairando em cima do livro, tirando foto. Ele me encarou com olhos arregalados e cheios de medo.

— Não mande isso para o saco de bosta do Kyle!

O amigo de Kevin saiu em disparada, gritando pela biblioteca vazia. Mas Kevin? Ele nem se moveu. Nem piscou. Dei um passo adiante e, quando ele largou o telefone, mergulhei feito um abutre e o apanhei.

Uma sequência de mensagens para o saco de merda do Kyle estava na tela.

> Depois de ontem à noite... talvez você possa convencer Lola a tentar isso aqui. :) :)

Meu aperto no celular ficou mais forte, as beiradas do aparelho cravaram nos dedos.

— O que você quer dizer com *depois* de ontem à noite? — Ontem à noite, as pernas dela tinham estado envoltas nos meus quadris lá naquele lago, a bunda praticamente de fora dela pressionada no meu pau endurecido.

Pulei logo atrás dela. O idiota do Kyle, não. E ainda assim... *depois de ontem à noite?*

— Kyle está namorando com a Lola? — Consegui fazer passar pela minha garganta apertada. Porque trepar já seria ruim o bastante, mas namorar... eu ia matar o cara.

— Acho que sim. Não sei. Talvez. Ti-tipo, ela está dormindo na casa dele. Consigo ver dentro do quarto dele. — A mão de Kevin voou para a boca, como se ele desejasse enfiar as palavras de volta por aquela garganta magricela. — Não que eu fique vigiando o lugar nem nada disso. É que é bem do lado, e quando a luz está acesa, e eu olho pela janela, não tem como deixar de ver, e só... eu acho que ela está dormindo na cama dele. — Ele, por fim, respirou ruidosamente.

Uma fúria nuclear de arrasar mundos explodiu em mim...

Dormindo na cama dele... na cama manchada de mijo do saco de bosta daquele filho da puta do Kyle?

Nem mais uma puta coisa era sagrada entre nós agora. Mas nem fodendo eu deixaria uma garota *dormir* na minha cama. Eu nem sequer beijava uma menina. Isso era vulnerabilidade. Eu não tinha espaço para intimidade verdadeira. Aquela propriedade tinha sido vendida há anos para a Lola.

Nenhum **ROMEU**

Jesus Cristo. Eu não podia lidar com isso agora. Saí da biblioteca feito um furacão, irrompendo pela porta e dizendo a mim mesmo que não havia como Lola estar *namorando* Kyle Jones.

Eles eram amigos desde que estávamos na segunda série.

No primeiro ano, ela tinha traçado o objetivo de arranjar uma namorada para ele, o que não conseguiu fazer.

E, o mais importante, ela tinha sido minha.

Avancei pelo corredor vazio e entrei no refeitório barulhento. Meu olhar passou reto pela fila de pessoas esperando pelo almoço, pelo grupo de alunos jogando baguetes de um lado para o outro e foi direto para a mesa no canto dos fundos.

Kyle largou a bandeja idiota dele na mesa logo antes de sua bunda mole cair no banco ao lado de Lola.

A parte do meu cérebro que estava puta disse que eu deveria rir se Kyle fosse idiota o bastante para sair com ela. Mas a parte que não conseguia superá-la se ergueu como uma cobra raivosa, com as presas pingando veneno e prontas para atacar.

Ela poderia ser uma Medusa traidora o quanto quisesse, mas ela era a *minha* Medusa traidora.

Estreitei os olhos, e a irracionalidade assumiu todo o resto.

— Cavalgada invertida é o meu piru — murmurei, arrastando meu rabo por aquele refeitório de merda.

Robert me viu primeiro, e congelou com o garfo cheio de espaguete a meio caminho da boca. Um por um, os nerds olharam para cima. Cada um deles visivelmente em pânico.

Havia algo a ser dito sobre parecer ser instável...

Agarrei Kyle pelas costas da blusa de Chewbacca. Ele gritou, debatendo-se nas minhas mãos.

— Pare de brigar e aceite o seu destino. — A raiva pulsava nas minhas têmporas. — Eu te disse que aquela boceta era minha. E você achou que ia comer ela?

O tom rosado da bochecha de Kyle esvaneceu.

— Eu não estou co-comendo a boceta de ninguém.

Lola socava as minhas costas, gritando para eu largar o garoto.

— Você mente para Deus, cara de Chewbacca?

— N-não.

Unhas cravaram no meu braço. Apertei ainda mais, como uma jiboia.

— Então não minta para mim agora, eu posso ou acabar com você ou te dar uma segunda chance de viver.

Ele ficou flácido em minhas mãos, e eu parei. O cara tinha mesmo desmaiado.

Essa era nova.

Todo o refeitório ficou em silêncio. O espaguete caiu do garfo de Robert, espatifando na mesa quando deitei Kyle em cima dos pratos de macarrão.

— O que você fez? — Lola bateu em mim de novo.

Eu me virei, passei um braço pela cintura dela e a joguei por cima do ombro.

— Hendrix! Me põe no chão!

Quando mais ela esperneava, mais eu sentia seus peitos pressionados nas minhas costas, e mais eu sabia que a única coisa com que eu não poderia lidar era deixar outro cara pensar que ela poderia pertencer a ele do jeito que pertencera a mim. Eu arrastaria o rabo dela feito um neandertal só para provar.

— O que você está fazendo?

— Mijando em você — respondi, depois segui em direção à saída com os punhos dela socando as minhas costas.

Ela me chamou de cada nome que havia debaixo desse sol conforme eu passava com ela pelos espectadores e atravessava direto as portas do refeitório.

— Você costumava ser muito mais forte — falei, ao me virar para o banheiro masculino que havia do lado de fora do refeitório.

A catinga de maconha me rodeou conforme eu a carregava até um reservado e trancava a porta. Quinze planos diferentes espiralavam pela minha cabeça, todos eles terminavam com ela na minha rola.

Eu a coloquei de pé. Em seguida a prendi entre mim e a parede frágil do reservado. Caralho, aquele cheiro de pêssego deixou o meu pau furiosamente duro.

— Eu juro por Deus, Hendrix. Se você...

Meu controle estalou. Bati a boca na dela, carente pra caralho do seu gosto e, por um minuto, fiquei fraco.

Nunca beijei outra pessoa. Era pessoal demais, íntimo demais. E essa seria a única coisa que sempre seria dela, porque era a única que significava algo para mim.

Os lábios dela se entreabriram, ofegantes. Foi todo o convite de que eu precisava. Aprofundei o beijo para algo brutal, minhas mãos vagaram e agarraram cada curva e reentrância de seu corpo. Quando a puxei pelo cabelo, ela agarrou minha blusa e soltou um gemido baixinho.

Deus, eu daria qualquer coisa para apagar a montanha de merda entre nós, para fazer essa garota ser minha de novo.

— Era isso que você queria na festa ontem à noite, não era? — Eu queria que ela admitisse que queria a mim, que havia ferrado com tudo. — Hein, Lola? Quando a gente estava no lago.

Seu aperto na minha camisa relaxou antes de ela tentar me empurrar um passo para longe. Mas eu não ia aceitar aquela merda e, baseado na forma como o corpo dela reagiu, a garota ainda tinha um fraco por mim tanto quanto eu tinha por ela.

— Eu te falei para não fazer essa porra comigo. — Eu a agarrei pelo cabelo e a puxei para bem perto de mim de novo. — Porque é isso que você vai ganhar. — Então a beijei, com força e com raiva, dizendo a mim mesmo que essa seria a única vez que eu me afundaria a esse nível com ela. A única vez que me entregaria a esse repuxo tóxico entre nós.

Afundei a mão entre as suas pernas.

— Você se lembra do quanto era bom? — Minhas bolas doeram só de lembrar. Porque meu pau sabia que nada nunca seria tão bom quanto ela.

Rocei a base da mão através do seu short, imaginando que eu poderia me foder para dentro dela ao mesmo tempo que a fodia para fora de mim.

— O quanto eu te fazia gozar gostoso?

A cabeça dela caiu para trás com um gemido.

— Eu lembro.

— Que bom. — Afundei os dentes em seu pescoço e disse a mim mesmo que só daria mais uma mordida. Mais um beijo. Quando vi, tinha puxado o short dela para baixo, arrastado a calcinha para o lado e deslizado meus dedos por cima da sua boceta quente e lubrificada.

Eu não consegui me deter. Afinal de contas, a garota era a minha heroína, e eu era a porra de um viciado.

— Hendrix...

Meu nome em seus lábios, todo arquejos e desespero, como se eu fosse tudo de que ela precisava, quase fez o meu pau explodir. E eu com certeza estava prestes a fazer isso acontecer.

Puxei o zíper com a mão livre, abri a calça e agarrei o meu pau duro.

— O que é isso, Lola? — Espalhei a gota de pré-gozo sobre a cabeça enquanto me imaginava entrando até o talo naquela boceta quente, fazendo-a prometer que ainda era minha e de mais ninguém. — Você quer que eu te faça gozar?

— Quero. — As mãos dela deslizaram por baixo da minha camisa, as unhas arranharam a minha barriga quando provoquei a sua entrada.

Eu meio que ri sobre seus lábios, então soltei meu pau e enganchei sua perna no meu braço, prendendo sua coxa entre o nosso corpo.

— Implore.

Afundei dois dedos dentro da sua boceta aberta, bombeando até ela estar bem no limite, suas unhas ameaçavam rasgar a minha pele. E aí eu parei.

Ela tentou se esfregar na minha mão, mas a prendi no lugar, roçando meu pau nu na parte de trás da sua coxa erguida. Se eu quisesse, poderia gozar nessa exata posição. Só porque era ela.

— Isso não é implorar... — Sorri em sua garganta.

— Você é tão... — Ela parou para recuperar o fôlego. — Babaca.

— E você ainda não está implorando...

— Porra... por favor... — Veio entre arquejos irregulares que mal consegui ouvir.

— Sei que você pode fazer melhor, mas... — Pressionei o dedo mais fundo dentro dela. — Por puro egoísmo, quero só ouvir você gozar.

Em segundos, os músculos dela se contraíram ao redor dos meus dedos. Suas costas se arquearam na parede de metal, a boceta roçou na minha mão enquanto ela gemia baixinho. E aquilo me fez chegar ao limite.

Se eu não esporrasse logo, ficaria cem por cento em modo homicida.

— Deus, eu te odeio pra caralho. — Eu a prendi na parede e tirei meus dedos da sua boceta, espalhando os fluidos dela sobre a cabeça do meu pau.

— Eu sei. — Ela afastou a minha mão com um tapa, depois envolveu os dedos ao meu redor.

Gemi quando ela moveu a mão forte e rápido.

— Porra... — Foi bom pra caralho, mas não foi só o aperto perfeito dela que me deixou a dois segundos de perder a cabeça. Foi tudo. Foi só Lola.

Eu a agarrei pela mandíbula, pressionando outro beijo firme em seus lábios quando gozei com um rosnado vigoroso.

Nossa respiração ofegante preencheu o banheiro pequeno. Isso era ruim. Ruim a ponto de remover as insígnias de pegador. Ruim igual a ter o coração partido. Deus, eu era um idiota. E, a julgar pela sua expressão horrorizada, ela se sentia do mesmo jeito.

— Merda... — Lola pegou o short e o vestiu, recusando-se a olhar para mim. — *Merda!* — Ela arrancou um pedaço de papel higiênico do suporte, meio que tentando limpar minha porra da sua blusa antes de levar a mão à porta.

Lola deu um passo para fora do reservado e congelou.

Kyle estava parado perto da pia, com um papel-toalha molhado na testa, boquiaberto, seus quatro olhos redondos e arregalados iam da camiseta suja para o meu pau semiereto. *Dói pra caralho, não é? Seu Jabba, o Hutt enrugado?*

Ergo o queixo antes de agarrar o meu pau e ordenhar a última gota.

— E aí, Bela Adormecida?

Ele sugou a bombinha antes de se virar para a parede. Bufei ao ver a mancha laranja de molho de macarrão cobrindo as costas da sua regata do *Star Wars*.

Lola foi até a pia e jogou água na blusa, xingou e fez um nó para esconder a mancha. Sem nem olhar para trás, ela agarrou Kyle pelo braço e o arrastou porta afora com ela.

Se ele não estava comendo a garota antes, com certeza não estaria agora... ninguém na escola teria o prazer.

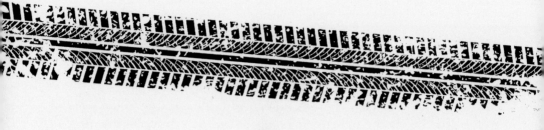

8

LOLA

Kyle e eu saímos do banheiro sem falar nada.

Só quando viramos nos armários foi que olhei para ele e notei que meu amigo ainda estava um pouquinho pálido.

— Você está bem?

Ele assentiu.

— Desmaiar é o meu mecanismo de defesa. — Igual a um gambá se fingindo de morto. — Você e o Hendrix...?

— O quê? Não!

— Mas pareceu que...

— Pareceu um momento de fraqueza, Kyle. Nada mais. — Um horroroso, delicioso e terrível momento de fraqueza.

No segundo em que Hendrix me beijou, tudo foi para o espaço. Um único beijo me fez gozar nos dedos dele, e ele na minha blusa favorita lá no banheiro sujo dos meninos. Igualzinho deve ter feito com metade das meninas dessa escola desde que fui embora.

Hendrix e eu já trepamos no auditório, no vestiário e até mesmo na detenção que levamos *por* transar no banheiro. Mas nunca, nem uma única vez, até agora, eu me senti tão degradada ou envergonhada.

Segui Kyle de volta para a cafeteria, ignorando os sussurros e encaradas de todo mundo que sem dúvida nenhuma sabia que eu havia me tornado o último risquinho no cinto de Hendrix Hunt.

Nunca mais. Nunca mais isso poderia acontecer de novo, mesmo que eu quisesse. Mesmo que cada fibra do meu ser ansiasse por ele. E, de qualquer jeito, se os rumores fossem verdadeiros, ele não voltaria para uma segunda vez.

Meu encontro com Hendrix no banheiro me assombrou durante todo o turno da noite no The Squealing Hog, não que eu tenha gostado da experiência. Fazia anos, literalmente, desde que tive qualquer outra coisa que não fosse um orgasmo autoinduzido, e nada poderia se comparar a Hendrix. Nada. Mas isso não justificava esse erro gravíssimo. Quando voltei para cá, estava decidida a ficar muito, muito longe dele, e essa era a razão. Eu não podia ceder a ele, e era muito difícil *não* ceder, conforme provado hoje.

Eu já havia cortado a metade da tigela de limões que havia sido legada a mim para encerrar o trabalho quando Chad deslizou no assento à minha frente. Seu cabelo louro-dourado, os olhos azuis e a pele bronzeada reluziam Barrington. Se havia um total oposto de Hendrix, era Chad Lancaster.

Ele deslizou um envelope de papel pardo pela mesa, trocando-o pela minha tábua de corte e pela faca.

— O que é isso? — perguntei.

Ele pegou um limão e o partiu em quatro.

— A foto de escola da Gracie.

A emoção embargou a minha garganta. Não me atrevi a olhar porque sabia que ia chorar.

— Obrigada — sussurrei. Eu não queria gostar nem confiar em Chad, mas ele dificultava muito a decisão.

— Eu não quis ser um otário insensível naquele dia. Não consigo nem imaginar o quanto deve ser difícil para você e para a Gracie. — Ele soltou um suspiro quando permaneci calada. — Minha mãe perguntou se você quer ir jantar lá em casa sexta-feira. Eu sei que você talvez não...

— Sua mãe quer que eu vá jantar na sua casa? — Tive dificuldades para acreditar.

Claro, eles estavam ficando com a Grace. Eu não sabia se era por terem um coração bom, para manter as aparências, ou se por pura caridade, mas eu sabia que uma caridade dessas só se estendia a crianças fofinhas. Não ao lixo juvenil de Dayton.

O olhar dele suavizou no meu.

— Você é irmã da Gracie. É claro que ela quer que você vá.

Era suspeito pra caralho, mas eu faria qualquer coisa para passar tempo com minha irmã. Qualquer coisa.

— Tudo bem.

— Ótimo. Vou contar para ela. — Ele sorriu aquele sorriso de menino rico que era medido por megawatts, e já comecei a temer o evento.

Depois que Chad terminou com os limões, eu os coloquei no refrigerador e registrei minha saída com o gerente, Pete.

Durante meu turno, perdi uma mensagem de Kyle avisando que a doida da avó bêbada dele, Ida-Mae, estava lá, então ele não poderia vir me buscar.

Eu não estava no humor para que ela tentasse me pagar para tirar a virgindade do Kyle essa noite. Toda vez que a mulher aparecia, ela tentava me subornar para fazer isso. Respondi, pedindo para ele me avisar quando ela fosse embora, então segui para o ponto de ônibus do outro lado da rua.

Pisei na calçada bem quando uma caminhonete preta reluzente rugiu ao parar perto de mim.

Chad se inclinou pela janela.

— Vai pegar o ônibus?

— Vou.

As sobrancelhas louras dele franziram.

— Eu te dou carona.

— Você sabe que eu moro em Dayton, né?

— Sei. Entra.

Bem, eu preferia ir com ele a me sentar no ônibus ao lado de Cookie, o cracudo local, e suas perneiras sem calça por baixo enquanto ele tirava um cochilo noturno.

Debruçando-se sobre o console, ele empurrou a porta do passageiro para mim. As luzes internas se acenderam, revelando o interior impecável. Entrei e coloquei minha mochila esfarrapada aos meus pés antes de me acomodar no assento imaculado de couro. A minha própria presença devia estar manchando a coisa.

O percurso para fora de Barrington foi silencioso e, assim que chegamos a Dayton, quis me afundar no assento. Eu não me envergonhava por ser pobre, mas Dayton… era algo digno de causar vergonha.

Chad parou no sinal na frente de uma casa de penhores, e alguém que obviamente era uma prostituta acenou para ele da esquina.

— Para onde? — perguntou ele.

— Direita. — Dei as instruções até uma casa abandonada a poucos quarteirões da casa do Kyle, e ele parou na calçada.

— Você quer que eu te deixe *aqui*?

Nenhum **ROMEU**

— Eu vou ficar bem.

A careta que ele fez me disse que ele não se convenceu.

— Lola...

— Eu cresci em Dayton, Chad. Pode acreditar, está tudo bem. — Peguei a mochila no assoalho do carro e saltei de lá. — Volte para Barrington. — Para a vida rica e abençoada, onde ninguém poderia tentar roubar seu carro à mão armada. Fechei a porta e cortei caminho pelo quintal coberto de mato.

Só quando cheguei à lateral da casa foi que ouvi a caminhonete dele se afastar. O cara devia ter pensado que eu era louca.

O cheiro de madeira queimada me atingiu quando cheguei à linha escura das árvores, e eu parei de supetão. Meu coração se apertou e, em seguida, se partiu quando meu olhar pousou no carvalho queimado. Uma única tábua carbonizada era tudo o que restou da casa da árvore.

Deve ter sido o Hendrix. Era o que ele fazia quando estava magoado: destruía a fonte. Ele tinha queimado a casa da árvore até os alicerces, destruído a memória de *nós* dois.

Lágrimas arderam em meus olhos, e mordi o interior do lábio para impedi-las de cair. Eram apenas paletes de madeira, mas a sensação era como se eu tivesse perdido um pedaço meu. Ele poderia muito bem ter tacado fogo em *mim*.

Perdida e afligida pelo pesar, me virei para longe e vaguei sem rumo pelas ruas mal iluminadas de Dayton até que me vi no parque que costumávamos frequentar quando crianças enquanto minha mãe e a dele "trabalhavam".

Já se passava das dez da noite, o que significava que os usuários de crack e os esquisitões estariam espreitando das sombras. Eu poderia dar um soco tão bem quanto qualquer cara, mas precisava admitir que ir ali no meio da noite não era a melhor das ideias. A coisa toda da casa da árvore queimada tinha me deixado emotiva e descuidada.

Grama seca estalou sob meus sapatos, silenciando os grilos conforme eu seguia pelo parquinho ao qual eu e Hendrix costumávamos trazer a Gracie.

Toda parte dessa droga de cidade estava maculada por ele, atrelada a uma memória da qual eu não podia escapar. Eu não podia escapar *dele*, e a questão era que eu também não queria. Por escolha própria, nunca teria saído do lado dele.

Subi a escada, absorvendo o raro silêncio enquanto me içava até o forte de madeira anexado ao trepa-trepa e ao escorregador. Nada de sirenes.

Nem um disparo ao longe. Só eu e meus pensamentos... nenhum deles era bom.

Não demorou muito, e o som de passos rompeu a calmaria. Um baque ecoou pelo escorregador quando ficou evidente que alguém se sentou lá na parte de baixo. Ótimo. Exatamente do que eu precisava.

— Ei, cara — uma voz profunda veio do parque escuro. — Me arranja um saquinho de maconha?

Ah, agora havia dois deles, e estavam negociando drogas. Eu me afundei um pouco mais para o canto do forte. A noite só melhorava.

— Você me arrastou até aqui por causa de um saquinho de maconha? Você disse que queria cinquenta gramas...

Quis bater a cabeça na parede de madeira quando ouvi a voz de Hendrix. De todas as pessoas, é claro que seria ele que estaria na porra desse parque vendendo droga enquanto eu me escondia em um brinquedo. E assim, continuava a desgraça...

Houve uma breve troca de "vá se foder", principalmente da parte de Hendrix, e logo um afastar de passos. Depois soou uma batida no metal seguida por um "merda". Eu conhecia Hendrix, e o meu palpite era o de que ele socou o escorregador.

O silêncio dominou, interrompido apenas pelo som dos grilos.

Eu estava prestes a me arrastar pelo forte de madeira e verificar se ele havia ido embora quando a droga do meu telefone apitou na mochila. *Merda*. E apitou de novo.

O ruído de sapato roçando em cascalho soou.

— Mas o quê...

Tentei abrir a mochila e silenciar o telefone, mas ele apitou de novo e de novo igual a um despertador. Eu poderia muito bem ter começado a mover um sinalizador acima da minha cabeça...

Quando por fim peguei o aparelho da mochila, estava prestes a atirar a coisa no mato só para despistá-lo.

> Satã: Sabe, você pelo menos poderia ter tido a decência de dizer não, obrigada.

> Satã: Eu te dei dez pratas de desconto!!!

> Satã: Isso equivale a dez mil em Dayton!!!

65

> **Satã: Boa educação, seu monte de bosta.**

Jesus Cristo. Bati o dedo na tela, tentando silenciar aquela merda enquanto uma série de emojis aleatórios chegavam, um atrás do outro.

— Você só pode estar de sacanagem comigo. — A cabeça de Hendrix apareceu na beirada da plataforma de madeira. Ele brandia o telefone como se fosse uma arma, e então bateu na tela de novo.

Outra notificação, e eu me encolhi.

— Você estava procurando por um quarto. Em Dayton?

— É óbvio. — Peguei a mochila e fui até a beirada do forte.

Aquilo devia ter sido o bastante para aplacá-lo. Afinal de contas, ele sabia a merda que a minha mãe era.

Passos pesados rodearam a estrutura, e quando enfim cheguei à saída, ele havia bloqueado a escada.

— O quê? Eu esporrar na sua blusa ferrou com suas festinhas do pijama com o cara de Chewbacca?

Ele sabia que eu estava morando com o Kyle? É por isso que teve a ideia absurda de que a gente estava namorando?

— Não — respondi. — Mas você fodeu com qualquer festinha do pijama que eu pudesse ter na casa da árvore.

O sorriso presunçoso sumiu do rosto dele.

— Você estava dormindo lá?

Eu não queria que ele soubesse o quanto as coisas estavam ruins.

— Às vezes.

Bufando, cruzei o forte de novo e me sentei no alto do escorregador. A fricção queimou a parte de trás das minhas coxas quando desci.

Meu All Star atingiu a areia, erguendo uma nuvem de poeira ao luar antes de eu ficar de pé. Consegui me afastar dois passos do escorregador quando Hendrix deu a volta no forte.

— O que você quer dizer com *às vezes*?

Como se ele se importasse. Engoli a bola amarga de emoções, tentando fazê-la descer pela minha garganta.

— Como você pôde destruir a casa da árvore, Hendrix? — Odiei o tremular na minha voz, odiei que ele tivesse me afetado tanto com aquele ato.

— Como se você tivesse o direito de me perguntar "como você" qualquer coisa…

Ele tinha razão, mas eu não estava no humor para lidar nem com ele nem com os joguinhos de ódio essa noite, então saí andando. Passos pesados me seguiram conforme eu cruzava o parque e atravessava o portão feito um furacão.

— Por que você está me seguindo, Hendrix?

— Eu moro no mesmo lado que você, gênia.

Optei por ignorá-lo ao seguir pelas ruas dilapidadas.

Até que passamos pela rua dele, e seus passos continuaram a soar às minhas costas.

Parei debaixo do brilho ambarino de um poste e me virei para olhar para ele.

— Certo, agora você está me seguindo.

— Mudei de ideia. — Ele segurou o telefone, o brilho iluminou sua expressão tensa. — Afinal de contas, o trabalho de um galinha nunca acaba. — E então ele sorriu como o babaca arrogante que era.

Precisei juntar cada grão de controle que eu possuía para não reagir, para fingir que não me importava em quem que ele enfiaria o pau.

— Tenta não gozar na blusa dela como se você fosse um garotinho de treze anos. — Eu me virei e saí andando.

A calmaria de vozes profundas flutuou no ar úmido da noite momentos antes de um grupo de homens sair de detrás de uma van abandonada. A conversa parou quando a atenção de todos se voltou para mim. Andei mais devagar.

Um cara esquisito e sozinho era uma coisa, mas um grupo...

Deslizei a mão no bolso do short, agarrei as chaves entre os dedos, improvisando uma arma, enquanto eles passavam pela van, com sorrisos lascivos voltados para mim.

Se algum deles tentasse encostar um dedo em mim, eu lhe arrancaria os olhos.

— Aqueles filhos da puta estão armados. — O braço forte de Hendrix me envolveu pela cintura, me puxando para mais perto.

Segura. Apesar das armas, eu me senti segura no mesmo instante, algo que eu não sentia desde a última vez em que estive em seus braços.

O aperto forte permaneceu ao meu redor enquanto os caras passavam. Nós nos viramos em uma esquina escura, e meus ombros relaxaram um pouco.

— Vamos lá, Lola Cola...

Ele sempre me chamou disso. A eu de seis anos odiava. Por um tempo, o chamei de Hendrix Apêndix, mas não pegou.

Nenhum **ROMEU**

— Você sabe muito bem que não deve andar por aqui sozinha à noite.

— Não é como se eu tivesse muita escolha. — Eu poderia ter ligado para o Kyle, mas a avó do garoto estava lá. E ele era a única pessoa que eu tinha.

Os músculos de Hendrix se retesaram. Ele me olhou de cima através da escuridão, como se quisesse dizer alguma coisa, mas, em vez disso, respirou fundo e continuou me acompanhando pelo bairro decadente, passando pela casa de Kyle. Eu não queria alimentar qualquer que fosse a obsessão que Hendrix havia inventado sobre o meu amigo, então deixei que ele continuasse me levando até a casa da minha mãe.

A tensão comprimiu os meus músculos quando a casinha detonada apareceu. Eu não ia lá desde que o serviço social levou Gracie e eu embora.

A matilha de cães do vizinho começou a latir quando passamos, e alguém dentro da casa gritou para eles calarem a boca. A cada passo que eu dava, meu peito se apertava, e quando paramos na frente do portão de alambrado enferrujado, me senti fisicamente doente.

Eu me virei para Hendrix, e embora a dor em seus olhos fosse nova, a cena pareceu agonizantemente familiar.

— Sinto muito, Hendrix — sussurrei. Eu tinha dito isso lá no lago, mas precisava que ele soubesse. — Você é a última pessoa que eu já quis magoar.

Sirenes soaram ao fundo conforme segundos silenciosos se passaram. O queixo de Hendrix caiu para o peito com um suspiro, escondendo o rosto nas sombras.

— Eu daria qualquer porra nesse mundo para voltar no tempo, mas confiar em você foi a pior coisa que eu já fiz.

Eu não estava preparada para a dor que me perfurou.

Fechando os olhos, lutei contra a queimação das lágrimas, lutei contra o desejo de gritar que eu não o havia traído, que jamais poderia ir para a cama com outra pessoa. Odiei que ele tivesse acreditado nas minhas mentiras com tanta facilidade.

Então ele beijou o alto da minha cabeça e se virou, sumindo nas sombras da noite.

Hendrix Hunt foi o meu primeiro amigo, meu primeiro beijo, meu primeiro tudo… mal havia um momento na minha vida em que ele não esteve presente, e era isso que tornava tudo tão trágico.

Quando o deixei, desisti do tipo de amor sobre o qual as pessoas escreviam, e foi para protegê-lo, e eu sabia, não importava o quanto vivesse, que jamais, *jamais*, encontraria de novo o que tivemos.

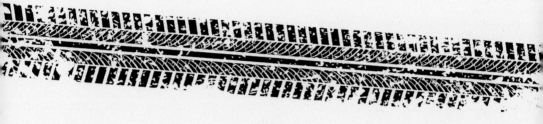

9

HENDRIX

Esperei até chegar ao fim da rua escura antes de chutar um carro estacionado até cansar.

— Que besteira do caralho.

Era mais do que besteira.

Passei a mão pelo cabelo, puto por ter me permitido ser sugado de volta para ela. Por ter reivindicado a garota na frente da escola toda. Por ter fodido Lola com o dedo naquele banheiro sujo. Esporrado na blusa dela. Acompanhado a menina até em casa e querido, como o trolzinho patético que eu era, perdoá-la, então juntar os lábios aos dela e dizer que ainda a amava.

Meu telefone vibrou pela décima quinta vez desde que saí do parque. Eu sabia que era o otário do Wolf porque era para ele me pegar lá, mas *nããão*, Lola simplesmente teve que tentar voltar para casa no escuro. E eu tinha que ser o otário do cavaleiro branco pobretão e acompanhar a garota através da maldita favela.

Pelo menos Wolf não teria que ficar sabendo dessa.

Passei por debaixo da luz bruxuleante de um poste e peguei o aparelho no bolso da calça.

> Rolha de Poço: Onde você tá, porra?

> Rolha de Poço: Cara!!

> Rolha de Poço: Você está morto?

> Rolha de Poço: Você está doidão?

> Rolha de Poço: Você está comendo alguém?

> Rolha de Poço: HENDRIX!

> Rolha de Poço: H

> Rolha de Poço: E

> Rolha de Poço: N

> Rolha de Poço: D

> Rolha de Poço: R

> Rolha de Poço: I

> Rolha de Poço: X

> Rolha de Poço: Acabei de revirar o parque atrás do seu rabo morto e não encontrei o cadáver...

> Rolha de Poço: Sério, cara. Eu estou começando a pirar.

> Rolha de Poço: Juro por Deus. Se eu te encontrar lá no Waffle Hut...

> Eu: Eu não estou morto. Esqueci que você ia me pegar e fui para casa comer uma garota aí.

E agora a Medusa estava me obrigando a mentir para um dos meus melhores amigos. Igualzinho a um demônio de um metro e meio usando camisa larga.

> Eu: Chego no Waffle Hut em dez minutos.

Guardei o telefone no bolso bem quando faróis iluminaram a rua... os faróis do Wolf. Freios cantaram quando o veículo parou derrapando. Então a janela abaixou, e uma nuvem de fumaça serpenteou para a noite.

— O que você está fazendo na rua da Lola, caralho?

— Não é só a rua da Lola. — Soltei um suspiro profundo e levei a mão à maçaneta. — Tem mais três meninas que moram nessa rua, Wolf. — Abri a porta do carona e subi no banco. — Me dá um tempo.

— Você trepou com ela no banheiro da escola há poucas horas.

— Eu não trepei com ela. — Fodi com o dedo? Claro. Era capaz de eu ainda conseguir sentir o cheiro da boceta dela em minhas mãos...

O olhar de Wolf se estreitou em mim antes de ele arrancar, desviando-se de um cachorro vagando pela rua.

— Você não me bateu por usar o nome dela...

Recuei e dei um soco forte pra caralho no ombro dele.

— Você sabe que meu cérebro não funciona depois que alguma sem nome chupa a pelinha de bebê das minhas bolas.

— Quando o seu cérebro funciona?

Ficamos parados no trânsito por cerca de uma hora por causa de um tiroteio e, quando desci no Waffle Hut, meu estômago roncava cheio de raiva.

Wolf bateu a porta da caminhonete.

— Cara — ele começou, ao rodear a frente do carro. — O rosto do homem parecia carne moída. Agradeça por não ter visto.

— Guarda essa merda para si mesmo. — Passo entre os carros e paro quando vejo o Porsche rosa-Barbie da namorada do Bellamy estacionado na rampa para deficientes.

— Juro por Deus, Wolf, se ele trouxe a Drewbers para a noite dos caras no Waffle Hut...

A última coisa de que eu precisava no momento era passar tempo com outra pessoa do sexo feminino. Chutei o para-choque ao passar por aquele farol de riqueza ofensivo pra caralho.

— Estou me lixando se ele trouxe a garota — disse Wolf. — Ela paga a nossa comida.

Porque ela era Barrington e tinha um rio de dinheiro correndo no quintal. Aquele pesadelo de garota provavelmente cagava notas de cem depois do café da manhã, soprando beijos para elas ao dar descarga.

Desde que Lola foi embora, eu perturbava os caras toda vez que um deles sonhava em se relacionar com alguém. Se a garota que tinha me prometido, desde que tínhamos seis anos, que nunca me deixaria, e ela, na verdade, me deixou, eles com certeza não poderiam confiar que uma garota não cagaria na cabeça deles.

Nenhum ROMEU

Enfiei tudo relativo a Lola de volta aos recônditos da minha mente, então puxei a porta com letras impressas.

— Vamos lá. Estou com fome. Mova esses tocos de perna.

Uma nuvem de fumaça espiralava da chapa, carregando o cheiro das batatas rostie — cobertas, defumadas e fracionadas — pelo restaurante. O lugar estava vazio, com exceção dos caminhoneiros no balcão, e de Bellamy, lá na mesa dos fundos, curvado sobre um prato meio comido.

Putaria.

Passei pelo caixa.

— Bela forma de esperar por nós, otário. — Deslizei no lado vazio do assento de plástico, e ele ergueu o olhar de seu prato quase terminado.

— O que fez vocês demorarem tanto, porra? — ele perguntou.

Wolf deslizou ao meu lado.

— Sabe o sem-teto que fica ali pela fonte das cabras satânicas perto da igreja metodista gritando versículos bíblicos para as pessoas?

— Sim... — Ele enfiou um punhado de batata na boca.

— Alguém atirou no cara no meio da Highway 11. E aí um caminhão de nove eixos passou por cima dele.

Ah, merda.

Uma garçonete se debruçou por cima do acrílico que separava a mesa da cozinha para colocar mais talheres e copos de isopor sobre a mesa.

— Aqui está seu milkshake, docinho. — Chocolate pingava da borda.

Sempre que Bellamy trazia o irmão mais novo junto, a garçonete dava a ele um milkshake para viagem. Depois da conta.

Fazendo careta, desviei a atenção da bebida para ele.

— Você já está indo?

— Já estou atrasado. Eu deveria chegar na Drew às onze. Preciso devolver o carro dela.

— Eu estou tirando de você suas três insígnias de pegador. — Estendi a mão por cima da mesa e dei um peteleco na testa dele. — Dirigindo o carro da Barbie dela e largando a noite dos caras no Waffle Hut. — Balancei a cabeça, decepcionado. — Indo a encontros. Agora abandonando a gente. — Funguei. — Nada mais é sagrado.

— Eu não estou abandonando ninguém. Vocês que chegaram atrasados.

— O Homer Sem-Teto perdeu a vida essa noite! — Curvei a cabeça sobre a mesa e fiz o sinal da cruz. — Em nome do pai, do filho e do fantasma santo. Você não tem nenhum respeito pelos mortos?

Wolf cai na gargalhada. Bellamy enterra o rosto nas mãos.

— Não posso lidar com isso.

— Olha só para ele, Wolf. — Peguei outra batata, usando-a para apontar para Bellamy. — Não consegue lidar com a verdade. Ele ficou frouxo.

— Falando em frouxo... — Wolf sorriu e inclinou o queixo para mim. — Achei o Romeu aqui perto da casa da Lola hoje.

Eu o soquei antes de Bellamy me chamar de hipócrita filho da puta.

— Ele estava nas entranhas dela no banheiro lá na escola também.

— Eu não estava nas entranhas dela, nem na casa da garota. — Eu não estava prestes a deixar nenhum dos dois saberem o quão fundo eu havia caído no buraco de coelho de Lola. E foi por isso que me inclinei para trás no assento e tentei parecer presunçoso.

Bellamy tamborilou a mesa e inclinou a sobrancelha.

— Na casa de quem você estava?

— Não perguntei o nome dela. — Peguei o cardápio de plástico atrás do porta-guardanapo e o olhei como se já não soubesse o que ia pedir.

— Ou você simplesmente *esqueceu* o nome dela? — Wolf saiu da mesa e foi até a jukebox perto da entrada.

Segundos depois, os acordes iniciais de *Lola*, do The Kinks, estouraram pela porcaria dos alto-falantes do Waffle Hut.

Wolf se estatelou no banco bem quando o refrão começou a tocar, e senti meu olho tremer.

— Talvez isso vá agitar a sua memória-drenada-pelo-suco-de-fazer--bebês — disse ele, às gargalhadas, e então estalou um chicote imaginário. — Pá! Parado, chicoteado por boceta.

Bati na lateral da cara dele com o cardápio engordurado.

— Eu sou... — batei nele de novo — ... o chicoteador de boceta.

O barulho horrível do irmão de sete anos de Bellamy, Arlo, cantando "Baby Shark" veio de lá do banheiro.

Bellamy passou a mão pelo rosto e gemeu.

— Faz três semanas que ele está cantando essa música sem parar porque a Drew ensinou a ele.

Drew ensinou a ele porque ela era a encarnação do mal-encrustada-de--diamantes. Essa música poderia ser usada para tortura, e eu apostaria que a garota sabia disso.

— Está vendo a porcaria que a gente aguenta por estar com uma garota? "Baby Shark" e uma chatice de xer...

Nenhum **ROMEU**

— Nada mais de comentários envolvendo x-e-r-e-c-a, babaca. — Ele puxou o braço para trás como se fosse me dar um soco bem quando Arlo saltou para o assento vazio ao lado dele.

— Tio Hendrix não é babaca. — Arlo fez careta. Aquela criança conseguia ser séria pra caralho. — Ele é um filho da puta fodão, pique jogador caro.

Meu peito resplandeceu de orgulho. Wolf gargalhou.

Bellamy olhou feio para mim.

— Para de ensinar essas merdas para o meu irmão.

Essas merdas. A gente estava em Dayton. E essa era a verdade.

— Então você quer que eu ensine mentiras para ele?

Arlo balançou a cabeça.

— Mentir não é legal. — Então ele deu uma bela sugada no milkshake meio derretido.

Peguei o garfo na mesa e o apontei na direção dele.

— A menos que seja para quem?

— A polícia.

— E o que você nunca, jamais, fará, Arlo?

— Deixar uma menina saber que gosto dela, senão ela vai cagar no meu coração.

O garoto me agradeceria mais para frente.

— Isso mesmo. — Olhei para Bellamy. — Você deveria dar ouvidos ao seu irmão antes que a Drewbers cague merda de menina rica no seu coração de branco pobretão.

Suspirando, Bell pegou o milkshake e fez sinal para Arlo sair da mesa.

— Vamos.

— Mas eu quero ficar com o tio Hendrix.

— Não.

No caminho deles para a porta, ouvi a criança perguntar se ele tinha um coração de branco pobretão. Quase senti pena dele, mas a verdade era que cada um de nós tinha.

10

LOLA

Um dos atendentes de idade universitária havia ligado enquanto eu me arrumava para a escola hoje de manhã, implorando para que eu assumisse o turno. Imaginei que as gorjetas valiam faltar um dia de aula. E, se eu fosse sincera, eu saltaria à ideia de evitar o Hendrix.

Meus pés doíam por fazer o turno duplo, e meu telefone estava morto. Pelo menos Chad havia me oferecido carona de novo.

A caminhonete parou no sinal vermelho e olhei para o console.

— Obrigada de novo pela carona.

— Não foi nada. — Chad lançou um sorriso perfeito para mim de detrás do volante. Um sorriso que era brilhante demais para as ruas imundas pelas que passamos.

O lugar dele não era aqui. Isso significava que o de Gracie também não era mais aqui? O pensamento foi uma punhalada, mas eu não podia ficar brava por causa disso. Não queria que minha irmã mais nova pertencesse a Dayton. Caramba, eu não queria nem ficar perto desse lugar.

Ele saiu da rua escura, as rodas bateram em um buraco.

— Então... A Stacey disse que o Hunt passou no restaurante procurando por você mais cedo, quando você estava no intervalo. Querendo saber onde você estava.

Eu congelei. Não deveria ficar surpresa por Hendrix saber onde eu trabalho. Bellamy apareceu aqui com uma menina de Barrington dia desses, fingindo não saber quem eu era. Mas por que Hendrix estaria procurando por mim?

Passamos zunindo pela luz neon do Velma's, e foi quando percebi. Hendrix havia me acompanhado até em casa ontem à noite... até a minha mãe. Ele pensou que eu morava lá e, quando morei com ela antes, fiz tudo e qualquer coisa para dar o fora daquela casa. A única vez que faltei aula foi quando minha mãe tinha ficado bêbada e me causado um hematoma que eu não podia esconder. Ela não queria que ninguém ligasse para o serviço social e arriscar que Gracie fosse levada embora. Não por ela se importar. Ela simplesmente não queria perder o auxílio-família que a gente garantia para ela.

O pensamento fez um nó se assentar na minha garganta. Ele não deveria se importar, não depois de tudo.

— Olha — Chad começou —, não estou morando aqui há muito tempo, mas até eu sei que o Hunt não é nada bom.

Minha atenção se desviou da janela do lado do motorista da caminhonete, o brilho do painel destacava a careta de Chad.

— Você deveria ficar longe dele, Lola.

Lutei com um sorriso ao pensar em Chad Lancaster me alertando para ficar longe do grande e malvado Hendrix Hunt. Mas eu não estava prestes a explicar o laço profundo e distorcido que a gente compartilhava.

— Agradeço a preocupação, mas posso lidar com Hendrix.

Ele pressionou os lábios como se quisesse dizer mais, mas não disse. Simplesmente conduziu pelos quintais cheios de mato e as casas degradadas até parar do lado de fora da casa de Kyle alguns minutos depois.

— Obrigada pela carona — falei de novo, saindo do carro.

— Você ainda vai jantar com a gente amanhã, né?

— Vou. — Sorrindo, fechei a porta e o observei dar ré. Eu ainda estava temendo toda essa coisa de jantar em Barrington, mas estava animada para ver Gracie de novo.

Usei a chave extra que Kyle havia me dado para me deixar entrar, em seguida larguei a mochila no chão. A música chata do PlayStation ressoou pela casa e, quando contornei a porta da sala, estanquei.

Meu olhar foi de Kyle para Hendrix, que estava ao lado dele no sofá, com a manete na mão. Dado que ele estava obviamente procurando por mim, eu não deveria ter ficado surpresa.

— Estou indo dormir. — Kyle pausou o jogo, então ficou de pé, o gesto que fez com a mão teve a mesma sutileza de um tijolo.

Ele disparou pelo corredor, me deixando sozinha com Hendrix. E a sós, o escrutínio de Hendrix era ainda mais intenso. Eu me sentia como um nervo exposto em que ele tinha a habilidade ímpar de focar a atenção.

— Eu estou bem, Hendrix. — Não tinha energia para nadar pelas águas turbulentas daquela merda… o que quer que fosse aquilo. Banho e cama eram as únicas coisas de que eu precisava agora. — Mas obrigada por vir ver como eu estava. — Nós dois sabíamos que era uma despedida.

Respirando fundo, ele colocou a manete na mesinha de centro e se levantou.

Eu me senti uma otária, mas foi necessário. Isso não podia acontecer. *A gente* não podia acontecer.

Eu estava quase no banheiro quando a porta da frente abriu e fechou. Eu quis ir atrás dele e perguntar por que ainda se importava. Para ele me dizer que ainda se importava. Essa situação toda era mais difícil e mais dolorosa do que eu tinha imaginado. E nunca pensei que seria fácil.

Tranquei a porta do banheiro, liguei a água e tirei o uniforme. Eu havia acabado de fechar a cortina do chuveiro quando a fechadura da porta clicou. Alguém a havia aberto. E eu conhecia uma única pessoa que era boa em arrombar fechaduras…

— Você não mora com a sua mãe — disse Hendrix, a voz dele mal era audível acima do som da água batendo no azulejo. — Por que você me deixou te acompanhar até em casa?

A silhueta dele passou pela cortina, e eu desliguei a água. Eu não teria essa conversa enquanto estava pelada.

Estiquei a mão para fora da cortina, e ele me entregou a toalha.

— Eu não tenho casa, Hendrix. — A frustração borbulhou em mim quando envolvi a toalha ao redor do meu corpo, então puxei a cortina de novo.

Ele estava de pé diante da pia, os braços tatuados cruzados sobre o peito, os olhos azuis mirados direto em mim. Era como se ele pudesse ver todas as minhas piores fraquezas e, pela primeira vez na vida, eu não queria que ele fizesse isso. Fiquei ainda mais na defensiva enquanto o encarava.

— É isso que você quer ouvir? Que as minhas escolhas são a cretina da minha mãe ou o sofá do Kyle?

— Por que você simplesmente não me disse que não morava lá?

— Eu não queria que você soubesse.

Ele se endireitou e se afastou da pia.

— Por que você se importa?

— Por que *você* se importa?

Os dedos calejados agarraram o meu queixo, me forçando a olhar para ele.

— Eu preciso saber que você está bem.

Nenhum **ROMEU**

77

Eu me deleitei com a preocupação dele e com a gentileza de seu toque, mas não deveria. Precisava liberá-lo de qualquer obrigação que o levara ali naquela noite.

Apertando a toalha com força, coloquei minha mão livre em seu peito.

— Você não precisa mais cuidar de mim, Hendrix.

— Eu te prometi, quando tinha oito anos, que nunca deixaria ninguém te machucar... — E foi mesmo, logo depois de a minha mãe ter me deixado com o olho roxo. O fôlego quente tocou a minha bochecha quando ele se inclinou. Próximo e seguro, o cheiro familiar de sua pele foi um bálsamo reconfortante. — E eu não quebro minhas promessas.

Ele inclinou o meu queixo bem de levinho, e como um planeta sendo puxado para um buraco negro, lançando-se violentamente para a própria destruição, eu me aproximei. Sua boca pressionou na minha, suave e reverente. Esse beijo foi noite e dia comparado a ontem.

Foi tudo o que a gente havia sido.

Tudo o que eu perdi.

— Uma parte sua sempre será a minha garota, Lola. — Sua mão largou o meu rosto, e ele deu um passo hesitante para trás. — Mesmo que você não seja.

E, assim, ele se virou e foi embora.

11

HENDRIX

Fazia uma semana desde que beijei Lola no banheiro do Kyle, desculpa, no banheiro do bosta do Kyle. Mesmo que ela não estivesse cavalgando no pau dele, o cara ainda a ajudou a mentir para mim. Ela ainda estava ficando na casa dele. Tomando banho no chuveiro dele com seu sabonete de pêssego. E que semana longa de merda essa tinha sido, porque eu não podia mais negar que não a tinha superado.

Encarei o letreiro brilhante da 7-11, por fim reconhecendo que eu havia me tornado o meu pior pesadelo: um fracote hipnotizado pelas cobras dançantes da minha Medusa, e eu me odiava por isso.

Meu coração bem podia ser uma caixinha de areia para ela cagar onde bem quisesses, e isso tinha que mudar. E mudaria, essa noite, na nossa festa. Eu pegaria a primeira distração que piscasse para mim e a faria sugar aquele veneno de Medusa direto da mordida fresca.

Wolf empurrou a porta da 7-11.

— A gente só tem dinheiro suficiente para um pacote.

E um pacote não seria o suficiente para a festa de despedida do Bell. Minha atenção se desviou para a funcionária nova atrás do balcão, sorrindo para mim e estourando a bola de chiclete.

Um belo conjunto de olhos gulosos, o que significava que de jeito nenhum a gente pegaria só um pack de cerveja ou que eu usaria minha identidade falsa.

Contornei o corredor de doces logo atrás de Wolf.

— Cara, quantas embalagens você acha que consegue levar em dois minutos?

— O quê?

— Eu vou distrair a menina do caixa. — Apontei o queixo para a frente da loja de conveniências. — Você rouba a cerveja.

— O quê? Não! — Ele fez cara feia, olhando para a prateleira de pirulitos. — Eu distraio a garota.

— Ela estava me comendo com os olhos. Ela não quer o seu rabo gordo. — Apontei para a geladeira de cerveja. — Você pega.

— Aí eu vou para a cadeia?

— Você não vai para a cadeia por roubar cerveja, a menos que seja pego. Ele olhou para o teto, procurando por câmeras.

— Talvez uma noite na cela, idiota, pela chance de cerveja grátis.

Deus, eu não tinha paciência para isso. As pessoas chegariam na minha casa dali a duas horas, e essa porra medrosa procurando por câmeras.

Juro por Deus que eu estava rodeado por um bando de covardes. Bellamy choramingando por estar atrasado para ver a Drew. Wolf choramingando por roubar cerveja.

— Você sequer é de Dayton, Wolf? — perguntei, ao erguer uma sobrancelha antes de partir pelo corredor, em direção ao caixa.

Saí de detrás do expositor de Kit-Kat, meu sorriso de pegador ligado no máximo, a arrogância presente em cada passo, mas quanto mais perto eu chegava do balcão, mais o veneno de Lola começava a se espalhar. O rosto perfeito dela surgiu na minha mente, e a ideia de dar em cima dessa menina...

Eu murmurei um "caixinha de areia", depois olhei para o espelho convexo no canto.

Wolf já estava a meio caminho do corredor com dois packs de cerveja debaixo dos braços, e um contorno irregular ao redor da cintura onde, obviamente, ele enfiou mais latas dentro da calça.

Tudo o que eu precisava fazer era me aproximar um pouco, girar uma mecha de cabelo dela no dedo e dizer o quanto a achei gostosa. Simples. Fácil. Sem dúvida nenhuma, digno de cerveja grátis.

Eu me inclinei sobre o balcão. *Medusa*. Isso era uma completa palhaçada. Se eu não tomasse iniciativa, no segundo que o sino tocasse, Wolf estaria ferrado.

Cerrei a mandíbula e arrastei o olhar pela camisa de uniforme laranja e roxa da caixa. Distração vinha de muitas formas, e embora a paquera fosse a minha preferida, eu também era um mágico no que dizia respeito a confundir as pessoas...

— O laranja cai muito bem em você — disse, e ela sorriu. Tudo o que eu precisaria falar era que a cor destacava os olhos dela ou alguma cantada igualmente ruim. Mas eu não conseguia nem mesmo reunir a vontade de fazer isso. Então, o que eu preferi? — E eu tenho uma baita quedinha pelos Oompa Loompas.

Aquele sorriso desabou como cocô de rinoceronte. Então a sineta acima da porta tocou.

Merda! Bem quando a atenção dela se voltou lá para frente, pulei para o lado oposto e comecei a balançar os braços.

— Oompa Loompa, dumpa dê dê. Se você tiver xereca, vai poder foder. Você pode montar… uma… r-o-o-o-l-a também. Igual ao Oompa Loompa, dumpa dim-dim. — E movi os dedos das mãos abertas para o *grand finale*, e embora ela com certeza estivesse distraída… Ao que a droga da Lola Stevens havia me reduzido? Em um otário que canta música do Willy Wonka e balança as mãozinhas em vez de ser um filho da mãe de um pegador.

Disparei pela porta e acelerei para a bomba de gasolina.

Wolf olhou por cima do teto da caminhonete. Uma das sobrancelhas de taturana se ergueu.

— Eu acabei de ver você… — Ele jogou as mãos para cima e agitou os dedos ao rir. — Aqueles golpes com martelo de plástico ferraram mesmo com você, cara.

Esses otários culpavam o martelo de plástico por tudo. Isso não tinha nada a ver com umas poucas concussões e tudo a ver com Lola Stevens.

— Cala a boca, cara. — Estendi a mão para a porta bem quando o Camaro Z28 amarelo brilhante de Ethan Taylor parou no posto cantando pneu. Luzes saltaram da porta do passageiro assim que ela se abriu, e Max Harford, o otário do rei dourado de Barrington, saiu.

Eles só vinham a essa parte da cidade para usar identidade falsificada ou para começar alguma merda com a gente. E da última vez que fizeram isso… não tinha acabado nada bem para nenhum desses merdas que usavam Boa noite, Cinderela para estuprar as meninas.

O olhar de Max pousou na gente, e ele estancou.

— Ouvi falar que a sua namorada voltou, Hunt. — Ethan rodeou a frente do carro, com um sorriso convencido pregado no rosto.

O babaquinha devia estar com alguma sensação de falsa segurança por estar em local público. Para a minha sorte, e azar o dele, aqui era Dayton. Ninguém dava a mínima quando as pessoas caíam na porrada.

— E ouvi falar que a Lola está soltinha — comentou.

Nenhum **ROMEU**

81

Não percebi que havia me afastado da caminhonete do Wolf até ter segurado Ethan pelo cangote e socado o rosto dele na bomba de gasolina.

— Cara... — Wolf me puxou para longe, e Ethan espatifou no concreto sujo de óleo. — Estamos em uma rua movimentada.

Chutei as costelas de Ethan, depois cuspi nele.

— Só para você saber, eu limpo a bunda com aquela camisa de vocês que roubei no ano passado.

Comecei a ir na direção da caminhonete de Wolf, olhando feio para Harford ainda encolhido por detrás da porta do carona do carro esportivo. Creio que ele não queira um repeteco da surra que levou ano passado.

Wolf me passou um sermão no caminho para casa. O policial Jacobs estava procurando por razões para prender qualquer um de nós, e embora mesmo eu podendo admitir que sentar a porrada em Ethan na esquina de uma rua movimentada não fosse a melhor das ideias, quando envolvia Lola, não havia como eu me controlar. Nunca houve.

O primeiro soco que dei foi no jardim de infância. Um garotinho ranhoso puxou a calça dela para baixo quando ela estava curvada sobre a caixa de brinquedos. Sangue se espalhou pelos colchonetes da soneca e metade da sala chorou. Dali em diante, a maioria deles ficou com medo de mim, o que significava que não apenas me deixavam em paz, mas a deixavam em paz também.

Os faróis de Wolf brilharam sobre a casa quando ele virou na minha rua. Deus, ao desligar o motor, ele ainda estava falando na minha cabeça sobre a prisão.

— Para nossa sorte, os babacas de Barrington são medrosos demais para entregar a gente — falei.

— E quando eles não forem?

Abri a porta com um chute.

— Zepp mandou o Harford para o hospital, e todos eles disseram que foi um ataque de alguma gangue desconhecida. Nenhum deles mencionou o nosso nome. Assim, quantas vezes a gente deu uma surra neles, Wolf?

A sombra dele rodeou a caminhonete.

— Quantas vezes eles deram o primeiro golpe? — Ele pegou o resto da cerveja na parte de trás, então começou a subir a entrada escura. — Cada vez que a gente zoa com eles, tem uma razão. A polícia não ligaria para um otário rico falando demais. Eles darem Boa noite, Cinderela para as meninas. Eles virem à nossa casa com tacos. Eles dando o primeiro soco.

Cada uma das outras vezes que a gente deu uma surra neles, eles fizeram algo que sabiam muito bem que os faria parar no tribunal.

Parar no tribunal. Como se a maioria dos juízes fosse dar causa ganha para nós em vez de para eles. Eu me desvio dele nos degraus da varanda para abrir a porta.

— Nada para no tribunal com o dinheiro de Barrington.

— Talvez não, mas se você não acha que aqueles pais nojentos deles não cobram daqueles babacas dos filhinhos preciosos por isso... — Ele atravessou a sala e entrou na cozinha. — Envergonhar o papai rico pode colocar a herança deles em risco. — Então ele enfiou alguns packs na geladeira antes de se endireitar e olhar para mim por cima da porta amassada. — E o que um babaca de Barrington é sem a própria herança?

Nada. E, aos olhos deles, isso seria quase tão ruim quanto ser de Dayton. Talvez não fôssemos tão intocáveis como pensei que fôssemos quando se tratava de Barrington.

Duas horas depois, o baixo jorrava do sistema de som, fazendo tremer o vidro das janelas enquanto duas meninas de saia curta e short cortado dançavam ao som da música. Alunos de Dayton enchiam a sala, e algumas meninas de Barrington, graças à namorada de Bellamy, a quem, no momento, ele estava comendo lá no quarto de hóspedes.

— Ei, Hendrix... — Virginia Ford, uma das louras do vôlei, surgiu na multidão, agarrando meu pulso. — Tatuagem nova? — Ela piscou aqueles cílios falsos de farmácia e pressionou os peitos na minha barriga ao passar a unha sobre a primeira tatuagem que fiz no meu braço.

— Acho que Wolf disse alguma coisa sobre precisar de uma mãozinha. — Bati a mão dela para longe. — Talvez você devesse ir lá polir a maçaneta dele.

Ela deveria ter me dado um tapa, mas algumas meninas queriam essa merda. Um pouquinho de ódio, uma pitada de degradação. E o que eu tinha feito ao longo dos últimos dois anos? Lambido essa merda como se fosse champanhe banhado a ouro.

Empurrei Virginia para longe quando ela tocou meu cinto.

— Não estou a fim — disse, então passei entre duas meninas dando uns amassos e fui lá para cima, para o banheiro. É claro, havia alguém lá. Bati na porta.

— Juro por Deus se alguém estiver fodendo aí dentro...

Quando não disseram nada, fui para o meu quarto, caí na cama e encarei as estrelas que brilhavam no escuro que Lola havia posto lá quando tínhamos dez anos. Eu deveria tê-las tirado a essa altura. Só que não conseguia me obrigar a fazer isso. Assim como não conseguia me obrigar a tirar aquelas pulseiras.

Lola e eu nos criamos e aprendemos a sobreviver sozinhos, porque os adultos ao nosso redor estavam tão fodidos da cabeça por causa das drogas que a única coisa que importava era a próxima dose, não as refeições, nem o banho, nem acertar o despertador para mandar a gente para a escola. Havíamos formado um laço forjado em desespero e sobrevivência, que nos ensinou a amar quando não tínhamos noção do que essa palavra significa, e não havia como apagar isso. Não havia como destruir nem como picotar...

A porta do banheiro se abriu.

Assim que me levantei da cama, Virginia veio cambaleando ao virar no corrimão e entrou no meu quarto. Ela se jogou na minha cama, tentando se contorcer para tirar a blusa.

— Tire esse seu rabo bêbado daqui. — Eu a agarrei pela cintura, puxei-a de pé e a arrastei para o corredor. — Fique longe do meu quarto.

— Eu estou enjoada.

Eu a enfiei no banheiro bem quando ela teve uma ânsia. E o vômito bateu na pia.

— Ah, Deus... — Bati a porta às minhas costas quando Bellamy e Drew saíram do quarto de hóspedes.

Olhei feio para ela.

— É melhor você limpar a sua catinga de Paris Hilton dos meus lençóis. Estou tentando alugar aquele quarto.

— Sua casa é um buraco, e você acha que a minha catinga que vai ser o problema?

— Em Dayton, minha casa é um palácio. Merdas de gente rica não passam de uma monstruosidade cafona. — Olhei feio para ela. — Igual a você.

Bellamy passou a mão pelo rosto.

— Por que você fica implicando com ele, Drew?

— Eu não sei. Meio que gosto. Falando nisso… Ouvi dizer que a sua ex-namorada está lá na festa na casa do Bennett.

Lola em uma festa de Barrington… o verme do ciúme se contorceu no meu peito.

— Não estou nem aí.

Então voltei lá para baixo e fingi aproveitar a festa de despedida do meu amigo.

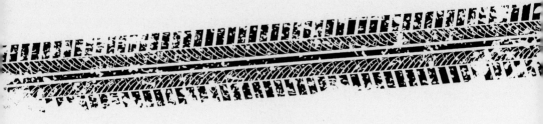

12

LOLA

— O príncipe beijou a princesa. — Fechei o livro purpurinado de contos de fadas e o coloquei perto do abajur na mesa de cabeceira de Gracie. — E eles viveram felizes para sempre.

Se ao menos aquilo fosse verdade. Na vida real, o príncipe beijava a princesa, gozava na blusa dela, a acompanhava até em casa, agia todo cavalheiresco, depois a beijava de novo e, por fim, passava uma semana sem olhar na cara dela.

Parei de pensar naquilo e arrumei o cobertor de babados ao redor de uma Gracie adormecida. Ela parecia tão pequena no meio daquela cama queen, rodeada por hordas de travesseiros e almofadas chiques.

Enquanto crescíamos, eu sempre lia para ela histórias para dormir que falavam de princesas, e aqui estava ela, vivendo feito uma, em um quarto gigante com uma quantidade de brinquedos digna de uma loja. Era uma diferença gritante dos lares adotivos em que vivemos. Os meus pais provisórios me proviam com o mínimo. Nada mais.

Os Lancaster eram bacanas. Eles pareciam gostar mesmo uns dos outros, *amar* uns aos outros... Jantar com eles tinha sido bem melhor do que eu havia esperado. Eles eram ricos de tantas formas, e Gracie era uma parte daquilo. Uma adição fácil à família perfeita.

Eu queria sentir rancor deles por serem capazes de dar a ela tudo o que eu não podia, mas não consegui. Só sentia saudade da minha irmã. Fiquei de pé e apaguei a luz, lutando contra a ardência das lágrimas enquanto fechava a porta.

— Ela dormiu?

Eu me assustei com o som da voz de Chad antes de me virar para olhá-lo. Ele estava no corredor, perto da porta aberta do que presumi ser o seu quarto. Uma camiseta de banda havia substituído a camisa social engomadinha que ele usou no jantar, e parecia tão desencaixada nele.

— Sim — respondi.

— Legal. — Ele começou a caminhar ao meu lado enquanto eu ia em direção à escada. — Então, estou indo a uma festa. Quer vir junto?

Parei com a mão no corrimão. Havia apenas um motivo para caras de Barrington quererem passar tempo com meninas de Dayton. Eles podiam não querer conversar nem se associarem com a gentalha, mas com certeza não se importavam de enfiar o pau nela.

Minhas defesas se fortificaram.

— Você não faz o meu tipo.

Sorrindo, ele se afastou o parapeito e se aproximou.

— Você também não. Você é muito... mulher.

— Ah. — *Oooooooh.* — Certo. Ok. Tudo bem.

— Feliz por termos esclarecido isso. — Ele passou o braço pelos meus ombros ao me conduzir pela escada em caracol que dava no foyer de mármore. — Então, sobre a festa...

Pelas interações que vi essa noite, Gracie amava o Chad, e ele a amava. Parte minha queria conhecê-lo melhor por causa dela. Mas eu odiava festas.

— Eu não disse que iria.

Ele parou perto da porta da frente antes de abri-la.

— Você não disse que não iria.

Suspirando, enfiei os pés no meu All Star e me abaixei para amarrar os cadarços.

— Acho que não tenho nada melhor a fazer.

Só que qualquer merda seria melhor.

Uma hora depois, decidi que as festas de Barrington não eram tão diferentes das de Dayton.

As pessoas dançavam e bebiam cerveja. Claro, a música não estourava dos alto-falantes, e era uma piscina em vez de um lago de água parada, e a bunda de ninguém estava de fora. Por enquanto.

Eu queria desgostar de Chad por ele ter tudo o que eu não tinha, mas, como toda a sua família, eu não podia. Quem diria que havia gente rica que não era escrota?

Entreguei minha cerveja a ele.

— Vigia minha bebida? — Era um dos maiores gestos de confiança que eu poderia oferecer, e o garoto pareceu saber ao pegar o copo plástico e dar um aceno de cabeça. Eu me levantei e saí em busca de um banheiro.

O interior da casa vazia era pretensioso. Obras de arte que uma criança de cinco anos poderia ter desenhado, e que sem dúvida nenhuma custava milhares de dólares, decoravam as paredes. O lugar parecia ter saído de uma revista de decoração, e o banheiro seguia a mesma linha. Por que ele precisava ser tão resplandecente e iluminado só para alguém ir lá cagar?

No momento em que saí para o corredor, alguém me agarrou e me jogou na parede.

— Sai de cima de mim, porra. — Empurrei o peito forte do cara, entrando em pânico por causa do silêncio que fazia no resto da casa.

— Qual é o problema, sua piranha? Não está no clima para seduzir nenhum homem bom e decente para o meio das suas pernas venenosas?

Ele se afastou o suficiente para que eu conseguisse ver suas feições raivosas, o talho horrendo em sua testa.

— Meu pai me contou o que você fez, *Lola Stevens*. Ele não merece estar na cadeia por causa de uma puta interesseira de Dayton.

Pai? Ele se moveu, e a luz atravessou aquelas feições terrivelmente familiares. Feições que estavam marcadas no meu cérebro como uma cicatriz. Johan Taylor tinha um filho… E ele sabia do meu segredo mais sombrio…

Tudo ao redor esvaneceu, e meu pulso saltou em uma batida frenética. Eu não sabia nada de Johan a não ser que ele era um estuprador. Um estuprador que agora o filho tentava defender…

— O que *eu fiz*? — Uma tempestade de raiva me açoitou por dentro. — Não há nada de bom nem de decente no merda do seu pai. Tomara que o rabo dele esteja sendo estuprado todos os dias.

Com um rosnado, ele pressionou o corpo todo no meu.

— Talvez eu devesse…

— Seu desgraçado filho de uma puta! — A voz cheia de raiva de Hendrix ribombou pelas paredes segundos antes de ele arrancar Ethan de cima de mim. — Eu deveria ter te nocauteado lá no posto de gasolina. — Hendrix deu vários socos no rosto de Ethan. Sangue respingou no mármore imaculado pouco antes de ele cair. — Você só pensa em tocar nela de novo, e eu te mato. — Ele montou no cara, e continuou desferindo golpes em seu rosto.

— Hendrix — gritei. — Para.

Mas ele continuou dando socos enquanto eu estava congelada contra a parede, todas as emoções que havia reprimindo por causa de Johan e Hendrix arranharam a superfície da minha pele.

— Jesus Cristo… — Wolf veio correndo pelo corredor escuro e arrancou Hendrix de cima de Ethan. — A gente tem que dar o fora daqui. Agora. — O olhar dele foi de Hendrix para mim. — Agora, Lola. — Então ele dobrou no corredor e gritou para Hendrix correr.

Hendrix passou a mão pelo rosto, a expressão estava feroz e possessiva quando fechou o espaço entre nós.

— Ele tocou em você? — Ele segurou meu rosto com os dedos sujos de sangue.

Balancei a cabeça e tive um vislumbre de sua mandíbula pulsando antes de ele me pegar pela mão e me puxar na direção da frente da casa. Atravessamos a porta correndo, depois disparamos para o Civic surrado do Bellamy, com os faróis acesos e esperando no fim da rua suburbana.

Wolf havia acabado de entrar no lado do carona quando Hendrix puxou a porta de trás e me enfiou lá dentro. Assim que ele entrou, Bellamy pisou fundo.

Ficamos em silêncio durante todo o percurso até Dayton, o que fez muito pouco para distrair as lembranças em *looping* na minha cabeça. Dois anos depois, eu ainda me sentia suja. Contaminada. Minha vida ainda estava em frangalhos.

Meu olhar se desviou para Hendrix, para a luz da rua pincelando a lateral de seu rosto.

Johan ainda tinha um ano de pena, mas ele *sairia*, e aí o que aconteceria? O caso havia sido selado, mas agora Ethan tinha me abordado, Hendrix descobrir a verdade parecia uma possibilidade real demais. E depois de vê-lo dar uma surra no Ethan por me tocar…

O Honda parou em frente à casa de Hendrix. Nem Bellamy nem Wolf disseram uma palavra quando ele saiu.

Meu coração rogou para eu sair do carro e me jogar nos braços dele, o único lugar em que poderia me sentir segura e confortada. Mas, agora, mais que nunca, eu precisava me distanciar de Hendrix.

Nenhum ROMEU

Encontrei o olhar de Bellamy pelo retrovisor.

— Você pode me levar para a casa do Kyle?

Com um bufo irritado, Hendrix agarrou o meu braço e me puxou do banco de trás antes de fechar a porta do carro com um chute.

— Espera...

Bellamy deu ré a uma velocidade assustadora, me deixando sozinha com Hendrix e os meus demônios.

— Você vai ficar aqui — disse ele, antes de dar as costas para mim e se arrastar pelo mato crescido ao ir em direção à varanda.

Eu deveria ter dado meia-volta e ido para o Kyle, mas, mesmo que pudesse reunir a vontade de me afastar dele, ele provavelmente não me deixaria. E, assim, eu o segui até a casa velha e familiar.

Uma sensação de acolhimento me invadiu no momento em que entrei. Uma vida de lembranças morava ali e, apesar da nossa pobreza, elas eram boas. Nenhum lugar teria tanto cara de casa quanto aquele imóvel velho caindo aos pedaços.

Ele desapareceu para dentro da cozinha, me deixando na sala rodeada pelo que obviamente pareciam ser os remanescentes de uma festa. Reparei nas latas de cerveja e nos caras bêbados roncando no chão, me perguntando por que Hendrix estava em Barrington em vez de aqui?

O chão rangeu quando ele saiu da cozinha, passando um pano de prato pela garganta tatuada e manchada de sangue.

— Por que você deixaria sua própria festa para ir a uma em Barrington? — perguntei.

Ele jogou a toalha ensanguentada na mesa de centro, cada músculo de seu corpo se retesou.

— Não importa.

— Importa, sim. — Não que eu não estivesse grata pela interferência dele. Parte de mim queria que ele tivesse ido atrás de mim e me dito isso.

Sem falar nada, ele passou por mim e foi lá para cima. Eu o segui, e quando parei à porta de seu quarto, disse a mim mesma que era porque eu precisava de respostas, sabendo muito bem que eu queria mais.

Ele arrancou a camiseta cheia de sangue e depois se livrou do jeans. Meu olhar deslizou pelo peito largo e tatuado antes de parar no meu nome rabiscado em suas costelas. *"Eu nunca vou deixar de estar com você"*, ele disse quando a fez. Falando com uma fé que só um garoto de quinze anos com uma identidade falsa teria. Desviei a atenção para os lençóis desbotados do

Homem-Aranha que ele usava na cama desde os oito anos.

— Não fique parada aí no corredor feito uma esquisitona — falou.

— Estou respeitando os limites. — Os meus. Os dele. Eu não sabia.

— Limites. — Ele bufou, em seguida atravessou o quarto, agarrou o meu punho e me puxou para dentro. — É assim que você quer chamar?

— É.

Ele apagou a luz.

— Os mesmos limites que você estava respeitando no banheiro na semana passada?

Eu estava grata por ele não poder ver o calor inundando minhas bochechas.

— Só me dê uma camisa, e vou dormir no outro quarto.

— Você não vai dormir no outro quarto. Não tem tranca. — A sombra dele se moveu para a cômoda, o que foi seguido pelo som de uma gaveta se abrindo. — E há gente que eu não conheço lá embaixo. — Uma camisa pousou ao meu lado na cama.

A contragosto, eu a vesti antes de abrir o sutiã e puxá-lo por uma das mangas.

— Tudo bem. — Depois de tirar o short, entrei na cama do meu ex-namorado. O último lugar em que eu deveria estar no momento. Ou na vida.

O ranger das molas foi como um aviso quando ele se arrastou para o meu lado.

Encarei o brilho fraco das estrelas moribundas no teto e meu coração se apertou ao vê-las. Eu as tinha colado lá quando éramos pequenos, porque Dayton era um lugar tão merda que a gente não conseguia ver as estrelas… As pequenas formas de plástico mal brilhavam mais, assim como a gente. Uma representação fraca de algo que uma vez tinha sido resplandecente.

Momentos de silêncio se estenderam entre nós, a sensação de desconforto ficou pior.

Bufando, Hendrix se moveu na cama.

— Isso é estranho pra cacete.

— Foi você quem não me deixou ir para o Kyle.

As molas rangeram antes de a mão dele pousar na minha barriga. Algo em mim se assentou com o contato mínimo e conhecido.

— O que eu posso dizer… — Ele brincou com a bainha da minha blusa. — Sou um babaca ciumento.

Nenhum **ROMEU**

— É o *Kyle*.

Ninguém poderia ser menos ameaçador. Em todos os anos em que somos amigos, Kyle nem uma vez olhou diferente para mim. Mas Hendrix nunca foi muito racional. Ele havia feito o garoto desmaiar, pelo amor de Deus.

— E é *você*... — Ele se ergueu sobre o cotovelo, me olhando de cima enquanto a indecisão brincava em seus olhos. — Que palhaçada. — Ele agarrou meu queixo antes de descer o rosto para o meu.

Tive tempo de me afastar antes de seus lábios pressionarem os meus, mas não quis. Porque não importava o que tinha acontecido nem o quanto a vida havia nos danificado, eu sempre o quereria.

Meus lábios se afastaram. A língua dele passou pela minha, e me entreguei ao beijo como se pudesse me afogar nele. Aquela era uma péssima ideia, mas eu ansiava por suas mãos no meu corpo, por seus lábios, pelas palavras sacanas sussurradas no meu ouvido.

Depois de dois anos de saudade e querendo Hendrix, a gente estava bem ali na cama onde tiramos a virgindade um do outro. *Ele* estava bem ali, os dedos envoltos no meu cabelo puxando minha cabeça para trás.

— Me diz que não parece certo — ele suspirou em meus lábios, e seus olhos buscaram os meus através da luz âmbar do poste em frente à janela.

Parecia certo. Esse era o problema. Hendrix havia sido o raio de esperança na nuvem escura que pendia sobre a minha vida. Os últimos anos sem ele tinham sido nada além de escuridão. E eu estava desesperada para que um raio de sol me aquecesse.

— É uma péssima ideia, Hendrix. — Mesmo enquanto falava, eu o agarrei pela nuca e o puxei para mais perto, porque precisava disso.

Só mais uma vez.

— As péssimas ideias são sempre as melhores. — Ele rolou para cima de mim, o pressionar duro do seu pau se acomodou entre as minhas coxas enquanto sua boca se movia pela minha garganta. — Você pode me pedir para parar... — A mão dele deslizou para debaixo da minha blusa e agarrou o meu seio. — Você quer que eu pare?

Não pode, não deve, não faça; tudo isso voava pela minha mente em uma velocidade frenética.

— Não. — Agarrei o cós da boxer dele e a puxei para baixo antes de agarrar o pau com piercing. — Não para.

Ele estocou na minha mão, e os dentes cravaram no meu pescoço com um gemido reprimido.

— Porra, eu quero você. — Outra estocada e o pré-gozo molhou a palma da minha mão.

Abri ainda mais as pernas, prendendo o pau dele entre a minha mão e a calcinha de renda. Cada estocada fazia todos os meus nervos faiscarem, como se meu corpo estivesse acordando de um sono longo e profundo.

Gemi, arqueei as costas para longe da cama e o imaginei se movendo dentro de mim.

— Merda — ele suspirou. — Eu não consigo aguentar. — Então puxou minha calcinha para o lado. Sua ereção deslizou por cima de mim, e perdi o controle. — Me peça para te comer. Por favor. — Ele beijou a minha garganta. — Antes que eu perca a cabeça.

Loucura que só Hendrix conseguiria agitar dentro de mim assumiu. Passei as unhas pela sua bunda nua em uma tentativa de puxá-lo para mais perto, para fazê-lo entrar em mim.

— Me come, Hendrix.

A súplica mal deixou os meus lábios antes de ele entrar em mim, com força e profundamente.

Fazia dois anos desde que estive com ele, desde que estive com *alguém*... e a brutalidade daquilo enviou uma pontada de dor pelo meu corpo.

— Jesus... — Ele congelou, assoviando ao respirar. — Pare de me agarrar assim.

Eu não podia evitar. Ele me preencheu, me esticou, me consumiu até eu sentir somente a ele.

— Porra. Eu não consigo... — Ele saiu e entrou com tudo de novo, seu aperto em meus quadris me punia tanto quanto o seu pau.

Cada estocada forte parecia como se ele estivesse tentando voltar para mim por meio daquela foda, carimbar sua reivindicação.

Em questão de segundos, ele tinha me feito arranhar suas costas, avançar em direção ao mais doce prazer, mas então ele estancou. A boca bateu na minha. Os quadris titubearam, os músculos tensionaram sob minhas mãos.

— Deus, Lola. Eu... — Ele se enterrou o mais profundo possível e gemeu.

Ele simplesmente gozou.

Antes de mim.

E dentro de mim. Meu coração afundou com o pensamento de que ele havia acabado de me usar. Deus, o que eu estava fazendo?

— Merda. Eu não queria... — Respirando com dificuldade, ele abaixou o rosto para o meu pescoço. — Sua boceta é gostosa demais.

Nenhum ROMEU

Antes que eu pudesse dizer: *"Ah, que bom para você"*, ele se sentou e agarrou a parte de cima das minhas coxas. Então a boca quente pousou na minha boceta, a língua fazendo círculos minúsculos no meu clitóris.

— Porra, sentir o meu gosto em você... — Ele era tão sacana e tão bom com aquela boca.

— Você é tão... — Mas eu não consegui terminar a frase porque o que ele acabou de fazer me fez agarrar os lençóis e lutar com um gemido.

— Bom em chupar boceta? — Ele sorriu entre as minhas coxas abertas. — Eu sei.

Duas passadas de língua fizeram meus músculos tremerem, meu peito arfou em expectativa. Então ele entrou com os dedos e eu desmoronei. Emocional e fisicamente. O prazer assumiu o meu corpo como uma droga, me deixando chapada a cada passada de língua, cada estocada de sua mão. Meus dedos abriram caminho por seu cabelo, puxando seu rosto para mais perto só para conseguir uma fricção extra. Tensão se construiu em meus músculos, se esticando feito uma mola sob pressão e, então, o orgasmo me rasgou como fogo líquido.

Meus membros ficaram frouxos, e fiquei deitada lá, desfrutando do rescaldo maravilhoso do que ele havia acabado de fazer comigo.

— Má ideia, hein? — Ele caiu no colchão ao meu lado enquanto eu tentava em vão recuperar o fôlego.

Foi uma péssima ideia. Eu tinha trepado com o Hendrix, e nem podia aproveitar muito a sensação porque ele havia gozado dentro de mim.

Eu tinha deixado Hendrix gozar dentro de mim.

Dava para eu ser mais burra?

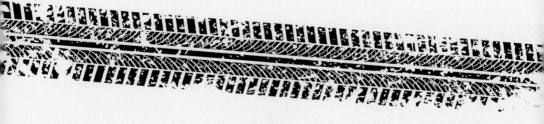

13

HENDRIX

Passei a última hora deitado na cama, ouvindo a sirene das ambulâncias, observando o sol da manhã se infiltrar pelas persianas, e a abraçando como se ela fosse minha. Como o idiota patético que eu evidentemente era, porque, por mais que quisesse odiá-la, eu não odiava.

Eu odiava o que ela havia feito conosco. Mas, caramba, eu tinha sentido falta disso.

Puxei Lola um pouco mais perto, dizendo a mim mesmo que poderíamos começar de novo. Que seria fácil. Que poderíamos fazer dar certo... que eu seria idiota por não tentar. *Hipocrisia do caralho.*

Ela respirou fundo, pressionando a bunda em mim ao se espreguiçar.

O que fez o meu pau acordar. Graças a Deus. Pensar com o meu pau era muito mais fácil do que com o imbecil do meu coração. Pressionei meu pau na sua rachadura, e ela congelou antes de se virar de costas.

— Você pode colocar *isso* daí no lugar.

Eu a apertei mais forte e dei uma estocada em sua coxa.

— Ah, eu posso sim.

Ela se desvencilhou do meu braço antes de se sentar de modo abrupto.

— Eu tenho que ir.

— Para onde você "tem que ir" às oito da manhã?

— Tenho certeza de que boa parte das meninas deixam a sua cama muito mais cedo, Hendrix. — Ela pegou o short no chão e o puxou pelas pernas ao ficar de pé. — Café da manhã não costuma fazer parte da etiqueta de sexo sem compromisso.

Raiva. Caramba, ela estava com raiva.

— Qual é a porra do seu problema. Você não...

— Nada. — Ela faz uma pausa, ainda de costas para mim ao fechar o short. — Nem tudo tem a ver com você, Hendrix. Eu tenho que ir ver um quarto e... — Ela ergueu a mão como se precisasse se deter antes de se virar para me encarar. — Não importa.

Dependendo de onde era o quarto, importava com certeza, ainda mais quando eu tinha um quarto vago e precisava de ajuda. Seria a coisa mais inteligente do mundo ela vir morar comigo? Provavelmente não. Ainda tem uma tonelada de merda do que a gente não falou e nem tentou resolver, e mal conseguimos ficar três minutos juntos antes de o meu pau ficar duro. Mas, ex-namorada ou não, algumas partes de Dayton eram piores que outras. Eu preferiria que ela ficasse em segurança, mesmo que o meu coração fraco e idiota não estivesse. Sentei na cama, cocei meu cabelo amassado de dormir enquanto a observava calçar o tênis.

— Onde é o quarto?

— Dayton.

Eu me movi para a beirada do colchão e o cheiro doce da boceta dela se ergueu dos lençóis.

— Norte ou sul?

Captei o indício de uma mentira se formando... seu lábio inferior formou um beicinho que se contorceu como se ela tivesse consumido açúcar demais.

— Sul — respondeu, então se curvou para amarrar os cadarços, e uma cortina de cabelo louro escondeu seu rosto mentiroso.

Nem fodendo ela moraria no Northside. Aquele lugar fazia o meu bairro parecer Bel Aire.

Eu me sentei na cama, os lençóis empoçaram ao redor dos meus quadris nus.

— Juro por Deus, Lola. Se você for olhar um quarto no Northside...

Ela se endireitou e levou as mãos aos quadris.

— Então o quê?

— Você tem mesmo que pensar no "então o quê?".

Ela me conhecia a vida toda. Ela sabia que não havia fim para a merda que eu podia fazer, ainda mais quando ela estava envolvida. Atear fogo em carros. Explodir coisas. Amarrar algum merdinha e deixá-lo nos trilhos do trem até ele se mijar.

— O Northside faz esse lugar parecer a porra do Taj Mall Hall. — Eu sabia que tinha falado errado. E sabia que aquilo a irritaria.

— É Taj Mahal!

— Foi o que eu disse. Taj Mallhall.

— Você é impossível. — Ela passou a mão pelo rosto. — Olha, já faz um mês que estou dormindo no sofá do Kyle. Preciso de um lugar para ficar. Um lugar barato.

— Eu tenho um quarto sobrando que estou tentando alugar. Como… você… sabe.

— E nós somos as últimas pessoas que deveriam morar juntas. Como… você… sabe.

Meu olhar desceu para os peitos dela, e os lençóis formaram uma tenda.

— Na verdade, Manezinho Northside te trancando no porão e dizendo para você hidratar a pele é a última pessoa com quem você deveria morar. — Eu me levantei e atravessei o quarto, ciente do olhar de Lola seguindo a ereção balançante que eu exibia. — Você quer mesmo pagar aluguel para algum tarado que vai acabar te matando?

Bufando, ela ergueu o olhar para o teto.

— Você poderia, *por favor*, esconder esse seu pau?

— Vá para cama e eu faço isso. — Palavras vomitadas que eu não consegui manter dentro da boca. Eu vivia pelos momentos em que as bochechas dela avermelhavam de raiva.

— Que se foda. — Ela pegou o telefone na mesa de cabeceira. — Vou me arriscar com o Manezinho.

Eu a peguei pelo braço, com o pau ainda para fora, logo antes de ela escapulir para o corredor.

— Sério. Me ajudaria muito se você ficasse aqui. — Não era mentira.

Mas até mesmo eu sabia que seria o equivalente a pôr duas cascavéis na mesma gaiola. Se ela tentasse trazer algum cara para casa, eu arrancaria a jugular dele e o castraria com ela.

Seu olhar buscou o meu por uns poucos segundos, e lutei muito para me concentrar em qualquer coisa que não no calor do corpo dela tão perto do meu pau exposto.

Enfim, ela suspirou e se desvencilhou de mim.

— Não posso acreditar que estou considerando isso.

Acenei pelo corredor para a porta fechada com o pôster rasgado do Nirvana preso lá.

— O quarto é bem ali. Se cheirar a Paris Hilton, é culpa da namorada irritante do Bellamy.

— Tudo bem. Mas só porque estou desesperada. — Ela deu uma

última olhada na minha rola antes de seguir para as escadas. — Preciso me arrumar para o trabalho. Acho que te vejo mais tarde.

— Pegue alguns Taco Casa no caminho para cá. Com molho extrapicante.

— Não vou te trazer o extrapicante. Te dá gazes.

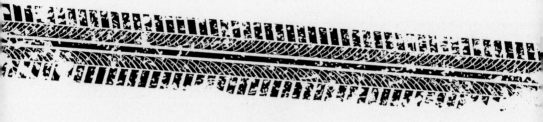

14

LOLA

Estava quente pra caralho quando saí do ônibus em Barrington, e durante o trajeto de vinte e cinco minutos, eu ainda não tinha conseguido entender em que merda estava pensando ao ir dormir com Hendrix, que dirá aceitar morar com ele. Mas eu estava desesperada, e sabia que estaria em segurança lá. Fisicamente, pelo menos. Meu coração, nem tanto.

Passei reto pelo restaurante e parei na farmácia da esquina para comprar a pílula do dia seguinte antes do meu turno.

A mulher atrás do balcão me julgou com o olhar. Fiquei tentada a mostrar o dedo do meio para ela quando joguei os cinquenta dólares que eu não podia gastar. Puta não era nem a palavra de como eu me sentia por gastar meu dinheiro suado para Hendrix Hunt gozar. Metade do aluguel semanal. Mas o que mais eu deveria fazer?

Peguei a bolsa e saí antes de atravessar a rua e bater o cartão no The Squealing Hog.

Era metade do turno, e eu só havia faturado vinte dólares... o que era metade do que eu já teria ganhado. Cada mesa com a galera jovem de Barrington que eu atendia não me deixava gorjeta, e eu não era ingênua o bastante para achar que era coincidência.

Hendrix tinha dado uma surra no Ethan Taylor, e eu não tinha dúvida de que as notícias já haviam se espalhado. Barrington não precisava de razões para odiar ninguém de Dayton, ainda mais o Hendrix.

Limpei outra mesa que não havia deixado gorjeta, então voltei para fazer parte do trabalho extra.

Eu tinha acabado de encher um balde com gelo quando alguém tocou o meu ombro.

— Ei. Você não respondeu às minhas mensagens.

Fechei a porta do freezer e olhei por cima do ombro para ver Chad. Eu não tinha respondido, porque estive ocupada fazendo o que não devia com o meu ex-namorado.

— Eu não tive tempo…

— E está me evitando durante todo o turno.

— Não estou te evitando. Estou ocupada. Você está ocupado… — E eu ainda não tinha pensado em uma boa razão para ter deixado o cara no meio da festa.

— Ethan contou para todo mundo que o Hunt deu uma surra nele porque pegou vocês dois juntos no banheiro. Não que seja da minha conta, mas…

— Ele é um merdinha mentiroso. — Ergui o balde de gelo e comecei a ir para os fundos. Queria contar a verdade a ele, mas não diria nada que pudesse prejudicar Hendrix no caso de Ethan decidir prestar queixa. O garoto era dissimulado a esse ponto.

— Lola!

Meu olhar foi para o fim do corredor onde Pete, nosso gerente, estava com uma careta bem feia em seu rosto flácido. Ele apontou o polegar para trás.

— Meu escritório.

Isso não podia ser bom.

Chad me olhou com preocupação antes de eu atravessar o corredor e entrar no escritório lúgubre e sem janelas.

Pete fechou a porta.

— Recebi várias reclamações de você hoje. Serviço lento, não preencheu os refis e mau-atendimento.

Três chances para acertar quais mesas fizeram as reclamações.

Bati o pé no chão sujo.

— Mesas do colégio Barrington, por acaso?

— Não importa.

— Eles não gostam de mim…

— Eu não estou nem aí para os seus dramas adolescentes. Melhore o serviço. — Ele se virou para o computador, me dispensando. — Volte ao trabalho.

É claro que ele não se importava com o fato de que eu não havia feito nada de errado. Babaca.

Voltei ao trabalho, e cada mesa de Barrington que chegava pedia para se sentar no meu setor, reclamava com Pete e ia embora sem me deixar gorjeta. Tenho certeza de que acabaria perdendo o emprego.

Os faróis de Kyle refletiram na placa da rua Victory Lane. Bem quanto ele se aproximou da casa de Hendrix, meu telefone apitou com uma mensagem do diabo em pessoa.

> Satã: Tenho que ir resolver umas paradas. Você se lembra de onde fica a chave reserva?

> Eu: Sim.

> Satã: Não esquece o Taco Casa.

> Satã: Molho extrapicante.

> Eu: Não peguei com molho picante.

Isso era normal demais. Uma conversa que eu teria tido com ele antes de tudo ir para o inferno. O Honda de Kyle parou de repente debaixo do brilho do poste logo em frente à casa de Hendrix.

— Kyle, você pode parar na entrada.

Ele balançou a cabeça, inflexível.

— Não. Quem sabe o que ele fará se eu invadir a propriedade.

Olhei pela janela da casa escura.

— Ele nem está aqui.

A lufada da bombinha soou.

— Ele vai saber!

Kyle era além de ridículo, mas não havia como fazer o garoto mudar. Suspirando, peguei o saco do Taco Casa no assoalho do carro, saí e fui para o banco de trás pegar a única caixa com as minhas coisas. O motor roncou antes de Kyle se afastar, o brilho das lanternas traseiras sumiu quando ele virou a esquina cantando pneus.

Ele vai saber... Quase revirei os olhos ao me arrastar pelo mato alto. Como se Hendrix tivesse algum tipo de sentido-aranha.

Rodeei a lateral da casa. O sensor de presença foi acionado e brilhou na velha cama elástica lá no quintal. A em que Hendrix e eu brincávamos quando crianças. O lugar em que a gente se pegava quando adolescentes. Tudo nesse lugar estava ligado a uma lembrança feliz.

Deixei a caixa nos degraus da varanda, limpei as teias de aranha da casa de passarinho feita de madeira no degrau de cima e peguei a chave reserva lá dentro.

Era tão estranho entrar na casa dele como eu costumava fazer.

Meu olhar vagou pelos armários velhos, pelo papel de parede descascando, os desenhos de giz de cera que eu e Hendrix havíamos feito na parede quando tínhamos seis anos.

Me mudar para cá podia não ter sido uma escolha inteligente, mas não daria para negar que tinha gosto de lar. Larguei o saco do Taco Casa no balcão, segui pela casa e espiei a porta aberta do quarto dele quando cheguei lá em cima.

Um feixe de luz do corredor atravessava o cômodo, iluminando algo brilhante no chão. Eu não deveria ter olhado, não deveria ter aberto a porta nem entrado lá dentro... peguei o prendedor de cabelo cheio de brilhinho que eu tinha certeza absoluta de que não era meu.

Eu não tinha notado *aquilo* antes de deixar Hendrix me comer.

Eu não sabia quem tinha deixado aquilo nem quando. E não precisava. Nós éramos colegas de casa. Uma transa de uma noite só. Colegas de casa!

Deus, se algum dia eu precisei de qualquer confirmação do meu nível patético de desespero, então me sujeitar a isso por vontade própria já bastava.

Quebrei aquele tic-tac idiota, joguei no lixo do banheiro, depois saí feito um furacão para o quarto de hóspedes e desfiz a mísera caixa com os meus pertences. Eu não tinha muita coisa. Algumas roupas e artigos de higiene, a maioria do que havia ali eram bugigangas e bilhetes de Hendrix, o cara que guardava tic-tacs de brilhinho.

Por fim, tirei Sid, a Preguiça, um bichinho de pelúcia que Hendrix havia ganhado para mim em uma máquina no Wal-E-Mart quando éramos crianças. Era o meu bem mais valioso, a única coisa que eu não suportaria perder.

E ele tinha a droga de tic-tacs de brilhinho...

Eu tinha acabado de colocar Sid no lençol gasto quando a campainha tocou. E tocou de novo. E de novo.

Irritada, desci correndo e abri a porta.

Virginia Ford estava parada lá usando um vestido rosa de alcinha e o cabelo louro preso em um rabo de cavalo no alto da cabeça. Ela tinha uma quedinha pelo Hendrix desde o primeiro ano. Assim como a maioria das garotas.

Teve uma vez que ela veio a uma das festas dele e do Zepp e mostrou os peitos. Hendrix gritou e disse que as córneas haviam queimado. Ela não achou a situação tão engraçada quanto eu. Por que *ela* estava aqui?

— O que você quer, Virginia?

— É Gigi agora. — Ela me olhou da cabeça aos pés e estourou a bola de chiclete. — Passei aqui para pegar meu prendedor de cabelo.

O prendedor de cabelo *dela*? Aquela merda de peça brilhante e reluzente era da Virginia Ford. Ele havia trepado com ela? Que. Se. Foda. Essa. Garota. Uma bomba nuclear estourou no meu cérebro, e lutei para esconder minha reação.

Ela girou uma mecha de cabelo ao redor do dedo. Quis arrancar aquele cacho oxigenado e tacar fogo nele bem diante dela.

— Deixei aqui ontem à noite — ela afirmou, sorrindo.

Ontem à noite?

Ontem.

À.

Noite.

Porra!

Meu coração acelerou tanto que quase me engasguei nele.

Aquela piranha não estava aqui por causa de uma merda de tic-tac de brilhinho que vinha em saquinho surpresa de uma criança de cinco anos. Ela queria um repeteco, e tudo nela me fez querer pegar o prendedor quebrado e socá-lo em seus olhos.

Respirei fundo, obrigando o surto se acalmar enquanto eu pintava um sorriso no rosto.

— Hendrix não repete a dose, *Virginia*. A não ser que seja eu. — Eu a olhei dos pés à cabeça. — E eu quebrei o seu tic-tac. — Então bati a porta na cara dela. Puta.

Fiquei de pé lá na entrada, encarando a escadaria enquanto o pensamento dele trepando com ela horas antes de estar enterrado em mim surgiu no meu cérebro. A ideia toda me fez sentir uma fúria cega. Eu me sentia suja e desrespeitada da pior maneira possível.

Saí enlouquecida pela sala e peguei a primeira coisa que vi, a manete do PlayStation dele, e a joguei na parede ao seguir para a cozinha. O som de rachadura foi maravilhoso. Que bom, tomara que tenha quebrado.

Em seguida, abri os armários e peguei a caixa novinha de Pop-Tarts dele antes de ir pisando duro de volta para o meu quarto. Se havia uma coisa que sempre deixava Hendrix puto era alguém roubar seus preciosos biscoitos pré-cozidos.

Eu ia comer aquela caixa todinha, mesmo que isso me fizesse passar mal.

Nenhum **ROMEU**

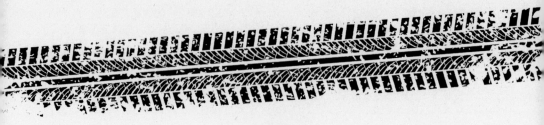

15

HENDRIX

Meu estômago roncou pelo Taco Casa que eu sabia que estava esperando por mim enquanto Bellamy e eu seguíamos pela rua escura em direção à casa da garota que ele costumava pegar. Havia quase um mês desde que Tony tinha pedido a gente para roubar um carro, e eu estava excitado com a perspectiva das mil pratas que cada um de nós levaria para casa. Eu precisava daquele dinheiro tanto quanto um urso precisava cagar.

Bellamy parou fora do alcance da luz do poste, depois se abaixou atrás de um arbusto meio morto.

— Merda. A caminhonete do pai da Nikki está na entrada. Talvez a gente devesse...

Eu o soquei com tanta força no ombro que ele quase caiu no arbusto.

— Larga de ser medroso, Bell. — Talvez ele pudesse se dar ao luxo de não roubar o carro. Eu não podia. — Tony foi específico ao pedir um Z28, e você sabia tão bem quanto eu que a Tetas de Salame tinha um estacionado no quintal.

Bell espiou a casa através do arbusto.

— Ele apontou uma arma para mim uma vez por mijar no quintal, Hendrix. É o meu primeiro semestre na faculdade. Não quero morrer.

— Você disse que ele tinha a mira ruim.

O brilho eletrônico da televisão na sala da frente era a única luz ligada na casa. Todo mundo em Dayton sabia que o Sr. Wright era um bêbado furioso. As chances eram de que ele estivesse desmaiado na poltrona reclinável.

Olhei por cima do ombro, e só consegui ver o formato da sombra da caminhonete de Wolf estacionada na rua, com o motor ligado e os faróis apagados. Antes de eu começar a me arrastar pela grama, fiz para ele o sinal de mão que avisava que a gente ia entrar.

Bellamy bufou, depois me seguiu ao redor da casa.

— Isso é uma idiotice do caralho.

— Tudo o que a gente faz é idiota pra caralho.

Subi no tronco morto que havia derrubado metade da cerca de arame, depois saltei para o quintal.

O luar refletia o capô do Camaro vermelho-berrante estacionado ao lado de um balanço quebrado.

— Juro por Deus, Hendrix. Ele vai reconhecer a gente caso nos veja. Se nós formos presos... — Bell olhou para a casa atrás de nós, com os nervos visivelmente abalados, como se ele não tivesse passado os últimos três anos roubando carros, e só um de nós havia ido para a cadeia por roubo. Tudo culpa de Monroe James e seu diabólico eu ruivo.

— Ele está bêbado demais para enxergar direito. Ninguém vai ser preso.

— Tudo bem. Se eu levar um tiro, vou matar você.

— Entre nós dois, com certeza ele vai atingir o seu rabo. Você é mais lento e, para variar, não fui eu quem comeu a filha dele.

Resmungando, Bellamy largou a bolsa tática do pai dele no chão com um baque surdo. Em questão de segundos, a tranca tinha sido aberta.

Ele foi para trás do volante, mas o agarrei pela blusa e o puxei para trás.

— Que merda você está fazendo, Hendrix? — Ele me empurrou, mas eu ainda consegui me manter entre ele e o carro.

— Você é péssimo para fazer ligação direta. Deixei você ficar com o último carro que roubamos, trinta e sete dias atrás, e poderia ter batido uma para um cream-cracker quando você finalmente fez a coisa pegar.

Tirei um monte de guardanapos amassados da frente, me abaixei no banco do motorista, desmontei a barra de direção e logo puxei os fios. Fagulhas acenderam no interior empoeirado. O motor rugiu à vida, enviando o aroma pungente de mofo pelas saídas do ar-condicionado.

— Ótimo — ele falou. — Agora vaza.

— Cala a boca e entra no lado do carona.

— Você não pode dirigir, Hendrix. Sua carteira foi suspensa.

— Como se eu desse a mínima.

— É mais seguro pegar carona com um cego bêbado do que com você. Agarro o cinto de segurança e me prendo.

— Sai. — Bellamy chuta a lateral do meu assento.

O refletor da casa da Nikki acendeu, seguido por uma batida da porta de tela. O Sr. Wright apareceu na varanda usando cuequinha branca, com uma lata de cerveja na mão e uma espingarda na outra.

Nenhum **ROMEU**

Se fosse para eu rodar em uma saraivada de tiro, teria que ser algo épico, tipo roubar milhões de um banco enquanto Lola me pagava um boquete. Não roubando uma merda de Camaro do quintal da Nikki Tetas de Salame Wright.

— Seus filhos da puta! — o pai de Nikki gritou da varanda dos fundos, apontando a arma para a gente.

Bellamy se lançou sobre o capô, indo em direção à porta do carona enquanto eu engatava a marcha.

— Vai, Hendrix! Vai! — A bunda dele mal havia tocado o assento antes de eu pisar fundo no acelerador.

O motor impressionante rugiu para a vida como um gato selvagem, pneus cantaram e o carro derrapou pelo quintal bem quando um tiro soou.

Uma bala atingiu a traseira do carro.

Fui com tudo em direção ao alambrado. Ele atirou de novo. Fagulhas de verdade acenderam quando a bala atingiu o painel lateral.

— Puta que pariu, cara! Pensei que você tivesse dito que a mira dele era ruim.

Virei para a rua, e Wolf arrancou, cantando pneus, e fumaça se ergueu no brilho das lanternas traseiras.

Outra bala zuniu pelo ar. Verifiquei o retrovisor sujo assim que o pai de Nikki chegou à rua com a lata de cerveja e a espingarda. Ele parou no meio do asfalto, tomou um gole antes de apoiar a coronha na barriga e mirar.

Puxei para um quintal, arando a vila de anões de jardim. Cacos coloridos saíram voando.

— Sério, Bell. Aquilo é má pontaria?

— Cala a boca e dirige, seu babaca.

Depois de atropelar uma piscina inflável do Wal-E-Mart, entrei rabeando na estrada de mão dupla que atravessava Dayton e pisei fundo no carro velho. O que seria melhor do que descer por uma estrada de chão deserta às onze da noite em um Z28 vermelho-maçã-do-amor com um adesivo enorme que dizia "Demônio Berrante" cobrindo o para-brisa?

Além de ter os lábios quentes de Lola envoltos no meu pau enquanto eu fazia isso?

Porra nenhuma.

Bellamy me deu um soco no ombro.

— É por isso que você não pode dirigir.

— Não posso? — bufei, então engatei a quarta e pisei no acelerador. — Parece que é o que estou fazendo, filho da puta.

Ele bufou e balançou a cabeça.

— A gente vai para a cadeia.

— Em algum momento. — Nada em Dayton era mais certo que a morte e cumprir pena.

Pneus cantaram quando fiz uma curva fechada, e Bellamy, como a divazinha com medo-de-bala que era, segurou firme na alça da porta.

O carro rabeou bem quando o que parecia digno de uma delegacia inteira de luzes vermelhas e azuis apareceu ao longe. Bem onde ficava a garagem do Tony.

Tirei o pé do acelerador, observando Wolf atravessar o estacionamento da 7-11.

— Ah, puta que pariu, cara. Talvez a gente vá para a cadeia.

A polícia estava por toda parte, e eu ali no banco do motorista de um carro roubado. Girei o volante, fiz uma curva fechada para o estacionamento escuro do Catfish Cabin e virei o carro com um cantar de pneus. Saí de lá como se a coisa estivesse prestes a explodir e parti em disparada.

Os passos de Bellamy bateram atrás de mim na calçada.

— Você deixou ligado!

— Não brinca. — Me atirei por sobre um arbusto morto, depois atravessei a rua até o posto de gasolina e entrei na caminhonete do Wolf.

— Cara… — Ele se inclinou um pouco mais sobre o volante, encarando a garagem. — Espero muito que o Tony não tenha sido preso.

— Quem mais poderia ser?

— Uma perseguição policial? Apreensão de drogas? É Dayton.

E qualquer uma dessas opções seria mil vezes melhor para a gente. Se tivesse sido o Tony, minha bunda magra seria reduzida a ossos.

Bellamy entrou na parte de trás, completamente ofegante quando bateu a porta.

— Caramba, Hendrix. Você corre direitinho.

— É claro que eu corro. Como você acha que me safei roubando as paradas do Wal-E-Mart por tanto tempo? Se você não puder correr mais rápido que o segurança em uma daquelas scooters, o laranja vai ser o seu novo pretinho básico.

Uma frota de viaturas passou zunindo pela estrada, sirenes berravam conforme paravam na frente da casa do Tony.

Wolf engatou a marcha.

— É melhor a gente dar o fora daqui…

Nenhum **ROMEU**

    Minha adrenalina ainda estava a toda quando Wolf me deixou em casa. Teria sido uma merda e tanto se acabasse indo em cana por roubo de carro um mês antes de o meu irmão ser solto pelo mesmo crime.

    Entrei e acendi a luz da sala, mas parei a meio caminho do sofá. Um buraco novo decorava a parede acima da televisão, e minha manete rachada jazia no chão.

— Mas que...

— Comprei o seu Taco Casa.

    Lola saiu da cozinha, com um saco de papel na mão. Sorrindo, ela chutou a lixeira para a porta, abriu a tampa e largou o pacote lá.

— Mas que porra? — Segurei os dois lados da cabeça por causa daquele sacrilégio. Havia um monte de comida porcaria que o povo podia jogar fora, mas Taco Casa não era uma delas. — Você enlouqueceu?

    Ela olhou dentro dos meus olhos, aquela fúria insana e descontrolada de Medusa luzia à vida.

— Também comi todos os seus Pop-Tarts. — Ela me mostrou o dedo do meio. — Tomara que você morra de fome.

    Senti minha testa franzir, meu olho tremer.

— Por que você faria algo assim?

— Por que você treparia comigo no mesmo dia que comeu a Virginia Ford?

De onde ela tinha tirado uma merda dessas?

— A única pessoa que comi ontem à noite foi você! — Dei um passo na direção dela, minha irritação por causa daquilo e o Taco Casa arruinado se intensificou bem rápido.

— Você não teve nem tempo de trocar a porra dos lençóis.

— O que você não está entendendo? — Fiz sinais como se fosse um controlador de tráfego acenando para um 747 para dar ênfase à minha frustração, pontuando cada palavra quando reafirmei: — Eu não comi ninguém ontem à noite.

— Eu vi o prendedor de cabelo dela no seu quarto, Hendrix. — A garota deu um passo para a sala. — Ela apareceu para um repeteco essa tarde.

    O fato de Lola se sentir no direito de ficar puta por causa de um encontro não existente que ela *pensou* que eu tive quando a gente nem sequer estava junto, depois de ela ter me traído, foi jogar gasolina em fogo aceso.

Eu já tinha dito duas vezes que não havia transado com a garota, mas se ela não queria ouvir; se Lola queria deixar aquela raiva psicótica dela espiralar, então, bem, eu forneceria todo o vento necessário para queimar a porra toda.

— Eu já te disse lá na sala do Brown. Eu não repito a dose. — Abri um sorriso torto que sei que berrava "espertinho arrogante".

O olho de Lola teve um espasmo antes de ela respirar fundo.

— Quer saber, estou pouco me lixando para onde você enfia esse seu pau.

Ótimo. Porque ela não precisava se lixar. E eu não precisava querer enfiar a coisa nela.

— Quem eu como não é da porra da sua conta!

Sua mandíbula cerrou conforme ela atravessava a sala, parando para me dar um tapa no peito.

— Aqui está o seu aluguel. Menos vinte e cinco dólares da pílula do dia seguinte. — O dinheiro voou para o tapete manchado da sala quando ela foi em direção à entrada. — Vou te informar quanto custou depois que eu fizer o teste para IST — ela gritou antes de virar no corredor.

Passos raivosos pisaram nos degraus.

Engoli o desejo de gritar, depois soquei a parede. Eu podia ser babaca, mas não era tão babaca *assim*. Se houvesse a mínima chance de eu ter alguma coisa, não teria colocado um dedo nela.

E não havia. Eu sempre fazia exames e não tinha feito nada sem camisinha com ninguém exceto ela.

— Eu não tenho nada — gritei. — Eu não como meninas sem camisinha.

— É o que diz todo cara que não vale nada. *"Você é a única"*. *"Livre de doenças"*. *"Me deixa ir no pelo, gata"*.

Dei a volta no portal e parei aos pés da escada antes de ela chegar ao andar de cima. Ah, a santinha. Subi dois degraus por vez. Raiva e ciúme agitaram uma lama tóxica nas minhas veias.

Por mais hipócrita que aquilo me fizesse ser, eu odiava a ideia de que outro cara, ou muitos outros caras, pudessem ter tido o corpo dela.

— Até onde sei — falei, ao dar a volta no corrimão —, sou eu quem precisa fazer exames.

— Vai se foder, Hendrix.

Eu a segurei pelo braço antes de ela chegar à porta do quarto. Lola se virou e uma ferroada forte pousou na minha bochecha. Tropecei para trás por causa da pura surpresa. Ela havia, palma da mão na bochecha, me dado um tapa. E o meu pau amou. Pelo menos até eu notar a repulsa em seu rosto.

— Você me dá nojo.

Disse a garota que tinha dado para outra pessoa.

— Engraçado, porque você não pareceu sentir nojo nenhum enquanto eu chupava a minha porra da sua boceta ontem à noite!

— Só porque o seu pau não aguentou dois minutos. — Ela me olhou dos pés à cabeça. — É melhor você se agarrar à memória da minha boceta apertada te fazendo gozar em segundos, porque você não vai sentir isso de novo.

Então ela entrou feito um furacão no quarto e bateu a porta. Eu havia convidado a Medusa a entrar, e esse era o meu acerto de contas.

Na manhã seguinte, Bellamy me levou até o Bullseye para que eu pudesse comprar mais Pop-Tarts. Porque, é claro, Lola havia declarado guerra quando jogou meu precioso Taco Casa fora e, evidentemente, ao comer todos os meus amados biscoitos cheios de aditivos químicos. E eles nem eram de marca genérica.

Quando voltamos para casa, eu os escondi debaixo do sofá.

Bellamy me olhou entranho antes de pegar a manete do videogame e ligar o PlayStation.

— Você acabou de colocar a parada debaixo do sofá?

— Sim. — Peguei minha manete quebrada na mesinha de centro e liguei a TV.

— Por quê?

— Guardar longe da luz faz durar mais.

— O armário é escuro. São Pop-Tarts. Tem um monte de merda que impede o negócio de estragar.

— É a sua opinião.

Começamos a jogar. Dois minutos depois, o avatar do Bellamy atingiu o chão do deserto.

— Como é possível você ser tão ruim nesse jogo? — perguntei.

Ele resmungou alguma coisa antes de apertar o play de novo.

Eu o rastreei ao rodear a lateral do prédio pixelado. O avatar dele congelou, e eu puxei o gatilho.

— Sério, babaca, o que é...

— Seu hipócrita filho da puta! — ele gritou. — Você trepou mesmo com ela naquele banheiro, não foi?

Antes que eu pudesse desviar os olhos da tela, Lola passou na frente da televisão, a caminho da cozinha.

O olhar estreitado de Bellamy foi dela para mim. Então ele me empurrou.

— Depois de toda a merda que você falou comigo por causa da Drew, você está traçando a sua própria Medusa? — Ele balançou a cabeça. — Agora, me diz, quem perdeu as insígnias de pegador?

— Eu não estou dando para ele! — Lola gritou lá da cozinha.

Felizmente, me salvando. Eu não queria perder as minhas insígnias de pegador. Naquele exato momento, eu estava trepando com ela? Não. Mas esperemos até à noite...

— Que mentira. Que mentira do caralho — Bellamy disse, apontando para mim. — O pau dele é que nem um imã. Não tem como você estar aqui e não estar sendo traçada.

Pelo canto do olho, vi Lola ir para a porta, mas a ignorei, me concentrando em dar uma surra em Bellamy no jogo.

— Prefiro que o pau que me traça tenha um pouco mais de exclusividade.

Exclusividade... bufei ao ouvir aquilo. Que moral ela tinha para falar de exclusividade?

O avatar de Bellamy me perseguiu ao redor de um arbusto.

— Então por que você está aqui? — ele perguntou a ela.

Atirei, então olhei para ele do outro lado do sofá.

— Ela está alugando o quarto.

— Você está alugando o outro quarto... para a sua ex-namorada. — O olhar arregalado dele se desviou da TV para Lola. — Sua ex-namorada surtada, ciumenta e doida pra caralho?

— Eu gaguejei, seu filho da puta?

Um isqueiro passou zunindo pelo rosto dele.

— Eu não sou surtada, seu babaca.

Quando a tiravam do sério, ela era e muito. Como uma hiena feroz alimentada de colherzinha com um pouco de metanfetamina.

Nenhum **ROMEU**

— Vocês dois são igualmente surtados. Isso vai ser um puta de um espetáculo. — Ele voltou ao jogo. — Vocês dois vão se matar. Vai ser que nem a Amber Cagalhão cagando na cama multiplicado por cem.

Lola se sentou no braço da poltrona reclinável, bem em frente ao circulador de ar. Tentei me concentrar no jogo, até ela cruzar uma perna sobre a outra. O movimento fez sua saia subir um centímetro pela coxa. Caramba, as pernas dela eram as melhores. E eu tinha uma quedinha por aquelas pernas melhores...

— Rá! Toma essa, otário — Bell gritou.

Voltei a olhar para a tela e vi meu avatar deitado em uma poça de sangue. Rindo, ele enfiou a mão debaixo do sofá e tirou minha caixa de Pop-Tarts de seu esconderijo.

Bati uma mão na testa quando ele abriu a embalagem metálica e deu uma mordida.

— Cara, por que você fez isso?

— Qual é o problema?

— Escondendo Pop-Tarts de mim, Hendrix? — Tomando um gole lento de café, Lola abriu um sorrisinho. — Você sabe que eu amo um desafio.

Ontem à noite, a garota estava furiosa comigo por ela mesma ter imaginado que eu estava comendo outra menina, e agora estava querendo brincar com os meus Pop-Tarts só para me irritar.

Vrau! Vertigem induzida por Medusa.

— Que ótimo, Bell. — Dei um tapa nele. — Olha só o que você fez agora.

— Comi um Pop-Tart. Pelo qual eu paguei? — Ele colocou a caixa aberta na mesa de centro.

— Não. — Apontei um dedo raivoso para o outro lado da sala, para a demônia empoleirada na poltrona. — Você deixou a Medusa saber de um dos meus esconderijos.

Ele balançou a cabeça e se levantou do sofá.

— Mal posso esperar para ver o que vai acontecer quando ele ouvir sua cabeceira batendo na parede. Você prefere rosas brancas ou vermelhas no seu funeral?

— Não estou nem aí para com quem ele trepa — Lola disse. — Assim como ele não está nem aí para com quem eu trepo. Está, Hendrix?

Minha atenção foi com tudo para ela com aquela droga de caneca e aquelas drogas de pernas. Os ossos do meu pescoço estalaram. Eu estava aí. Ah, eu estava *muito* aí.

— Se você gostar de trepar com cadáveres — eu disse, em seguida mordi a parte interna da bochecha com uma risada que eu sabia que flertava com a psicopatia. Mas era o que a garota fazia. Ela me levava à beira da loucura.

Apertei ainda mais a manete e minha sobrancelha se ergueu conforme eu a olhava do outro lado da sala.

— Porque se algum cara for idiota o bastante para vir aqui te comer, isto é o que ele vai se tornar: um cadáver morto e apodrecido.

— Que se fodam os Pop-Tarts. — Bellamy ri e joga a embalagem na mesa de centro. — Eu preciso de pipoca para *essa* merda.

— Bem, o que serve pro galo, serve pra galinha. — Lola ergueu uma sobrancelha.

Meu olho tremulou bem quando a porta dos fundos se abriu e depois se fechou com uma batida.

— Eu vou torcer o pescoço da sua galinha… — Depená-la e devorá-la.

Bellamy bufou no momento em que Wolf chegava à sala, vindo da cozinha. Os olhos injetados se arregalaram quando ele viu Lola na poltrona.

— Por que ela está no meu lugar? — A atenção dele se virou para mim. — Ah, caralho. Você está comendo a garota de novo, não está?

Lola bufou.

— Estou alugando o quarto. Nada de sexo. Pode sair dessa.

Wolf bateu a mão na cara e balançou a cabeça.

— E é assim que o mundo acaba.

— Vocês são as mocinhas mais dramáticas que já conheci na vida — Lola resmungou antes de ficar de pé, e apanhou um pacote de Pop-Tarts na caixa antes que Bellamy pudesse pegá-la de volta. — Lento demais — disse, que nem a peste que era, e ergueu o biscoito em um brinde de foda-se improvisado enquanto saía da sala.

Dei uma olhada rápida para a bunda dela, quase saindo para fora da camisa, e minha irritação por causa dos Pop-Tarts se transformou em irritação por causa do meu pau ficando ereto.

Os caras estavam certos.

Esse negócio de morar juntos seria semelhante a um apocalipse, talvez só para as minhas bolas e a minha dignidade. Em que eu havia me metido, caralho?

— Repito. — Wolf riu. — Você está por um fio, seu filho da puta.

Eu me virei no sofá e mostrei o dedo do meio para ele.

— Cala a boca, desgraçado. A única coisa por um fio aqui são as minhas finanças.

Nenhum **ROMEU**

113

Ele se largou na poltrona reclinável com um suspiro profundo.

— As finanças de *todos* nós estão por um fio, porque Tony está na cadeia.

Quando chovia em Dayton, só caía diarreia.

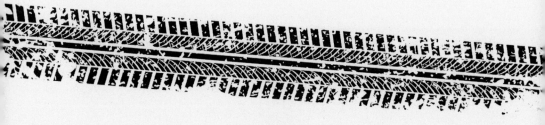

16

LOLA

Minha primeira noite na casa do Hendrix foi tranquila. Ele ficou no PlayStation; e eu, no quarto. Tudo muito civilizado.

Mas, no meio da minha merda de turno pós-igreja no domingo, eu ainda estava enjoada por causa dos Pop-Tarts que havia roubado e comido naquela manhã.

Com base no fato de que meu cliente atual pediu os dois dólares de troco, concluí que meu humor, que já estava péssimo, só seguiria ladeira abaixo.

Fingindo sorrir que nem uma palhaça, coloquei o dinheiro dele na mesa.

O homem o pegou e jogou um livreto com as palavras *Jesus Salva* na capa em cima das migalhas que ele deixou, e bateu o dedo sobre o objeto quando saiu da mesa.

— Essa é a melhor gorjeta que eu poderia deixar para você, docinho.

Meu rosto aqueceu. Minha pressão subiu e latejou nas minhas têmporas. Eu quis gritar, mas, em vez disso, sorri através de dentes cerrados.

— Mas Jesus não paga as contas, paga, moço?

Sem esperar pela resposta religiosa e arrogante, eu me virei e deixei o livreto sobre a mesa.

Estava a meio caminho da máquina de bebidas para pegar uma jarra de chá gelado para reabastecer uma mesa quando a *hostess* passou.

— Mesa trinta e dois pediu para se sentar na sua praça, Lola.

Olhei para o outro lado do restaurante. Max Harford e um Ethan Taylor machucado estavam sentados em uma mesa no meio de um grupo de meninas, todas me olhando feio, como se eu tivesse acabado de cagar na bolsa de marca delas. Exatamente do que eu precisava hoje.

Eu me aproximei da mesa, disposta, paciente e forçando um sorriso quando perguntei o que eles desejavam beber. Duas das meninas pediram Coca diet. Então me virei para Ethan.

— Eu vou querer chá gelado e o merda do seu namorado em um par de algemas — ele disse, e a mesa caiu na gargalhada.

Eu queria dizer a ele para ir se foder, em seguida afogá-lo em um jarro de chá gelado. Mas antes eu poderia...

— Espera — a única morena no grupo disse, o olhar julgador me percorrendo. — *Ela* é a menina com quem Hendrix Hunt namorava? — Jogou a cabeça para trás, soltando uma risada irritante. — Se esse é o padrão dele... talvez eu saia com o cara problemático de Dayton só para partir o coração de pobretão dele.

Outra rodada de risadas estridentes saltou ao redor da mesa daqueles otários, e minha irritação explodiu em um cogumelo atômico de pura ira.

— Chá gelado para você também? — perguntei. Mas, antes que a garota pudesse responder, ergui o jarro e despejei tudo em sua cabeça.

Ela gritou, e o zumbido da conversa no restaurante silenciou na mesma hora.

— Vão se foder, seus riquinhos mimados revoltados com o papai. — Então bati o jarro na mesa e me virei.

Os olhares de quase todo mundo lá me seguiram enquanto eu saía.

Foi só quando passei pelos banheiros que Pete gritou o meu nome, me dizendo para entrar no escritório dele. Cem por cento de certeza de que eu seria demitida, dei a volta no balcão, já desamarrando o avental.

— Nem se dê ao trabalho de me demitir. — Joguei o avental no peito dele. — Estou cansada de servir esses babacas insuportáveis.

Então fui lá para os fundos pegar a minha mochila e saí.

A meio caminho da rua, minha raiva dissipou e a realidade veio com tudo. Eu havia acabado de perder o emprego. Um dia depois de ter encontrado um lugar para alugar, e eu havia gastado meia semana de aluguel naquela maldita pílula.

Tirei o telefone da bolsa para ligar para Kyle, mas, quando fui discar, o aparelho morreu. Levei o braço à boca e o mordi para deter o grito, então chutei uma lata de cerveja que estava no acostamento. O líquido quente esparramou pelo meu tornozelo e me fez chegar ao limite.

Esse dia todo poderia ir se foder.

Depois de percorrer dois quilômetros pela estrada, parei na frente de um Piggly Wiggly abandonado e me ajoelhei. Só mais cinco quilômetros...

Cascalho amassou atrás de mim quando um veículo parou no acostamento.

Eu me virei, superesperando encontrar algum pervertido tentando a sorte, mas, em vez disso, o que vi foi a caminhonete de Chad. A janela abaixou.

— Precisa de carona?

— Não, eu...

— Limã! — Aquela voz talvez fosse a única coisa que poderia me fazer me sentir melhor nesse dia horrível.

Caminhei até o lado do passageiro e olhei lá atrás.

Gracie estava presa ao assento infantil, o tule resplandecente e amarelo de outro vestido de princesa preenchia quase todo o espaço. Uma mancha de chocolate cobria a bochecha gordinha quando ela sorriu para mim.

— Entra — Chad disse, e eu entrei.

— Oi, Jujuba. — Olhei por cima do ombro, sorrindo para o rosto meigo enquanto prendia o meu cinto. — Aonde você foi toda arrumada assim?

— Para uma festa. Tinha bolo, pula-pula e a Cinderela. — Ela tagarelou sobre a festa toda, falou até mesmo dos pôneis. Quem tinha dinheiro para pagar por pôneis em uma festa de criança?

Chad verificou o trânsito da estrada e o olhar se desviou para a minha blusa.

— Você saiu no meio do turno?

— Eu pedi demissão. — O silêncio foi preenchido apenas pelo tic, tic, tic da seta. — Posso ter entornado um jarro de chá gelado em uma escrota de Barrington.

— Então, Pete estava prestes a te demitir... — Ele riu quando dei o dedo para ele.

Dessa vez, não passei as coordenadas para a casa do Kyle, mas para o da Hendrix.

No minuto que o tapume branco desbotado apareceu, minha atenção foi direto para Hendrix empurrando o cortador de grama pelo quintal. Sem camisa e suado, com o sol brilhando pelo seu peito e abdômen encharcados.

Jesus Cristo. Morar com o cara seria muito mais fácil se ele parecesse estar pelo menos *um pouco* na média.

Chad virou a caminhonete para a frente da casa. Gracie estava falando de ter glitter rosa na crina de um dos pôneis quando arquejou.

— Rei Bunda Mole!

O cinto clicou, e a porta de trás se abriu com tudo.

— Gracie... — comecei a falar, mas ela já estava atravessando o trecho em uma nuvem de tule amarelo.

Hendrix desligou o cortador de grama quando ela correu pelo quintal cheio de mato.

— Princesa Tontinha! — Sorrindo, ele se abaixou e abriu bastante os braços antes de ela colidir com seu corpo largo. Ele pegou minha irmã no colo, envolvendo os braços tatuados ao redor do corpinho enquanto ela enterrava o rosto no pescoço dele.

Meu coração se contraiu, assim como os meus ovários.

Ele sempre a chamou de Princesa Tontinha, e ela sempre o chamou de Rei Bunda Mole. Eu não conseguia nem me lembrar de como e por que isso tinha começado.

— Hum — Chad disse. — Nunca esperei que Hunt...

— Ela ama o cara — minha voz ficou embargada. Tudo o que foi tirado de mim também foi tirado dela... e de Hendrix. — Ela é como uma irmã para ele. — Saí da caminhonete e contornei a frente do veículo.

Quando cheguei perto o bastante para ouvi-los, Gracie estava contando a Hendrix sobre a festa.

— ... e a gente montou neles. — Ela passou um dedo minúsculo pela tatuagem em seu pescoço. — E a gente foi nadar porque a casa da Sara é um castelo com piscina.

— É? — Ele olhou para ela, enfeitiçado, conforme ela tagarelava e tagarelava, falando *com* ele.

E eu fiquei de lado, assistindo, meu coração tendo um fraco por ele como nunca antes, porque eu tinha um fraco por Gracie. E os dois juntos... Hendrix a havia criado mais do que a nossa mãe, e com certeza mais do que o dito pai dela.

— Florzinha — Chad chamou. — A gente tem que ir.

Hendrix lançou um olhar para o outro lado do quintal que dizia que ele arrancaria os braços de Chad e bateria nele com eles.

— Mas eu não quero ir. — Gracie se agarrou a Hendrix feito um velcro. — Eu estou com tanta saudade dele.

A criança estava acabando comigo.

Lágrimas arderam nos meus olhos, e inclinei a cabeça para trás, piscando para afastá-las, antes de afagar a bochecha da minha irmã.

— Eu sei, mas a Srta. Emma espera que você vá para casa. — *Casa*. Eu odiava que não fosse mais aqui.

Balançando a cabeça, Gracie enterrou o rosto no peito de Hendrix de novo.

— Não!

Hendrix deu um tapinha nas costas dela.

— Ei. Qual é. Olhe para mim.

Devagar, ela se afastou, o olhar marejado fixo nele. Sempre senti um pouco de inveja do vínculo que eles tinham. Fui irmã e mãe dela por quase toda a sua vida; a pessoa que dizia não e que a fazia ir para a cama. Hendrix... bem, ele simplesmente era o favorito dela.

— Eu também estou com muita saudade de você. — Ele engoliu em seco, e eu sabia que aquilo o chateava tanto quanto a mim. Mas era o que a gente podia ter. As lasquinhas mínimas que a gente conseguia.

Ele enfiou uma mecha de cabelo louro atrás da orelha dela.

— Você mora em um castelo agora, Princesa Tontinha?

Assentindo, ela apertou as bochechas dele.

— Então você tem que ir. Um castelo precisa da sua princesa, não é?

Gracie assentiu de novo, e quando ele a colocou no chão, ela o soltou com relutância.

Eu a peguei pela mão e a levei pelo gramado. A cada poucos passos, ela olhava para ele, por cima do ombro. Até mesmo Chad encarava o chão como se desejasse que a coisa se abrisse e o engolisse.

Quando ela chegou perto do carro, Chad se agachou e a pegou no colo, depois secou as lágrimas do rosto dela. O garoto gostava dela. E ela gostava muito dele...

— A gente vai voltar, florzinha.

E eu esperava que ele tivesse sido sincero. Seria crueldade dar esperança a ela, mas eu não tinha dúvidas de que Emma Lancaster não ia querer Gracie perto do bandido de Dayton.

Eu não podia dizer que Hendrix era bonzinho, mas ele era para mim, tinha sido para mim; e, para ela, ele era o melhor.

Eu me inclinei e beijei a bochecha vermelha.

— Amo você, Jujuba.

Ela fungou.

— Amo você.

Chad a prendeu no assento antes de entrar na caminhonete chique que parecia deslocada ali, assim como o vestido amarelo de princesa da minha irmã.

Reprimi o sentimento de desamparo por não ser boa o bastante para ficar com ela enquanto observava a caminhonete dar ré e desaparecer ao virar a esquina. Quando me virei, Hendrix estava no primeiro degrau da varanda, um olhar raivoso apontado para o lugar em que a caminhonete de Chad estava estacionada.

Eu me aproximei da casa e me sentei ao lado dele, seus pensamentos eram claros como o dia. Se havia algo que Hendrix odiava, era qualquer coisa de Barrington.

— Chad é o irmão provisório dela — falei.

Ele abaixou o queixo, o joelho começou a saltar agitado.

— Sinto muito por você ter perdido a Gracie.

— Está tudo bem. — Eu odiava o clima pesado entre nós, o clima pesado da situação que me sentia incapaz de mudar. — Você sabe que eu sou amaldiçoada. — Bati meu ombro no dele enquanto abria um sorriso amarelo.

— Você sempre pensou que era amaldiçoada.

— É, bem. Eu consegui a proeza de enviar uma mensagem para o meu ex-namorado, de todas as pessoas no mundo, perguntando por um quarto. Agora estou morando com ele... Do que mais você chamaria isso?

Os olhos azuis encontraram os meus, todo rastro de humor havia desaparecido.

— Destino.

Talvez ele estivesse certo. De toda a merda que aconteceu comigo nos últimos dois anos, voltar para ele não parecia ser uma delas. Ver Hendrix com Gracie me lembrou do quanto eu sempre amei esse garoto.

O tempo pode ter mudado algumas coisas, nos ferido e nos separado, mas, se eu fosse embora dessa cidade e nunca mais o visse de novo, se me casasse com outra pessoa e vivesse toda uma vida... quando eu estivesse velha e com cabelos grisalhos, Hendrix Hunt ainda seria o cara certo. Mesmo que o próprio destino que havia nos trazido até aqui também fosse o que estivesse nos mantendo separados. Ele sempre seria a minha pessoa.

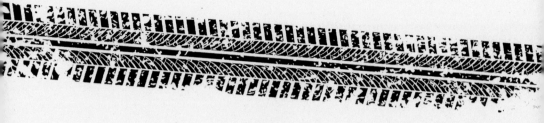

17

HENDRIX

Destino.

Merda de destino cheio de Medusa.

Observei Lola sumir para dentro de casa antes de me levantar da escada e ligar o cortador de grama de novo.

Aquele loirinho de merda de Barrington em seu carro reluzente de merda. Eu vi a forma como ele olhou para Lola, a forma como ela o olhou quando ele chamou Gracie de florzinha. Ela odiava Barrington quase tanto quanto eu, mas uma coisa que acertaria Lola em cheio mais que qualquer coisa era um cara demonstrando carinho pela a irmã dela.

Ele a trouxe para casa!

Na caminhonete dele. Todos juntinhos como uma pequena família feliz.

Chadwick Que-Precisa-Levar-Uma-Surra estava com o nome no topo da minha lista. Louro, todo mauricinho e perfeitinho. Nem uma tatuagem em seu traseiro dourado. Eu era noite. Ele era dia. E ele podia muito bem ir se foder.

Senti meu olho se contrair quando comecei a me mover pelo quintal.

Por mais que quisesse descobrir o endereço do cara e aparecer na casa dele, quebrar as janelas do seu carro e depois estourar aqueles dentes brancos de sorriso Colgate, eu não podia.

Ele era o irmão provisório de Gracie, e a única mulher com quem eu me importava além de Lola era aquela garotinha. Ela virou dona do meu coração desde que nasceu. Então eu teria que bancar o chatinho chorão e ficar sentado aqui enquanto o Tio Patinhas tentava levar as minhas duas meninas embora. Evidentemente, não era com Kyle que eu deveria ter me preocupado. Era com o Sr. Pau Pequeno, Conta Bancária Enorme.

Soltei um suspiro profundo, grama e poeira se espalhando pelo ar conforme eu virava o cortador.

Faltava uma faixa de ervas daninhas para cortar quando o Honda arrebentado do Bellamy parou em frente à casa. Arlo estava com a cara colada no vidro de trás, e no segundo que Bell parou, o garoto abriu a porta com um chute e disparou feito uma bala alimentada a raspadinha.

Desliguei o cortador logo antes de o moleque parar derrapando.

— Tio Hendrix, você tem algum balão de água?

Não eram balões de água, eram preservativos vencidos. Mas, por aqui, a gente precisava se virar com o que tinha.

— Acabou, garoto.

— Cara. — Ele chutou o chão. — Sem camisinha? — Talvez eu não devesse ter ensinado a ele que *aquele* era o nome. — Mas que saco grande e peludo — ele falou, então se atirou em mim feito um macaquinho-aranha.

A porta do carro de Bell se fechou. Olhei ao redor dos braços agitados de Arlo enquanto virava a criança para o meu ombro e o balançava de cabeça para baixo pelos tornozelos.

— Só queria passar aqui antes de ir embora. — Bell parou a alguns passos de mim e enfiou as mãos nos bolsos do jeans.

— Você está indo essa noite?

— Sim. Só fui levar o Arlo para tomar uma raspadinha. Depois vou pegar o resto das minhas coisas e ir com Drew para Piketown.

Arlo perguntou se ele podia jogar PlayStation. Assenti, então o deixei cair na grama recém-cortada. Ele disparou pelos degraus. Assim que a porta da frente bateu às costas do garoto, o olhar aflito de Bellamy encontrou o meu.

Depois de tudo o que havia acontecido ao longo do ano entre a mãe e o otário abusivo do pai dele, eu podia entender a razão.

Bati a mão no ombro dele e apontei a varanda com o queixo.

— Não esquenta, cara. Eu vou ficar de olho na sua mãe. E no Arlo.

Bell passou a mão pela nuca ao subir a trilha.

— Vai ser estranho pra caralho não estar aqui.

— Você deveria estar feliz por se livrar desse buraco dos infernos.

— Estou. — Ele se sentou em um dos degraus gastos. — Mas esse buraco dos infernos ainda é a minha casa.

A gente sempre teve que fingir que era crescido, que sempre teve responsabilidades, mas havia algo triste de verdade em *realmente* ser adulto. Porque as pessoas iam embora. Vidas se separavam. As coisas mudavam, e eu odiava mudanças.

Eu me sentei ao lado dele e acenei para a vizinhança de merda em que a gente havia tocado o terror quando criança.

— Esse lugar não é casa, cara. As pessoas talvez sejam, mas não o lugar. Ele olhou em direção à casa.

— Então, como as coisas estão indo com Lodemort?

As coisas com "Lodemort" não deveriam estar indo, mas o destino era um filho da puta desgraçado, e estava me dando uma surra.

— A gente só mora junto.

— Eu queria tanto te perturbar por causa disso... — Ele esfregou as coxas. — Mas nós somos melhores amigos desde criança. Sei que você não superou a garota.

E não tinha mesmo. E não sabia se algum dia superaria, e isso me deixava puto.

— Cara...

— As pessoas pisam na bola. — O olhar dele encontrou o meu. — Ela pisou na bola, mas...

— Você sabe que eu não falo de sentimentos e essas merdas.

— Só estou dizendo. É, ela te magoou, mas ao te observar se autodestruindo ao longo desses dois anos... acho que você magoou ainda mais a si mesmo. — Ele bateu a mão no meu ombro. — Às vezes, se privar de uma coisa boa é muito pior do que aceitar que até mesmo as pessoas que a gente ama podem foder com tudo.

Maldita palhaçada filosófica. Isso era cem por cento obra daquela namorada irritante dele. Fiz careta e o empurrei.

— O rabo de riquinha da Drewbers te remexeu tanto que chegou aos seus sentimentos. — Eu me levanto do degrau de madeira. — Pare de falar merda e vamos lá jogar *Call of Duty*.

O idiota do Bellamy estava certo. Lola havia partido o meu coração, mas o que doía mais era não estar com ela.

Cada dia que eu não acordava ao lado dessa garota, parecia que eu havia perdido um pouquinho mais de mim mesmo. Nós éramos jovens... ainda éramos jovens. Ela era a única pessoa a quem eu perdoaria por praticamente qualquer coisa, pelo menos uma vez.

Bellamy ficou por três partidas, então foi embora quando Arlo vomitou na pia da cozinha depois de comer uma caixa do *meu* Pop-Tarts que Lola evidentemente havia dado escondido a ele antes de a gente entrar.

A campainha tocou bem quando comecei uma nova partida. Passos soaram descendo as escadas.

— Sei que você deu aqueles Pop-Tarts para ele, Medusa! — gritei, quando ela passou pelo portal da sala.

— Eu precisava de ajuda para comer o seu estoque.

— Você precisa deixar o meu estoque em paz.

A voz de um cara veio lá da porta, mas, antes de eu ficar chateado, o cheiro gorduroso de pizza flutuou pelo ar.

A porta se fechou, então ela veio saltitando para a sala e largou duas caixas do Pizza Palace na mesa de centro, como se fossem um troféu.

— Não paguei por elas — ela falou. Orgulhosa pra caralho.

— Como?

Ela se largou no sofá, abriu a caixa e puxou um pouco de queijo derretido da tampa.

— Roubei um cupom da mesa da Smith dia desses.

— É o seu jeito de dizer que eu não te devo nada?

— É uma pizza de desculpas. — Ela lambeu a gordura do dedo. — Desculpa por ter perdido a cabeça ontem. O que você faz não é da minha conta.

Ela se referiu a com *quem* eu faço. E eu não gostei nada disso. Ainda assim, senti como se estivesse sendo encurralado de alguma forma.

Peguei uma fatia de pizza, a suspeita rastejou por mim enquanto eu a olhava lá do outro lado do sofá. Lola era teimosa. Era difícil ela oferecer um "desculpa" assim tão fácil.

— Se vamos morar junto, acho que precisamos de limites claros. — Seu olhar encontrou o meu. — Não podemos fazer sexo de novo.

Tá bom.

Lola, mais do que ninguém, sabia que me dizer "não" só me fazia querer ainda mais a coisa. Na oitava série, eu disse a ela que queria raspar a cabeça.

Ela me disse que ficaria uma merda. Eu raspei só por princípio.

E vim a descobrir que ela queria que eu a raspasse. Ela usou "não" como psicologia reversa para conseguir o que queria. Ela havia feito isso com sexo também. *"Não, Hendrix. É claro que você não pode me comer na escada do estacionamento sem ser pego".*

Fiz isso três vezes. Nunca fui pego.

Com o nosso histórico, ficou óbvio que ela estava jogando uma isca para mim. E essa era uma minhoca que eu engoliria com anzol e tudo.

— É. Nada mais de trepar. — Fiz a saudação dos escoteiros, lutando com um sorriso. — Em minha honra de…

— Estou falando sério, Hendrix.

Não havia vestígio de brincadeira na declaração. Ela parecia genuinamente angustiada. Senti meu sorriso discreto sumir. Ela estava falando sério?

Um milhão de cenários para justificar a razão de ela não querer dar para mim de novo passou pela minha cabeça como morcegos guinchando, e cada um que envolvia outro cara, Chadwick Dedo de Ouro Chupa-a--Minha-Rola, fazia meu ciúme e irritação erigir como mortos apodrecidos saindo das sepulturas.

— Não é como se fosse adicionar à sua soma de corpos… — Eu odiava imaginar essa garota indo para cama com outra pessoa. A ideia de que algum outro cara a tocou, transou com ela, a *beijou*… aqueles lábios eram meus.

— Você acha que estou preocupada com isso? — Ela balançou a cabeça. — Olha, você pode ir comer quem quiser. Você *já* fez isso… — O olhar decepcionado se ergueu para mim, e uma sensação ruim tomou conta do meu corpo.

Não importa o quanto qualquer um de nós queira fingir que nada tinha mudado, tudo tinha mudado. Eu não podia dizer que ela era culpada por odiar tudo o que eu fiz. Queria muito poder apagar cada garota que tinha posto entre nós, tentando esquecer o quanto Lola significava para mim, o quanto ela havia me magoado.

— Eu não quero trepar com uma garota qualquer. Só quero trepar com você. — Não era a fala mais romântica do mundo, mas era a verdade. Ela era tudo o que eu sempre quis.

A mágoa em seu rosto suavizou.

— A gente não pode só trepar, Hendrix. Somos nós. E somos tudo ou nada. E não podemos ser tudo.

O que deixava uma opção de que eu não gostava.

— A gente também não pode ser nada — falei.

— Mas podemos ser amigos.

E aquilo doeu como uma lâmina dentada bem nas minhas tripas. Lola Stevens queria ser minha amiga…

Nenhum **ROMEU**

A gente se encarou através do sofá. Duas pessoas que antes eram tudo uma para a outra, que não sabiam como ser nada.

Amigos.

Apanhei outra fatia de pizza, peguei o controle e liguei a televisão.

— Parece que deixamos tudo às claras... — falei.

Mas não deixamos mesmo.

— Vrau! — Wolf bateu a porta do meu armário, afastando minha atenção de Lola e Kyle para o seu rosto mal diagramado.

— Vai se foder, cara. — Entrei na fila com a multidão de alunos indo para o refeitório.

— Cara, que tipo de rato se enfiou no seu rabo?

Um rato usando uma camiseta que dizia que Lola queria ser só minha amiga. Olhei feio para ele por cima do ombro.

— Tony ainda está na cadeia, otário. — Era uma preocupação legítima, e provavelmente deveria ter sido a minha prioridade. Mas... a porra de ser apenas amigos...

— A gente só precisa vender mais maconha.

Porque maconha era a resposta para todos os nossos problemas "de amigos"... Soltei um bufo no caminho para o refeitório.

Furei fila e peguei um prato de salada com taco, ignorando Lola-Minha-Amigona-Stevens enquanto seguia para a mesa.

Wolf reclamou da ex-namorada, e eu fingi ouvir. Terminei de comer, então peguei o que sobrou da comida dele quando o refeitório ficou em silêncio.

Ergui os olhos dos chips de tortilha quando o policial Jacobs entrou lá com o diretor Brown. Ele poderia estar ali por causa de qualquer um dos alunos, mas um desconforto fincou as garras em mim.

O joelho de Wolf quicava sob a mesa.

— Merda. — Ele passou a mão pelo queixo. — Tony...

Pânico se arrastou pelas minhas veias.

Que bem faria dedurar os adolescentes de dezoito anos que ele havia contratado?

— Cara, qual é — falei. — Por que ele iria...

O olhar brilhoso de Jacob varreu as mesas e pousou na nossa. Um sorriso presunçoso repuxou seus lábios quando ele veio na nossa direção.

— Porra... — Agarrei a beirada da mesa, o pânico agora zunia pelas minhas veias. — Cara... — Cada partezinha de instinto de Dayton que eu tinha me dizia para fugir, mas fugir com certeza me faria parecer culpado. — Acho que a gente está muito afundado na merda, Wolf.

Pela primeira vez na vida, vi a cor sumir do rosto de Wolf.

Roubo de automóvel.

Foi por isso que meu irmão foi preso. E eu estava com um medo do caralho de a gente estar prestes a ser preso por isso também.

Uma pena de no mínimo um ano.

Perderíamos a casa.

Ficaríamos sem absolutamente nada.

Jacobs parou na ponta da mesa e enganchou os polegares nas presilhas da calça do uniforme.

— Sr. Hunt, preciso que me acompanhe.

Puta que pariu, me fodi.

18

LOLA

Nem dois minutos depois de Jacobs ter escoltado Hendrix do refeitório, o diretor Brown veio me pegar. Evidentemente, eu tinha sido colocada como testemunha de uma possível agressão, e a polícia de Barrington queria me fazer algumas perguntas. Na delegacia.

Ethan Taylor não era só a cria do diabo, mas ele disse à polícia que trepou comigo. E, se isso não bastasse, tentou fazer Hendrix ser preso por agressão.

O fato de ele ter citado o meu nome e ter mesmo pensado que eu diria uma única coisa para ajudá-lo em vez de Hendrix... Mas, bem, eu não precisaria.

Talvez ele tenha pensado que eu simplesmente diria a verdade. Afinal de contas, as autoridades não davam a mínima para um riquinho passando a mão na pobretona de Dayton, mas, se o garoto pobre bater no dito riquinho... bem, aí é outra história.

Idiota.

Isso era Dayton, não Barrington.

Mesmo se eu odiasse o Hendrix, o que obviamente não era o caso, jamais o dedurarisa.

Quando a polícia de Barrington finalmente me liberou, eu estava fervendo de raiva.

Mal fiquei por cinco minutos lá fora quando o Honda de Kyle parou na frente da delegacia, e eu entrei.

O olhar arregalado dele deslizou de mim para o prédio resplandecente além da janela.

— Você vai ser presa? — ele disse, com um tom chiado.

— Não, Kyle. — Brinquei com a saída do ar-condicionado. — Você trouxe as coisas que eu pedi?

Assentindo, ele apontou para o banco de trás com o polegar.

— Mas não acho que isso que você vai fazer é uma boa ideia.

— Você não sabe o que eu vou fazer.

Com um suspiro longo e resignado, ele engatou a marcha e saiu.

— Nada de bom com um galão de gasolina...

Kyle seguiu pelas vias secundárias antes de eu dizer para ele virar o estacionamento do Pizza Palace. Em frente ao Colégio Barrington.

No momento que Hendrix saísse da cadeia, eu sabia que ele revidaria. No entanto, eu estava mais do que pronta para fazer isso em seu nome enquanto ele tinha o melhor álibi possível: a custódia da polícia.

Kyle desligou o carro. Olhei pelo para-brisa, mirando o Camaro amarelo horroroso estacionado a algumas fileiras da placa com o nome da escola.

Ethan Taylor havia acabado de abrir as portas do inferno para si mesmo.

Estendi a mão para o banco de trás, peguei o casaco que Kyle havia trazido, o vesti e puxei o capuz sobre a cabeça. Depois de olhar no retrovisor e verificar que o meu cabelo louro estava escondido, saí e fui até o porta-malas.

O cheiro de gasolina tomou o ar quando a transferi do galão para três garrafas de cerveja, depois enfiei um trapo no gargalo de cada uma.

— O que você vai fazer, Lola? — Kyle me espiou por entre os assentos da frente. O rosto dele estava pálido.

— Nada do que você fará parte, Kyle. Fique aqui.

O suor escorria pelo meu pescoço, mas o capuz era a única forma de impedir que as câmeras me identificassem.

Peguei a chave de roda lá atrás e bati o porta-malas.

As garrafas de vidro na minha mão tilintaram quando atravessei a rua em disparada até o estacionamento do Barrington. Costurei entre os carros estacionados no lugar deserto até parar na frente do Camaro.

A lembrança de Ethan me prendendo na parede fez a raiva me inundar, e aquela fúria crescente foi libertada quando soquei a chave de roda na janela de trás. O vidro estilhaçou, decorando o assento de couro. Parte de mim queria arruinar cada janela e painel apenas para expurgar a raiva. Não era só o que Ethan havia feito ou dito para mim ou o que ele havia feito com Hendrix. Era o pai dele.

Injusto? Talvez. Mas eu o odiava por ser filho daquele homem, por

Nenhum **ROMEU**

129

tentar validar o comportamento nojento do próprio pai.

Peguei o isqueiro no bolso e acendi os trapos.

O primeiro Molotov atingiu o painel com um espatifar de vidro, seguido pelo segundo e o terceiro.

Chamas se espalharam pelo interior, e eu só podia ter a esperança de que explodisse... Uma pena eu não poder ficar para assistir. Apertei o capuz, corri pelo estacionamento e atravessei a rua para chegar ao carro de Kyle.

Ele já estava com a bombinha na boca quando me joguei lá dentro.

Sorri ao ver o Camaro em chamas, uma coluna grossa de fumaça preta se erguia acima do contorno imaculado do Colégio Barrington.

— Ai, meu Deus, Lola. — Kyle puxou mais da bombinha. — Você é uma incendiária.

Tirei o moletom antes de prender o cinto.

— Dirija, Kyle.

Segurando a bombinha na boca, ele engatou a ré e arrancou lá do Pizza Palace, como se aquilo fosse um assalto a banco.

Quando passamos pela escola, chamas lambiam as janelas do Camaro.

As aulas ainda durariam mais meia hora. Tomara que, até lá, aquela lata amarela de merda tivesse se tornado uma fogueira bem cara.

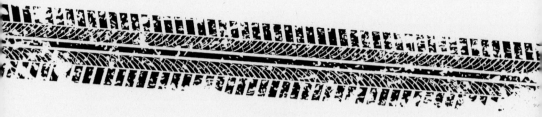

19

HENDRIX

Agressão é o meu cu.

Eu desci o cacete no Ethan? Sim.

Matei o cara? Não. Duvido que ele até mesmo teve que ir ao hospital.

Por sorte, não havia provas de que fui eu, e com nosso histórico com os filhos da puta de Barrington, a palavra de uma pessoa não contava muito.

Atravessei as portas duplas da entrada, a caminhonete de Wolf esperava bem em frente à delegacia. Arrastei a bunda ao me acomodar no assento e bati a porta conforme a fúria queimava por mim. Ah, aquele merdinha estava prestes a pagar pela palhaçada por meio do seu Camaro amarelo-mijo incinerado.

Olhei por cima do console enquanto Wolf se afastava da delegacia.

— Preciso ir pegar gasolina.

— Já fui ao 7-11. Enchi um galão, xeretei um pouco e descobri que as câmeras das bombas são falsas. — Ele olhou para longe ao virar para a estrada. — O que significa que não há nenhuma gravação de você socando a cara do Ethan.

Bons amigos sempre cuidam de você. Mas…

— Como você sabia que fui levado por causa daquele otário de Barrington e não pelas dez milhões de outras coisas pelas quais poderíamos ter sido presos?

— Lá do refeitório, eu vi a viatura da polícia de Barrington sair do estacionamento. Além do mais, o Brown foi pegar a Lola logo que você saiu.

Meu coração disparou.

Aquele idiota tinha mesmo tentado usar Lola, a garota a quem ele se referia como "minha namorada", a causa para eu o ter coberto de porrada, como testemunha.

Não é possível ele ser idiota a esse ponto, e quaisquer segundas intenções que ele tivesse, eu não deixaria passar. Ele podia fazer o que quisesse comigo, mas tentar ferrar com ela... me recostei no assento.

— Talvez eu precise de dois tanques, Wolf.

Quinze minutos depois, um rap muito louco estourava dos alto-falantes do carro enquanto eu mexia na pederneira de um isqueiro. Eu estava a toda, mais do que pronto para atear fogo no carro daquele filho da puta. Ele achou que tinha culhões por me denunciar; eu assaria as bolas dele em uma fogueira de trinta mil dólares.

A velocidade da caminhonete diminuiu logo antes de eu notar a imensa nuvem de fumaça preta subindo acima da copa das árvores.

Quando fizemos a curva e o estacionamento do colégio Barrington apareceu, Wolf soltou o acelerador.

— Puta merda.

Um dos carros lá estava pegando fogo. Um amarelo-mijo.

— Parece que alguém chegou antes de você. — Wolf cantarolou a melodia de "Lola", enquanto o caminhão de bombeiros passava zunindo, com as sirenes berrando.

Ele estava certo.

A única outra pessoa que faria uma merda dessas além de mim, dele, do Bellamy ou do Zepp, era a Lola. Ela tinha essa vibe de Harley Quinn, e o lado Coringa da minha personalidade ia ao delírio com isso.

Se eu não estivesse apaixonado por ela desde os quatro anos, aquele Camaro incinerado com certeza teria me feito arrastar o meu rabo idiota para o colo do amor. Eu sempre olhei por ela. Ela sempre olhou por mim. E não era essa toda a lógica de amar alguém? Confiar na pessoa? Saber que elas são o seu porto seguro... mesmo quando pisam na bola.

Wolf seguiu a estrada em direção aos limites de Dayton, e passei todo o trajeto imaginando Lola entornando um galão de gasolina no carro esportivo feioso de Ethan, depois riscando um fósforo. Tudo porque aquele otário de Barrington tinha tentado me mandar para a cadeia. Meu pau não estaria mais duro nem mesmo se eu tivesse botado dez Viagras para dentro.

Wolf não tinha parado completamente na entrada da minha casa quando abri a porta e tentei sair do veículo, ostentando uma ereção dos infernos.

Ele inclinou uma sobrancelha quando me virei.

— Você vai comer a garota, não vai?

— É a única forma sincera de agradecer em caso de incêndio, Wolf. —

Então bati a porta e corri para casa.

Ele poderia me chamar de hipócrita por dez semanas seguidas, porque a gozada que eu estava prestes a dar seria digna disso.

Assim que entrei, o barulho da água correndo pelos canos velhos me cumprimentou.

Minha atenção foi direto para a porta fechada do banheiro. A imagem de seu corpo nu e incendiário me fez subir as escadas dois degraus por vez e pegar uma camisinha no meu quarto.

Que se fodam os limites e que se fodam as regras dela. Ela queria regras; então deveria estar ciente de que não deveria atear fogo no carro do filho da puta do Ethan Taylor.

Empurrei a porta bem quando uma Lola muito pelada colocou a perna sobre a beirada da velha banheira de porcelana. Tive um vislumbre completo dos peitos e da boceta bem-aparada antes de ela puxar a cortina de plástico para a frente do corpo. Como se meu rosto e meu pau não estiveram enterrados lá há poucos dias...

— Mas que porra, Hendrix?

Fechei a porta do banheiro.

— Você tacou fogo no carro dele?

— É, taquei, sim, porra. — Ela cerrou o maxilar. — Babaca.

Era tudo de que eu precisava.

Apontei a embalagem da camisinha para ela.

— Suas regras que se danem, Lola Stevens. — Eu ia comer essa garota até cansar, até ela não ser capaz de se sentar sem recordar a razão exata de por que nós sermos apenas amigos jamais daria certo.

Entrei no chuveiro, totalmente vestido, depois a agarrei pela mandíbula e a empurrei de costas para o azulejo enquanto a água quente encharcava as minhas roupas.

— Você sabe o que o fogo causa em mim.

Busquei os olhos dela pelo mínimo resquício de hesitação e, quando não encontrei nada, ataquei sua boca. Com força. Seu corpo ficou flácido em minhas mãos.

— Ah, você sabe. — Aprofundei o beijo, mordiscando seu lábio ao me colar nela. — Mas apenas amigos, né?

— É — arquejou, as mãos agarrando os meus ombros. — Amigos...

Deslizei a mão para o meio de suas pernas, passando um dedo pela boceta molhada.

— Com certeza não é o que parece.

Os dentes dela roçaram os meus lábios com um gemido.

— Não, não é. — Então as mãos dela deslizaram para debaixo da minha blusa, tirando a peça molhada antes de levar a mão ao meu cinto. — A gente deveria parar.

— É. — Afundei os dedos na sua boceta, e gemi porque, caramba, ela estava molhada. — Deveria. Não deveria?

Com um arquejo, Lola empurrou meu jeans encharcado e minha cueca para baixo.

— Já, já. Só... — Então ela agarrou a minha bunda, enganchou a perna no meu quadril e pôs a boceta nua perto demais do meu pau. — Só um minuto.

Um minuto. De jeito nenhum.

— Que tal cinco? — Rasguei a embalagem e vesti a camisinha.

As unhas dela passaram pelas minhas costas molhadas quando me curvei o bastante para encaixar a cabeça do meu pau na sua entrada quente e escorregadia.

— Quanto estrago você consegue fazer em cinco minutos? — Ela suspirou nos meus lábios.

— Estrago pra caralho. — E entrei com tudo nela. E, puta que pariu, o gemido que o calor apertado da garota forçou da minha garganta... Meus dentes afundaram no seu ombro em um rosnado abafado quando entrei um pouco mais.

A sensação dela era tão boa. Física. Psicologicamente.

— Por que sua boceta tem que ser tão gostosa, porra? — Agarrei seus quadris quando fui até o talo, respirei fundo, depois a fodi como se fosse enfiá-la naqueles azulejos.

O tapa de pele molhada em pele molhada ecoou pelas paredes, misturado com os gemidos de abandono.

Lola se agarrou a mim, as unhas ameaçando rasgar a pele enquanto seus lábios roçavam a minha garganta.

— Mais forte.

E eu quase perdi o controle. Não tinha certeza se era possível ir mais forte, mas com certeza tentei. Eu me enterrei tão profundamente nela que seu fôlego ficou preso.

— Merda... — A boceta me apertou com força antes de o corpo dela relaxar em um gemido sexy-pra-caralho de faz-a-minha-rola-querer-gozar.

Controlei aquela necessidade ao me concentrar na mancha de reboco na parede até Lola estar tremendo e se agarrando em mim, só então gozei com um gemido.

Eu mal havia recuperado o fôlego quando ela deslizou para longe de mim.

— Isso não pode voltar a acontecer — ela disse, apanhando o frasco de shampoo do suporte enferrujado.

Nem fodendo que não iria.

— A terceira vez é para dar sorte.

— A terceira vez é um hábito. — Ela derrama o shampoo na palma da mão. — E isso não vai se tornar um hábito.

E não era isso que qualquer viciado dizia?

Quando entrei na cozinha na manhã seguinte, Lola estava diante do fogão, de costas para a porta, ao ficar na ponta dos pés para remexer os armários. Meu olhar trilhou desde as pernas nuas até as marias-chiquinhas louras pendendo de suas costas. Parte de mim se perguntou se ela havia trançado o cabelo com a intenção de mexer comigo. Ela sabia que marias-chiquinhas nela me davam coisas. Mas, bem, qualquer coisa nela me dava coisas.

Ela pegou a caneca do Bob Esponja, assustando-se ao se virar.

— Merda, Hendrix. — Levou a mão ao coração. — Não me venha com essas esquisitices.

— Um esquisitão é o que um esquisitão faz... — resmunguei ao me mover ao redor dela para pegar uma tigela no armário enquanto ela passava o próprio café.

O bater do velho relógio de gato na parede da cozinha preenchia o silêncio.

Eu tinha acabado de abrir a geladeira para pegar o leite quando ela suspirou.

— O que você vai fazer quanto ao Ethan?

— Bem, eu ia tacar fogo no carro dele, mas já que você cuidou do assunto... — Servi o cereal na tigela, guardei o leite e me sentei à mesa da cozinha. — Nada.

Ela se sentou de frente para mim e levou a caneca aos lábios, sorrindo sutilmente.

— Que racional da sua parte.

Racional? Não era bem por aí. Eu só tinha opções limitadas que não acabariam me colocando na cadeia.

— Por que o Ethan daria o meu nome para a polícia?

Eu não havia conseguido pensar em nada além de ele ser um riquinho idiota.

— O que eles te perguntaram?

— Eles só queriam uma declaração. Ao que parece, você me pegou trepando com o Ethan e se descontrolou. — Ela colocou a caneca sobre a mesa e limpou a gota de café que escorria pela lateral. — Eu me abstive de explicar que, em suas palavras, se o cara tivesse me comido, ele estaria morto.

— Minhas palavras, na verdade, foram um cadáver... e, sim, ele seria um. — Francamente, ele tinha sorte por não ser. E, com base no fato de ele ter tido a coragem de mentir e dizer que havia trepado com ela, eu ainda não havia descartado a possibilidade.

Levei várias colheradas de cereal à boca, tentando entender quais eram os planos de Ethan.

— Se aquele merda aparecer no seu trabalho, é melhor você me ligar.

— Ele não vai fazer nada comigo em um restaurante movimentado.

— Não quero aquele cara nem perto de você.

Nós nos encaramos por alguns segundos antes de ela suspirar.

— O que a gente está fazendo, Hendrix?

Sendo os mesmos loucos possessivos que sempre fomos um com o outro.

Quando não respondi, ela ficou de pé e levou a caneca para a pia.

— Você não deveria ter instintos assassinos por seus *amigos*.

— Eu não deveria comer os meus *amigos* no chuveiro...

Ela abriu a torneira.

— Foi um caso isolado.

Larguei a colher na tigela vazia com um tinido.

— Por que você está tão obcecada com essa coisa de amizade?

— Porque eu te magoei! — Ela se virou de repente, com uma expressão despedaçada no rosto. — E seja o que for que você pense que quer no momento, você não parou para refletir direito. Você não me perdoou...

Empurrei a cadeira, fazendo a madeira guinchar sobre o linóleo.

— Você não sabe das merdas que eu fiz. — Sério, acho que talvez eu a tenha perdoado mais do que perdoei a mim mesmo. O que era inusitado.

Ficamos em lados opostos da cozinha em um arroubo de silêncio.

— Qualquer coisa além de amigos equivale a abrir uma garrafa de merda com que nenhum de nós está pronto para lidar — ela falou.

Como se aquela garrafa não tivesse sido aberta da primeira vez que enfiei o dedo nela no banheiro, ou quando me enterrei até as bolas nela na minha cama e depois de novo no chuveiro… Eu a deixei se mudar para a minha casa.

— Detesto te dizer — peguei a tigela na mesa e passei por ela para deixá-la na pia —, que essa merda já foi aberta.

Uma buzina soou lá fora, e a atenção de Lola se moveu para a frente da casa.

— Não posso dar o que você quer, Hendrix. Sinto muito. Mas quero mesmo que sejamos amigos. — Ela se afastou do balcão, com os olhos marejados. — Senti saudade de você — ela disse, antes de se mandar para a sala.

A frase que ela entalhou na casa da árvore virou pela minha cabeça como um rolo de filme em farrapos. Ver aquelas palavras há algumas semanas havia me tirado do sério porque ela não tinha direito nenhum de sentir saudade de mim, não quando ela foi a razão para nos separarmos. Duvido que ela tenha passado pela mesma tempestade emocional que eu… a traição, a porra da mágoa. *Estou com saudade também*, mais pareceu um chute direto no saco. Pareceu insincero e egoísta demais.

E ainda parecia.

As brasas moribundas por causa da situação voltaram à vida.

Eu a segui pela sala feito um furacão, cansado desses joguinhos idiotas. Cansado de me machucar e odiar a mim mesmo por causa dela.

— É uma pena que você sentir saudades minhas e tentar ser minha amiga não seja o suficiente para mim, Lola.

Ela pegou a mochila no degrau de baixo e a colocou no ombro antes de ir para a porta.

— Por favor, Hendrix. — A voz dela vacilou, e seu olhar desesperado quase acabou comigo. Era arrependimento e esperança, devastação, tudo em um. — Deixa quieto.

Que merda eu havia deixado passar?

— O que você não está me contando?

A buzina soou de novo lá na frente.

— Nada — sussurrou, depois abriu a porta e saiu.

Nada? Mas que mentira.

Nenhum **ROMEU**

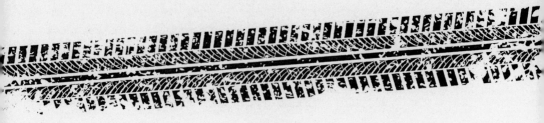

20

HENDRIX

Quatro e meia em um dia de semana, e havia apenas um punhado de carros no estacionamento do The Squealing Hog, todos eles com um adesivo do colégio Barrington preso no retrovisor. Wolf deu a volta na frente da caminhonete, encarando o Mercedes conversível azul-elétrico.

— Sentadona. — Riu ao ler a placa. — Essa gente rica é estranha.

Empurrei as portas duplas da entrada. A música country antiga estourando pelos alto-falantes me deu dor de cabeça na hora. Era quase tão insuportável quanto o cheiro pungente de carne defumada pairando no ar.

— Caramba... — Wolf cutucou o meu ombro, e apontou com o queixo uma menina de saia xadrez na bancada da *hostess*. — Quero pegar uma carona no sentadona dela.

Dei uma sacada na garota, nem um pouco interessado. Lola havia me quebrado. Peguei um punhado de giz de cera e um dos desenhos para colorir ali no balcão.

— Ela tem uma pinta no nariz que parece um peloto de bosta, cara.

Ele franziu a testa.

— Você tem problema.

Peloto de bosta surgiu com dois cardápios, sorrindo ao nos levar para a mesa. Olhei ao redor do restaurante, procurando por Lola, mas não vi as tranças louras em lugar nenhum. A garota colocou os cardápios na mesa e saiu; assim que ela fez isso, um pedaço de papel de canudo atingiu a lateral do meu rosto.

— Cara. Aquela garota está me comendo com os olhos.

Olhei para Wolf do outro lado da mesa.

— Estou cagando e andando.

— Aquela-Que-Não-Deve-Ser-Nomeada fodeu mesmo com a sua cabeça.

— Estou tentando ser mais seletivo. Nada mais. — Seletivo como em somente Lola.

Peguei um dos gizes de cera e colori o rosto do porco sorridente.

A forma como ela havia me olhado antes de sair hoje de manhã... deixou uma sensação ruim na boca do meu estômago. Que merda Lola estava escondendo? Ela estava saindo com outra pessoa? Era por isso que estava tão determinada a me colocar na *friendzone*?

Talvez eu fosse idiota ao implorar para que o otário do meu coração fosse jogado em um liquidificador e triturado até virar vitamina de putinha.

— Ah, porra... — Wolf deslizou o telefone pela mesa. Ele parou na frente do meu cardápio. — Olha essa merda.

Larguei o giz de cera, peguei o aparelho e passei os olhos pelo chat em grupo dos jogadores de futebol americano de Dayton.

> @WolfBrooks, olha só a mensagem que recebi da Olivia.

Um print de outra tela veio logo abaixo da mensagem. Li a conversa entre alguns dos filhos da puta que jogavam futebol americano pelo Barrington.

> Ethan: Se ele der o primeiro soco, é autodefesa.

> Harford: Eu pagaria para colocar aquele babaca atrás das grades.

> Jackson: Todos eles...

> Ethan: Hunt tem pavio-curto. Só precisaria fazer um comentário sobre a putinha dele.

Cerrei a mandíbula. O calor me inundou, instigado mais pelo comentário idiota que ele fez sobre a Lola do que pelo resto. *Deus, tomara que ele entre aqui.* Empurrei o telefone de Wolf pela mesa.

— Ele está atrás do seu rabo. Então, aconteça o que acontecer, se o cara entrar aqui, você não pode partir com tudo para cima dele.

Nenhum ROMEU

E aquele seria um problema. Voltei a pegar o giz de certa, colorindo o desenho com mais agressividade.

Wolf ergueu uma sobrancelha grossa.

— Eu vou te nocautear se for necessário.

— Talvez sim.

— Eu acho... — A atenção de Wolf vagou para as minhas costas antes de uma camisa xadrez aparecer.

— Oi, eu sou o Chad. E vou ser...

Ergui o olhar para o irmão provisório louro, sorridente e rico da Gracie.

Ele se calou, e cerrei a mandíbula. Ele e Lola trabalhavam juntos? O que significava que ela estava perto dele o tempo todo. Trabalhando com ele. Pegando carona na caminhonete brilhante de respingo de xixi dele. *A gente não pode fazer nada*. Provavelmente por causa desse cocô louro aqui.

A fera territorial de costas prateadas do tamanho de um King Kong que havia dentro de mim estufou o peito.

— Cadê a minha garota, Chadwick?

O leve sorriso forçado de mauricinho desapareceu. Quando ele não respondeu, ergui a sobrancelha.

— Eu gaguejei, por acaso, Riquinho Rico? Ela disse que trabalharia essa noite.

Ele passou a mão por aquele cabelo louro idiota e suspirou um "merda".

— Talvez o gato tenha levado a língua dele — Wolf comentou, mirando um olhar ameaçador para o garoto.

Chad abaixou o bloquinho para a lateral do corpo e suspirou.

— Ela não trabalha mais aqui.

Ela não me disse que tinha saído. Ela me deixou acreditar que trabalharia essa noite. Lourinho Fodenstein estava aqui. Então, onde ela estava, porra?

— O quê? — perguntei.

— Eu não deveria...

Eu me levanto da mesa e pairo acima dele.

— Deveria, sim.

— Ela foi demitida domingo por jogar chá gelado em uma menina.

E aquilo era a cara da Lola.

— Jesus Cristo... — Passei por Chad e chamei Wolf.

Meu amigo caminhou ao meu lado, balançando a cabeça ao se desviar das pessoas lotando a entrada.

— Eu te disse que você estava por um fio.

— Cala a porra da boca, Wolf. — Empurrei a porta. — Ela não tem um emprego, o que quer dizer que não pode pagar o aluguel. Tony está na cadeia. Eu estou ferrado!

Zepp sairia da cadeia em um mês e eu dizendo "bem-vindo de volta à liberdade, a hipoteca da casa de merda que foi deixada para nós foi executada" não era exatamente a recepção que eu queria que ele tivesse.

Parei diante da caminhonete de Wolf e chutei o pneu.

— A gente vai dar um jeito — disse ele, ao destravar as portas. — A gente sempre dá.

Mas, dessa vez, eu não tinha tanta certeza.

O noticiário noturno passava ao fundo enquanto eu contava meu dinheiro, e recontava. Joguei o maço amassado sobre a mesa de centro; duzentos e setenta e cinco pratas. Era a minha parte das últimas duas semanas vendendo maconha. Quatrocentos por mês não era o bastante para pagar as contas. Muito menos contas e comida. Passei a mão pelo rosto, então peguei a pilha de boletos e folheei os envelopes.

Netflix podia ser cancelada.

Celular, não.

Luz, água: necessidade, ambas só eram cortadas depois de sessenta dias de atraso.

Hipoteca... totalmente necessário, mas tinha uma carência de noventa dias.

— Porra... — Deixei a cabeça cair para o encosto do sofá e encarei o teto rachado ao ouvir o jornal listando os tiroteios do dia.

A vida era só isso mesmo? Lutar para sobreviver, só para existir? Era difícil imaginar qualquer outra coisa. As únicas pessoas que não precisavam fazer essa merda eram aquele nojentos de Barrington. E uma coisa eu sabia, não tinha a mínima chance de atingir aquele tipo de estabilidade financeira.

Inferno, na verdade, eu não tinha chance de atingir *qualquer* estabilidade financeira.

Joguei as contas na mesa de centro, em seguida enviei uma mensagem em grupo para Wolf e Bell.

> Eu: Vou ter que fazer umas paradas sozinho para conseguir cobrir as contas. Só não queria dar a entender que estava agindo pelas costas de vocês.

> Rolha de Poço: Tô ligado.

> Rolha de Poço: E também não me importo de ajudar. Você e o Zepp já me ajudaram pra caralho.

> Bellzebu: Nós, babacas pobres, precisamos nos apoiar.

E essa era a droga da verdade. Eles me protegiam, e eu os protegia.

Passei os canais por alguns minutos antes de a minha barriga roncar. Já passava das nove, e eu não tinha comido nada desde o sanduíche de bagre queimado no almoço. Estresse era um pé no saco. Levantei do sofá e fui para a cozinha, enchi uma panela com água e coloquei para ferver.

Borbulhas romperam a superfície no instante em que a porta se abriu. *Trabalho é o meu rabo.*

Atravessei a cozinha, parando no portal da sala quando Lola entrou, usando a camisa xadrez feia do The Squealing Hog. Cara, ela estava indo longe para manter aquela merda de mentira.

O babaca ciumento em mim quis perguntar onde ela havia se enfiado, mas que tortura haveria nisso?

Eu me recostei no portal e abri um sorriso que esperava que gritasse espertalhão.

— Como foi o trabalho?

Ela me olhou com suspeita ao contornar a mesa de centro.

— Digno de trabalho. — Então ergueu uma das sobrancelhas perfeitamente feitas. — Como foi a língua da Jessica na sua orelha?

Um pequeno fogo de artifício da vitória se acendeu no meu peito. Mais cedo naquele dia, eu tinha deixado a Jessica se dependurar em mim por incríveis cinco minutos só para roubar o medalhão de prata de seu pescoço. O olhar ciumento pra caralho que Lola me lançou do outro lado do refeitório valeu muito mais que os vinte e três dólares que a casa de penhores me pagou pela joia. Tanto esforço para essa palhaçada de "amigos".

— Muito digno de língua — respondi. Mas já deu dessa merda. — Quanto você faturou hoje?

— Não sei. — Ela parou perto da poltrona e puxou a alavanca que erguia o apoio de pés.

Meu olho estremeceu porque eu sabia que aquela mulher não estava prestes a tirar meus Pop-Tarts de seu novo esconderijo.

— Umas cinquenta pratas. — Com um sorriso, ela enfiou as mãozinhas de ladra lá dentro e pegou uma embalagem da caixa antes de abaixar o apoio de pés. Como se eu fosse deixar a caixa lá de novo para suas mãos de abutre pegarem mais. — Mirtilo é o meu favorito.

Chega. Aquela tinha sido a última gota por hoje. Mentindo sobre o trabalho. Roubando meus Pop-Tarts com um sorriso no rosto. Eu me afastei do portal e a derrubei no chão.

— Hendrix, seu… — ela rosnou, depois me deu uma cotovelada nas costelas — babaca.

— Ah, eu sou o babaca, né?

Tentei ignorar a forma como os peitos dela pressionavam a minha barriga, mas meu pau se recusou. Ela se remexeu sob o meu aperto, e a coisa inchou no meu zíper. Mesmo quando eu estava puto pra caralho com ela, ainda queria comer a garota.

Tomei o biscoito da mão dela antes de me apoiar nos cotovelos.

— Sei que você é obcecada por *Stranger Things*. E, sabe, "amigos não mentem". — Foi uma frase da série que ela tinha recitado uma vez para o Zepp quando ele mentiu sobre ter quebrado sem querer o lustre brega que ela tinha encontrado em um beco e pendurado na nossa sala. Ele havia batido a cabeça naquilo todos os dias durante um mês antes de tirar a coisa de lá e quebrá-la em pedacinhos.

Ela fez cara feia.

— Você está agindo mais estranho que o normal.

— Porque você está mentindo mais que o normal. — Eu só queria que ela mesma confessasse, mas a garota estava empenhada, verdade seja dita. — Eu dei uma passada no The Squealing Hog depois da escola — falei, e os olhos verdes dela se estreitaram. — O Ken de Barrington me disse que você foi demitida. Onde você estava?

— Eu não fui demitida, tá bom? — Ela empurrou o meu peito, mas eu nem me mexi. — Eu pedi demissão.

— Que mentira. — Fiquei de pé e levei meu pacote de Pop-Tarts para o sofá comigo. — Ele me contou que você entornou chá em cima de uma garota.

— É. E pedi demissão antes de ser demitida.

Nenhum **ROMEU**

143

— Dá no mesmo.

Com um gemido frustrado, ela ficou de pé e cruzou os braços antes de se largar na poltrona. A coisa recuou tanto que o apoio de cabeça bateu na parede.

— É culpa sua. Foi só porcaria com a galera de Barrington desde que você deu aquela surra no Ethan.

Culpa minha ela ter sido demitida? Mas que desculpa sem-vergonha. Joguei o pacote laminado na mesa e fiz careta.

— O que eu sentando a porrada no Príncipe Estuprador tem a ver com você derramar chá nos outros?

A mandíbula de Lola se contraiu enquanto ela encarava um ponto na parede.

— Uma das namoradinhas cretinas dele te chamou de pobretão. Eu perdi a cabeça, ok?

A raiva dela enviou uma chamazinha de afeto pelo meu peito. A garota tinha pavio-curto. Eu tinha pavio-curto. Mas nada se comparava com o estopim daquilo quando se tratava um do outro. E ainda assim... *amigos*. Olhei para ela do outro lado da sala, mais confuso que nunca. As ações de Lola não condiziam com suas palavras.

— Então você perdeu o controle porque uma garota qualquer de Barrington chamou seu *amigo* pobretão de pobretão?

O foco dela se voltou para o meu rosto.

— Sim.

Nós nos encaramos de lados opostos da sala enquanto a voz de um homem entusiasmado demais tentando vender Hondas vinha da TV.

— Você não quer ser só minha amiga, Lola. E você sabe muito bem disso.

— Podemos precisar ser só amigos, Hendrix, mas isso não quer dizer que ela pode se safar por te chamar de pobretão. Ninguém se safa.

Aquilo não fazia sentido. Não havia razão para *precisarmos* ser apenas amigos, principalmente não uma que ela pudesse justificar. Era eu quem tinha sido enganado. Era eu que estava disposto a perdoar. O sibilar da água atingindo a chama veio da cozinha.

— Tanto faz, Lola.

Eu me levantei e fui abaixar o fogo. Minhas emoções pulavam de um canto a outro, saltando de frustração e irritação para estresse com o que a gente faria para sobreviver. Eu não sabia o que era superfície quando ela estava envolvida, e odiava isso. Não era isso que eu costumava fazer com ela. Não era algo com o que eu queria me acostumar.

O assoalho rangeu às minhas costas quando fui até o armário para pegar o macarrão e uma lata de salsicha Viena.

— Sinto muito — disse ela, ao aparecer à porta. — Eu estava esperando arranjar outro emprego antes de te contar. Você sabe que sempre vou encontrar uma forma de te pagar...

Lá no fundo, eu sabia que ela iria. A gente sempre deu um jeito. Assentindo, voltei para o fogão e coloquei o macarrão na água. Para ser sincero, eu estava mais irritado por ela ter mentido para mim. Lola sempre foi uma das poucas pessoas que eu nunca tinha tentado decifrar.

Até que aconteceu.

Até que Jessica, não Lola, me disse que Lola estava grávida.

Até que penhorei meu violão para comprar uma aliança, só para ela virar e me dizer que não era meu.

Talvez ela estivesse certa.

Talvez a gente não estivesse pronto para abrir essa merda.

Dei as costas para a água fervente e a encarei.

— Por que você mentiu? — Era a pergunta que tinha dois anos que eu queria fazer. Uma que me tirou o sono. Mas ela não saberia que era a isso que eu me referia agora.

Ela apoiou a bunda na beirada da mesa e brincou com um fio solto da bainha do short.

— Eu estava com vergonha.

Aquilo me atingiu em cheio. Eu sabia que ela estava falando do emprego, mas, caramba, se a desculpa não poderia ser usada por ela ter mentido sobre a traição. E lá se ia aquele ping-pong emocional... Virei-me de novo para o fogão e mexi a massa. É. Não estava pronto para abrir essa merda.

— Quando voltei para Dayton, pensei que trabalharia até terminar o último ano da escola. Talvez pagasse para estudar cosmetologia e ganhasse o bastante para alugar uma casa. — Uma risada incrédula escapou de seus lábios. — Na verdade, pensei que talvez fosse ser capaz de recuperar Gracie. — Ela fungou. — Se eu não consigo segurar a minha onda, então talvez eu não mereça ter a minha irmã de volta.

E lá estava aquele aperto no meu peito. Encarei a água fervente. Gracie era tudo para ela, e apesar do brejo emocional de merda que eu estava tentando atravessar a nado, eu não podia ignorar aquilo.

Nenhum **ROMEU**

Eu me virei e a puxei para o meu peito.

— Ninguém merece mais a Gracie do que você. — E aquilo era verdade.

A mãe de Lola era uma peça rara. Ela foi a primeira pessoa que já vi ter overdose. A gente tinha seis anos. Liguei para a emergência enquanto Lola dava seu melhor para fazer respiração boca-a-boca nela, tendo como base alguma série policial que a gente tinha visto. Desde que Gracie nasceu, Lola e eu basicamente cuidamos dela, porque a mãe das duas com certeza não podia, nem iria.

Lola tinha feito tudo pela irmã.

— Você vai recuperar a Gracie — sussurrei, ao afagar as costas dela. — Prometo.

— E se eu não conseguir?

— Você vai. Você é a melhor coisa que já aconteceu a ela. — Apoiei a cabeça no topo da sua e ela enterrou o rosto no meu peito, me abraçando como se eu fosse a única coisa que a impediria de se afogar.

— E você também.

Eu costumava ser a melhor coisa que já aconteceu a Lola também. E ainda queria ser.

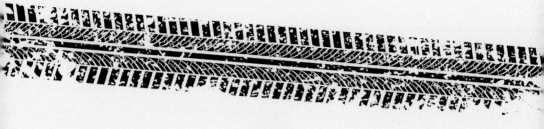

21

LOLA

Eu não via Hendrix desde ontem à noite. Ele não foi à aula hoje, e não estava em casa quando cheguei à tarde. Eu não era guardiã do cara, e ele não tinha que me informar o que andava fazendo, mas, ainda assim... ele não poderia pelo menos ter mandado mensagem?

Bem, ele que se foda.

Aproveitei a oportunidade para vasculhar a casa em busca do seu mais recente esconderijo de Pop-Tart. Cinco minutos depois, eu já tinha encontrado.

Debaixo da cama dele. Superinusitado...

Quando abri a caixa, ri do post-it preso dentro da tampa, os garranchos de Hendrix controlando a quantidade de pacotes lá dentro. Era infantil, mas eu sempre amei as nossas guerrinhas idiotas.

Quando a gente tinha dez anos, ele havia passado duas semanas inteiras colocando uma almofada de peido na minha carteira todas as vezes que eu me sentava. Fiquei tão brava com ele que ameacei contar a todo mundo qual era o nome do meio dele se ele não parasse. Então teve a minha fase de colocar a mão dele na água morna toda vez que ele dormia, só para tentar fazer o garoto molhar a cama. Muito para a minha decepção, isso nunca aconteceu.

A gente tinha uma vida inteira de história e amizade. Só que ser "amiga" dele nunca foi tão difícil quanto estava sendo agora.

Eu sabia que ele queria mais, e ficava arrasada por não poder dar isso a ele. Era frequente eu me perguntar se talvez, por acaso, o ressentimento que eu sabia que ele sentia por causa da minha "traição" seria suportável se isso significasse tê-lo de volta. Mas eu conhecia Hendrix e, mais cedo ou mais tarde, isso o comeria vivo. A gente pisava em ovos ao redor do assunto;

na maior parte do tempo, o ignorávamos e, desde que continuássemos amigos e nada mais, poderíamos continuar assim. E eu poderia guardar os meus segredos.

Peguei uma embalagem de alumínio, depois enfiei a caixa com seus valiosos biscoitos debaixo da cama antes de descer para fazer meu dever de casa à mesa da cozinha.

A luz do sol que vinha da janela desapareceu. Afastei o olhar do trabalho de inglês e mirei o relógio perto da porta dos fundos. Já passava das sete, e Hendrix ainda não tinha chegado em casa. Preocupação se arrastou para o meu peito. Eu não queria ser uma mamãe gansa, mas...

Joguei a caneta na mesa, peguei o celular e enviei uma mensagem para ele.

> Eu: Ei. Você está morto?

> Satã: SIM

> Satã: Coloquei as cinzas do meu corpo em uma garrafa e joguei no mar.

> Satã: Amiga...

Revirei os olhos. Talvez ele estivesse com o Wolf. Ou na casa de alguma menina... O enjoo de sempre acompanhou aquele pensamento.

> Satã: Por quê?

Não respondi. Ele não estava morto. Eu não precisava saber do que estava rolando na vida dele, embora tivesse certeza de que havia captado. Voltei para o meu trabalho e consegui escrever uma palavra antes de o telefone apitar.

> Satã: Com saudade da minha personalidade encantadora?

> Satã: Ou do piercing da minha rola imensa?

> Eu: Nem um nem outro.

> Satã: Não acredito.

Segundos depois, uma foto do pau ereto dele apareceu lá.

> Satã: Duro feito o mastro da bandeira no National Mall.

Sem palavras. Eu não tinha palavras. Bem quando pensei que Hendrix não poderia me deixar mais surpresa... National Mall...

Eu tinha que me perguntar onde ele poderia estar com a ereção para fora, com quem... eu odiava a pontadinha nojenta de ciúme que me atravessou, a forma como dei zoom na foto como uma louca procurando por evidências.

Coloquei o telefone na mesa e respirei fundo antes de voltar para o meu trabalho.

Minha caneta bateu na mesa em um ritmo raivoso enquanto eu encarava sem ver as palavras na página. Tentei não me importar; tentei de verdade.

Nós éramos amigos. Era eu quem estava dizendo a ele que podíamos ser amigos...

Mas que se foda, a gente era quem era. Surtados eram o que surtados faziam. Se eu tinha que ser louca, o levaria comigo. Joguei a caneta no livro, peguei o celular e bati os dedos no aparelho.

> Eu: Eu só queria confirmar se a casa estava livre...

Bolinhas dançaram pela tela no mesmo instante. Então pararam. E começaram de novo. Eu praticamente podia sentir a raiva atravessando o telefone, e gostei demais daquilo.

> Satã: Por causa de quem? De você e do futuro cadáver?

> Eu: Talvez...

> Satã: Se você enfiar um futuro pau morto dentro de si, pode muito bem aproveitar e se intitular necromaníaca. Porque o filho da puta está com um pé na cova rasa.

Nenhum **ROMEU**

> **Eu: É necrófila!**

Sorri ao enviar a mensagem. Deus, eu era uma hipócrita por gostar dessa possessividade volátil.

> **Satã: Dá no mesmo. Os dois começam com necro e terminam com meu taco de beisebol na cabeça de alguém.**

É. Insano. Nós dois.

A campainha tocou. Joguei o telefone na mesa da cozinha e me levantei, sabendo que Hendrix enlouqueceria se eu parasse de responder do nada.

Abri a porta e vi um cara magricelo usando calça de sarja e camisa social. Ele enfiou um folheto rosa na minha cara.

— Nossa igreja vai fazer um avivamento essa semana. Pizza e refrigerante de graça.

Olhei para o papel amassado enquanto ele tagarelava sobre os méritos da igreja...

VENHAM, VENHAM TODOS PARA O AVIVAMENTO NA IGREJA PETENCOSTAL DA PARKWAY.
SEJA TOCADO PELO ESPÍRITO SANTO.
E CONHEÇA O SENHOR.
QUINTA, SEXTA E SÁBADO. 20H.

E começou a falar que o pastor dele poderia salvar a minha alma. Eu não consegui dar um pio. Sem dúvida ele era bem versado em engambelar os incrédulos. Estava me perguntando se eu deveria bater a porta na cara dele, mas, assim que afastei o olhar do papel cor-de-rosa, a caminhonete de Wolf rugiu lá na frente.

A cabeça de Hendrix surgiu sobre o teto quando ele saiu do lado do carona e em seguida bateu a porta. Puto da vida, ele deu a volta no para-choque dianteiro, apertando firme um taco de beisebol de madeira.

Olhei para o Garoto de Igreja e me lembrei da mensagem que ele havia enviado minutos atrás, falando de um cadáver, um taco de beisebol e um crânio. *Ah, merda.*

Hendrix marchou pelo quintal, brandindo o taco que nem um louco. Por mais que, por dentro, eu amasse pegar o trem da loucura, o Garoto de Igreja não estaria a bordo.

— Hum — falei, interrompendo o discurso sobre o Apocalipse. — É melhor você ir.

Mas ele continuou falando, obviamente não era do tipo que seria dissuadido por pecadores tentando expulsá-lo da propriedade à base de soco.

Os passos de Hendrix soaram nos degraus da varanda. Ele julgou severamente a calça social passada do cara.

— Merda. Seu pau nunca viu a luz do dia, né?

O cara se virou, inclinando a cabeça devagar para absorver o corpo musculoso de Hendrix se erguendo acima dele.

Hendrix pegou um dos folhetos, deu uma olhada no conteúdo e bufou.

— Parkway. É a igreja da seita, não é? Vocês não falam em línguas e têm cobras e essas merdas?

Deu para ouvir o cara engolindo em seco.

— P-por que a gente teria cobras?

— Por que não teriam? — Hendrix olhou do folheto para mim e reajustou o aperto no taco. — É esse o futuro cadáver?

O Garoto de Igreja largou a pilha de papéis e disparou pelos degraus, atravessando o gramado aos tropeços até chegar à rua. Hendrix o observou com o taco de beisebol apoiado no ombro.

Quando o cara enfim sumiu ao dar a volta em um arbusto, Hendrix se virou para mim.

— Caçando meninos bonzinhos agora?

— Hum, não. Tenha um pouco de fé em mim.

— *A corpse is a corpse, of course, of course. And no one can talk to a corpse, of course, unless, of course, the corpse...* — Enquanto ele cantava que um cadáver era um cadáver, é claro. *E não dá para falar com um cadáver, é claro, a menos, é claro, que o cadáver...* E o leve sorriso em seu rosto desapareceu quando ele jogou o taco para o ombro. — A menos que o cadáver tenha um pau. Então não tem crédito nenhum no que diz respeito a você. — Ele estalou o taco no canto da varanda e seus olhos azuis se fixaram em mim.

O que havia de errado comigo para eu gostar tanto dessa merda? Sempre gostei, desde o primeiro dia no jardim de infância, quando ele havia pegado uma cobra de jardim e posto na mesa da professora porque ela havia nos separado por conversar e havia me posto de castigo.

Eu meio que revirei os olhos, tentando não sorrir. Nós éramos amigos. Amigos. Amigos. Amigos.

— Ele estava usando calça de sarja, Hendrix.

— Ele tinha uma rola dentro da calça de sarja? — Abriu caminho com os ombros ao passar por mim e atravessar a porta, então largou o taco no chão perto da escada.

Peguei o monte de folhetos e os levei para dentro, largando tudo no lixo. A voz robótica de uma mulher dizendo "PlayStation" veio dos alto-falantes bem quando pisei na sala.

Hendrix pegou a outra manete e a jogou no assento rasgado ao lado dele no sofá.

— Quer jogar?

Amigos passavam tempo juntos e jogavam videogame, né?

— Claro. — Eu me acomodei ao seu lado e peguei a manete.

Simpson's Road Rage passava na tela, e eu sorri. A gente costumava jogar esse com Gracie e o irmão mais novo de Bellamy, Arlo. Eles mal conseguiam deixar o carro na pista, mas Zepp e Hendrix sempre os deixavam ganhar. O valentão grande e malvado de coração mole sempre fez ser impossível não amá-lo.

Ganhei a primeira partida e, durante a segunda, Hendrix tirou meu carro da pista.

— Você é um péssimo perdedor — pontuei, ignorando que, ao longo do jogo, ele havia se aproximado um pouco mais no sofá. — Sabe em que mais você é péssimo? Em esconder coisas. Encontrei o seu estoque.

— Meu estoque de quê?

— De Pop-Tarts, é claro. — Eu me inclinei para a direita, e meu ombro bateu no dele quando tentei fazer o carro do meu jogador contornar um buraco cheio de lama na estrada. — Não dou a mínima para a sua maconha.

Ele bufou.

— E o pornô?

Afastei o olhar da tela. Um sorrisinho convencido e sensual demais se assentou em seus lábios. Se ele pensava que a ideia de ter pornô me chatearia como havia acontecido quando tínhamos catorze anos, estava muito enganado. Eu acompanharia estrelas pornô até sua porta giratória de garotas a qualquer momento.

— Não me diga que você ainda tem uma horda de revista de mulher pelada e de DVDs da *Debbie Does Dallas* debaixo da cama.

O ombro forte dele bateu no meu quando o carro batido do seu avatar me acertou na lateral.

— Não aja como se não tivesse assistido ao filme comigo. Julgadora de Julgas.

— Uma vez! — Porque eu queria aprender a pagar boquete. Aquele filme me deixou traumatizada. Tanto que, quatro anos depois, eu ainda tinha medo de cair porra no meu olho.

— Quer transformar em duas vezes? — ele perguntou.

A última coisa de que eu precisava era assistir a pornô com o meu ex, para quem eu estava tentando *não* dar.

— Não. — Tirei vantagem da distração e joguei o carro dele em um galinheiro. — Rá! É o que você…

Sem avisar, ele agarrou o meu rosto e bateu os lábios nos meus. Meu coração titubeou no peito e, por um instante, me permiti provar tudo pelo que ansiava tão desesperadamente.

Apesar de todas as razões que eu deveria ter para pôr um ponto final naquilo, eu queria sua boca na minha. Quando ele estava perto assim, eu lutava para me lembrar de todas as razões para isso ser ruim, mas, assim que pensei nelas, pus fim ao beijo.

— Você não pode simplesmente fazer isso, Hendrix. — Porque meu coração não aguentaria.

— Já parou com essa palhaçada, Lola?

— Não é palhaçada. — Era. — A gente é amigo. — E deveríamos ser muito mais.

— É quase um circo inteiro, porque quando éramos só amigos — o polegar dele afagou a minha mandíbula — era *assim* que era.

Ele estava certo. Desde o dia em que nos conhecemos, havia algo entre nós, alguma conexão. Algo que me fez sentir como se o que tínhamos fosse especial. E como eu poderia continuar lutando contra isso? Lutando contra ele?

Ele suspirou, seu aperto na minha mandíbula ainda era forte.

— Eu te beijei pela primeira vez na segunda série, quando a gente estava limpando as mesas do refeitório. Eu te pedi para casar comigo na festa de fim de ano na terceira série, com um anel que eu tinha ganhado na máquina de chiclete. — Uma careta tomou o seu rosto antes de seu olhar cair para os meus lábios. — Nunca foi apenas amigos com a gente. — E havia desespero na forma como ele disse aquilo. — Você só está se enganando se acha que é isso.

Uma vida de lembranças, e luxúria, e amor rodou entre nós naquele sofá surrado, e fechei os olhos, reclinando-me em seu toque. Você poderia enfrentar inimigos, até mesmo amigos, mas era impossível enfrentar alguém que você amava, e ele não era qualquer um. Ele era o cara certo.

Mas eu precisava.

— Por que você tem que dificultar tanto a situação? — sussurrei, tentando extinguir cada emoção arrasadora se erguendo dentro de mim.

— Não sou eu quem está dificultando as coisas. É você. Você quer que sejamos amigos. — Ambas as mãos dele seguraram meu rosto. — Esse é o máximo que eu posso fazer. — Então ele me beijou de novo, e esse beijo foi diferente do de momentos atrás. Suave, reverente, adorador.

O sexo bruto e a química escaldante eram uma coisa, mas isso parecia com uma jura de amor e devoção. E era muito mais difícil resistir a isso. Eu podia sobreviver sem Hendrix, e sobrevivi, mas eu só me sentia viva de verdade quando estava com ele. Desse jeito.

— Senti falta disso. — Ele me beijou com mais empenho, dedos tatuados se enredaram no meu cabelo quando o puxei para mais perto.

Eu queria subir no seu colo, moldá-lo a mim de todas as formas. Sentia-me como uma viciada, descontrolada e na fissura, desesperada pela próxima onda que eu só poderia encontrar com ele.

— Deus, eu preciso de você. — Ele me jogou de costas no sofá.

Cada centímetro do seu corpo forte se fundiu ao meu, e foi necessário cada grama de força de vontade que eu tinha para arrancar meus lábios dos dele. Mas isso não o dissuadiu. Sua boca se moveu para a minha mandíbula e desceu pela minha garganta. Sua ereção pressionava entre as minhas pernas, e eu corria o risco de deixá-lo me dar tudo o que nós dois queríamos. Isso tinha que parar. Agora.

— Hendrix. Eu não vou dar para você. — Se eu continuasse nessa com ele, de que teriam valido os últimos dois anos? Eu havia terminado tudo entre nós por uma razão, e aquela razão ainda estava muito presente.

— Tudo bem. — Sua mão deslizou entre o nosso corpo, mergulhando dentro do cós do meu short. Antes que ele conseguisse passar por cima de mim e acabar com a minha determinação, agarrei o seu punho.

— A gente não pode fazer nada.

Suas sobrancelhas escuras franziram antes de ele se afastar de mim com tudo.

— Que merda está se passando contigo, Lola? — Ele cerrou a mandíbula. — Você está trepando com aquele otário do Chad?

Eu me sentei.

— Não, é claro que não.

Ele achava mesmo que eu transaria com ele se estivesse com outra pessoa? É claro que achava. Eu o deixei acreditar que eu era uma filha da puta desalmada e traidora.

Ele me encarou como se estivesse tentando desvendar cada segredo feio que havia entre nós. Então fechou a cara e se levantou do sofá.

— Quer saber, esquece, porra.

— Hendrix...

Ele contornou o portal.

— Estou cansado dessa montanha-russa emocional, Lola. — O ranger das escadas me disse que ele estava indo para o quarto. Segundos depois, uma porta bateu.

Lágrimas arderam nos meus olhos. Eu o amava, e o queria, e estava magoando a nós dois.

Meu ódio por Johan Taylor apenas se renovou. Ele tinha me deixado em frangalhos, arruinado a minha vida e me custou Hendrix e a minha irmã. Mas, pior, dois anos depois, ele ainda estava me destruindo, e eu ainda estava protegendo aquele homem de Hendrix e Hendrix de si mesmo.

Sabia que se algum dia Hendrix descobrisse o que Johan fez, não importaria se eu estivesse com ele ou não; o garoto o mataria. Também sabia que era improvável, já que o processo havia sido selado, mas o que a gente faria? Voltaria e saltitaria em direção ao pôr do sol? Ele havia acabado de me perguntar se eu estava com alguém. Aquela semente de traição plantada há dois anos havia fincado raízes e formado rachaduras em nossa fundação antes firme.

Para manter Hendrix fora da cadeia, teria que permitir que ele passasse o resto da vida pensando que eu o havia traído. O que significava que ele jamais confiaria em mim, jamais me perdoaria de verdade, e eu não poderia viver desse jeito.

Nenhum **ROMEU**

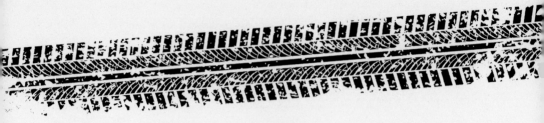

22

HENDRIX

Quinta-feira de manhã, como sempre, me sentei na caçamba da caminhonete de Wolf, trocando saquinhos de maconha por notas de dez dólares. Eu tinha acabado de repassar o último saquinho quando uma caminhonete com escape direto rugiu no estacionamento do Colégio Dayton. Um grupo de mauricinhos de Barrington usando aquela jaqueta de atleta idiota lotava a caçamba, Ethan Taylor e sua cara machucada estavam lá no meio.

— E lá vamos nós... — Wolf bufou e cruzou os braços. — Otários vindo até aqui, tentando começar merdas. Tente não bater nele.

E, com base no jeito com que a minha pressão foi às alturas quando meu olhar pousou naquele merda, seria um problema.

— Qual é mesmo a duração da sentença por lesão corporal?

— Você quer mesmo deixar um otário de Barrington ganhar?

Ganhar? Como se uma intubação e uma longa estadia na UTI fossem alguma vitória.

— Vão se foder você e suas habilidades de raciocínio, Wolf.

A caminhonete voou pela fileira de carros detonados. Eu esperava que ela parasse cantando pneu diante da caminhonete do Wolf, mas o veículo não desacelerou. Se muito, foi um pouco mais rápido.

— Cara... — Wolf fez careta, tirando o baseado de detrás da orelha. — Que merda eles vão fazer?

O veículo deu uma guinada abrupta na nossa direção, e a gente saltou, subiu no teto e se lançou no chão. Um estrondo alto e metálico soou antes de a caminhonete de Wolf se lançar para frente.

— Aquele filho da puta acabou de bater no meu carro! — O rosto de Wolf avermelhou conforme a multidão de alunos mal-encarados de Dayton circularam por lá.

Os demônios raivosos dentro de mim guincharam. Se Ethan queria meu punho na cara dele, esse era um jeito muito bom de conseguir.

Wolf me empurrou.

— Não, Hendrix.

Acenei para a caçamba amassada e a lanterna estilhaçada decorando o chão.

— Ele fodeu com a sua caminhonete, cara.

— E o seguro do papai dele vai pagar pelo estrago.

Saímos de entre os carros, e um punhado de caras de Barrington saltaram da caçamba agora amassada da caminhonete resplandecente. Os de jaquetas esportivas se separaram, e Ethan avançou com um sorriso presunçoso em seu rosto machucado.

A lembrança dele pressionando Lola na parede veio à tona, e cada músculo no meu corpo se retesou, implorando por alívio na forma dos meus punhos no crânio daquele otário.

Ethan apontou um dedo para mim.

— Você e a *putinha* da sua namorada tacaram fogo no meu carro.

Raiva líquida percorreu as minhas veias. Eu não tinha percebido que havia avançado para cima do cara até Wolf se agarrar a mim como um pitbull na coleira.

— Ah, é um ponto fraco? — O rosto dele se iluminou de deleite, e o merdinha corajoso deu outro passo na minha direção. — Ela chupa um pau como ninguém.

O rugido da raiva ecoou pela minha cabeça. Eu me imaginei agarrando a cabeça dele e a socando na grade dianteira da caminhonete até aqueles dentes clareados se espalharem pelo asfalto, depois descer o taco nas costelas dele até o cara não conseguir mais respirar direito.

— Deem o fora daqui — Wolf disse, ainda me segurando firme.

Ethan deu mais um passo na minha direção que me fez jurar que seria o último.

— Não vai nem defender a garota? — ele perguntou, o sarcasmo em sua voz deu em cada nervo que eu tinha.

— Tem um monte desses merdas riquinhos para servirem de testemunha, cara. — Wolf me puxou para trás de novo. — Deixa para lá.

Eu não deixaria porra nenhuma para lá.

Eu me impulsionei em seu aperto, e minha camisa rasgou. No segundo que me libertei, o sorrisinho nojento no rosto de Ethan desapareceu.

Nenhum **ROMEU**

— Qual é o problema, filho da puta? — Dei um passo, com os punhos cerrados com tanta força que minhas juntas doeram. — Com medinho?

Ele tentou voltar a se meter no meio do rebanho de cagões dele, e eu praticamente podia sentir o cheiro do cara borrando a calça.

— Não tenho medo de você, Hunt.

— Hendrix... — Wolf chamou às minhas costas.

Alguns "Qual é, Hunt, mete a porrada nele" vieram da multidão.

Todo mundo aqui esperava um banho de sangue. Com base na minha reputação, Ethan e cada um desses otários deveriam estar espalhados no concreto. Mas esse não era um dos nossos encontros de sempre. Eu havia notado os telefones gravando. Tinha visto as mensagens. Mas desde que eu não batesse nele...

— Então cai matando, Taylor. — Apontei o queixo para ele. — Parte para cima se você não for um fracote mentiroso e brocha.

Risadas vieram do grupo de alunos de Dayton que nos rodeava quando agarrei a blusa idiota de time de Ethan e o puxei para mim. O que eu queria mesmo fazer era enforcar o cara bem ali no estacionamento.

— Mantenha o nome da minha garota longe dessa sua boca estúpida.

Ele se encolheu quando me inclinei para perto de sua orelha.

— Ou eu vou cortar a porra da sua língua e limpar a minha bunda com ela.

— Cavalheiros! — A voz monótona de Brown soou às minhas costas, e ouvi palmas. — Se separem!

Soltei a camisa de Ethan, depois dei um empurrãozinho de leve nele. Ele caiu no meio do seu grupo de amigos inúteis, com o rosto pálido.

— O que está acontecendo aqui? — Brown abriu caminho entre a multidão de alunos, o olhar sério indo de mim para os caras de Barrington. — Vocês, meninos, não deveriam estar arranjando encrenca na escola de vocês?

— Não há problema nenhum aqui, senhor — disse Harford, movendo o queixo para sinalizar para o resto deles que era hora de ir. — Só uma visita amigável para agitar um pouco da rivalidade entre as escolas antes do jogo dessa semana. — A atenção dele se voltou para mim. — Não é, Hunt?

— É. Eles só passaram aqui para nos lembrar dos arregões que eles são.

O grupo de alunos ao nosso redor diminuiu quando os riquinhos subiram na caçamba da caminhonete. O motor acelerou.

— Diga à sua garota que mandei um oi, Hunt — Ethan gritou antes de eles saírem acelerando.

O foco de Brown se voltou para mim.

— Seja o que for que estiver rolando entre vocês dois, mantenha fora da escola.

Furioso, me virei e segui em direção ao prédio, com Wolf bem ao meu lado.

— Você sabe que não pode matar o cara, né? — ele perguntou, ao atravessarmos a entrada.

— Posso, sim. Só não pode haver testemunhas.

— Qual é, cara. Não ferra comigo. Não sei dizer se você está de sacanagem quando diz coisas assim.

O problema era que eu também não sabia.

— Não esquenta comigo. — Passei pelos detectores de metal e minha pressão sanguínea ainda fervia.

A julgar pela forma que os alunos lotando o corredor tropeçavam nos próprios pés para sair da minha frente, a raiva devia estar estampada no meu rosto.

Diga à sua garota que mandei oi. Aquele comentário queimou através de mim, e o que mais me pegou foi o fato de que tive que ficar parado lá.

O último sinal tocou no momento que abri a porta do banheiro, e desferi o primeiro soco na parede de bloco de concreto grafitada.

— Porra! — Soquei o mesmo lugar, repetidas vezes, imaginando que era a cara do Ethan, imaginando que era a pessoa com quem Lola tinha me traído.

A cada golpe que pousava no concreto, a cada feixe de dor que ricocheteava pelo meu braço, um pouquinho da minha raiva desaparecia. Mas não o bastante. Porque embora eu estivesse puto pra caralho com o Ethan, a pessoa com quem eu estava bravo de verdade era comigo mesmo.

Ele só precisou mencionar a droga do nome dela para me fazer chegar ao limite. Eu havia jurado depois que a minha mãe morreu, depois que o tio que deveria cuidar da gente deu para trás, que nunca mais me importaria mais com alguém do que esse alguém comigo. E era exatamente isso que eu estava fazendo com Lola. Não havia nada nesse mundo apodrecido que eu quisesse mais que ela. Ninguém com quem me importava mais do que com ela. E eu era só uma marionetezinha, deixando a garota puxar as cordas que em algum momento ela cortaria ao meio.

Lavei o sangue dos nós dos meus dedos, envolvi a mão em uma toalha de papel e fui para a aula.

A porta fez ruído ao abrir, e Smith se virou da lousa. Seus olhos se arregalaram ao caírem para a minha blusa.

Nenhum **ROMEU**

— Ah, nem pensar, Jeffrey Dahmer. Pode parar essa fúria assassina aí mesmo!

Ela tampou o marcador e foi até a mesa.

— Como se eu fosse te deixar se sentar aqui coberto com o sangue de sabe Deus quem. Com a camisa rasgada. — Ela balançou a cabeça antes de atravessar a sala. — Vá até a enfermaria e limpe essa sujeirada toda. Provavelmente também seja necessário ir adiante e rogar por perdão, porque esse seu traseiro com certeza está a caminho do inferno.

Apanhei a autorização da mão estendida dela e saí da sala. Eu não estava no humor para discutir com aquela louca hoje.

A meio caminho do corredor vazio, passos surgiram às minhas costas.

— Hendrix!

É claro que Lola viria atrás de mim. Vai para frente e para trás, para lá e para cá. Laço laçado agora é só puxar.

Cerrei a mandíbula e me virei bem quando os All Star dela pararam guinchando diante de mim.

Seu olhar desesperado foi da minha blusa suja de sangue para a minha mão detonada e por fim para o meu rosto intocado.

— Você está bem?

Estou tão cheio de ela agir como se se importasse. *Sinto saudade também. Somos só amigos. Me come, Hendrix. Não vou dar para você.* Não. Eu estava cansado de esperar que ela se importasse.

Meu olhar cai dos olhos em que eu costumava me perder para os lábios que eu costumava beijar sem precisar de permissão. Como se a porra da Lola Stevens tivesse o direito de dar a mínima para o fato de eu estar bem.

Eu não estava.

Não tenho estado. Por causa dela. Tudo porque, quando ela estava envolvida, eu perdia completamente o controle da minha raiva, dos meus quereres, da minha dignidade.

— Ah, hoje é um dos dias em que você dá a mínima? — Meu tom é duro, o mesmo tom de imbecil que uso com as meninas com quem não me importo.

Ela franziu a testa.

— Eu nunca *não* dei a mínima para você. E você sabe muito bem.

Precisei colocar a mão em um dos armários para me equilibrar e rir daquilo. Porque era pura mentira. Eu jamais trairia alguém com quem me importo.

— É — falei, ao dar as costas para ela. — Está claro como cristal, bandida.

Dessa vez, o eco dos passos dela não me seguiu.

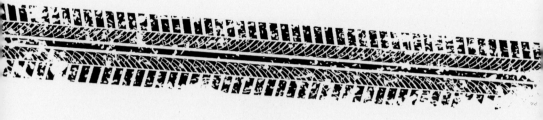

23

LOLA

Sussurros ecoaram das paredes da escola pelo resto da manhã. Quando por fim peguei o meu almoço e me larguei em uma mesa lotada, encaixei uma imagem vaga do que havia acontecido mais cedo.

A galera de Barrington agindo feito um bando de otários não era nada novo. O que me tirou o prumo foi o rumor de que Hendrix *não* havia socado Ethan, já que ele com certeza havia sentado a porrada em alguém. Meu olhar vagou pelo refeitório até pousar nele.

Mas eu tinha meus próprios problemas com que me preocupar. Ou seja, como pagaria o aluguel depois da semana que vem. Eu tinha o total de cento e vinte dólares economizados e uma quantidade imensa de e-mails de rejeição para boa parte dos trabalhos a que me candidatei ao longo da semana. E durante o "desesperado Fim dos Tempos", às vezes tínhamos que recorrer a medidas desesperadas. Ao que parece, o Menino de Igreja estava certo sobre uma coisa...

Levei uma colherada do purê de batata instantâneo da escola à boca, engoli, depois olhei para Kyle.

— Você pode me levar a um lugar essa noite?

Kyle parou com o garfo a meio caminho da boca.

— Claro. Para onde?

— Igreja.

Ele fez um som de engasgo esquisito, e Robert bateu em suas costas.

— Igreja?

— Eles vão servir pizza. — E doações. Espalhei o feijão verde cozido e acenei na direção dele. — Talvez até mesmo a sua preferida. A nojentíssima presunto com abacaxi. — Sério, era a pior combinação já inventada.

— Mas *você* quer ir à *igreja?* — ele perguntou.

— Por que estou com a sensação de que você está me julgando, Kyle? As bochechas dele avermelharam.

— Eu não estou.

Bufei, e foi só quando ficamos em silêncio que notei que Robert e os amigos haviam parado de discutir sobre qual herói da Marvel tinha os poderes mais legais. Na verdade, todo o refeitório tinha ficado mais quieto que o normal.

Uma tensão palpável pendia no ar como se todo mundo estivesse com medo de falar ou de respirar alto demais. E medo aqui geralmente era incitado por uma única pessoa...

Meu olhar vagou para a mesa de Hendrix e para o espaço livre ao redor dela, vazio das garotas que tentavam se jogar nos caras problemáticos de Dayton.

Hendrix estava de frente para sua comida intocada, a camisa ainda estava rasgada e cheia de sangue, o maxilar se contraindo, os nós dos dedos enfaixados batendo no tampo da mesa. Ele parecia um gato agitado, com a cauda balançando para lá e para cá, na espreita. Até mesmo Wolf lançou olhares nervosos para ele.

Do nada, ele se levantou da mesa.

Cada músculo se contraiu quando Hendrix pegou a bandeja de algum coitado, atravessou o corredor e a jogou na parte de trás da cabeça de algum atleta babaca com tanta força que o plástico quebrou.

O jogador de futebol americano caiu feito poeira no chão do refeitório.

— Que tal isso por chupar o pau do Taylor como ninguém? Mantenha o nome dela longe da porra da boca.

Um "oh" coletivo ecoou pelo refeitório. Senti minhas bochechas arderem quando os olhares se voltaram para mim. O que aconteceu mais cedo parecia estar vindo em efeito cascata.

O treinador Todd veio correndo, pegou Hendrix pelo colarinho e o arrastou para fora do refeitório.

Eu não podia deixar de sentir culpa por Ethan estar me usando para atingir Hendrix. Ou ele estava usando Hendrix para atingir a mim. Afinal de contas, fui *eu* quem mandou o pai dele para a cadeia.

Procurei por Hendrix no armário dele a cada intervalo entre as aulas, e quando não o vi, só pude presumir que ele havia sido suspenso. Kyle arrancou do estacionamento da escola enquanto eu enviava uma mensagem perguntando se ele estava bem.

Ele não era meu para me preocupar, mas eu não conseguia evitar. Hendrix era irracional na melhor das hipóteses, e considerando a briga que teve com Ethan aquela manhã, eu não ficaria surpresa se ele tivesse ido parar em Barrington.

A última coisa que ele precisava era de mexer com Ethan de novo.

A cada mensagem ignorada, eu ficava mais e mais ansiosa, e enquanto me acomodava no banco de trás da igreja Parkway, não conseguia negar que era meio que errado estar aqui sem ele.

Acho que se podia dizer que pecado e devassidão eram a nossa versão de encontro.

O pastor fez seu sermão sobre almas condenadas enquanto eu tentava impedir que o tom monótono me fizesse cair no sono.

Então chegou o momento pelo que eu esperava. As notas sinistras do órgão preencheram o pequeno santuário, e um dos diáconos passou a bandeja de ofertas para a senhora no banco da frente. Ele circulou pela multidão até chegar a mim. Uma nota de cinquenta estava sobre a montanha de dinheiro.

Quem diria que as pessoas de Dayton eram tão generosas?

Pelo bem dos olhos vigilantes, tirei uma nota de um dólar do bolso e a coloquei na bandeja, em seguida enfiei a de cinquenta na manga. Hendrix e eu havíamos recorrido a isso muitas vezes quando éramos crianças. Eu tinha vergonha de poder me orgulhar por dizer que havia ficado muito boa nisso.

O homem ao meu lado pegou a bandeja, e fiquei de pé. As notas do órgão me seguiram pelo hall de entrada, de onde peguei uma caixa de pizza grátis antes de seguir para o carro de Kyle à minha espera.

Joguei a pizza no banco de trás e fechei a porta.

Kyle acelerou para longe da igreja, franzindo a testa quando enfiei o dinheiro no bolso.

— Você roubou?

— Você não deveria fazer perguntas se não quer saber a resposta, Kyle.

— Você vai para o inferno, Lola.

Como Kyle conseguia ser tão ingênuo? A gente era amigo desde criança.

— Dayton é o inferno — falei. — E igrejas doam para os pobres e desesperados. Eu sou pobre e desesperada. — Não era mentira, embora roubar dinheiro da caridade parecesse mesmo a baixaria da baixaria.

Nenhum **ROMEU**

— Não acho que é o que eles querem dizer — meu amigo pontuou, e o motor do seu pequeno Honda se engasgou ao virar na rua de Hendrix.

O carro tentou parar mais algumas vezes antes de um barulho terrível vir do capô. Então o motor parou de vez.

— A roda travou! — Kyle entrou em pânico antes de a roda dianteira bater no meio-fio, e o carro parar por completo. — Porra. Está morto!

Kyle nunca xingava.

— Quem vai para o inferno agora? Profanidade.

Ele sugou a bombinha e sugou de novo ao tentar dar a partida. O click, click, click decepcionante veio do capô.

— Está tudo bem. — Abri o cinto. — A gente pode empurrar.

Nós dois saímos.

Kyle me encarou por cima do capô manchando.

— Para onde?

Apontei para a precária casa de dois andares no fim da rua.

— A casa do Hendrix é bem ali.

— Não. — Ele foi inflexível ao balançar a cabeça. — Não, não, não. Ele vai tacar fogo no meu carro.

Hendrix era conhecido por atear fogo em carros aleatórios? Sim. Mas bem... eu também era.

— Ele não vai pôr fogo no seu carro, Kyle. Ele pode consertar a coisa.

Se ele consertaria ou não era outra história. Mas todo mundo sabia que, além de um mecânico pago, Hendrix e os caras eram a melhor alternativa para consertar um carro em Dayton.

Sem muita escolha, Kyle me ajudou a empurrar. O veículo parou de frente para o aro de basquete enferrujado na entrada, e uma sensação de pavor me preencheu. Isso seria um desastre.

Hendrix ainda não havia respondido a nenhuma das minhas mensagens, então obviamente ele não queria falar comigo. Ainda devia estar com um humor do cão, mas eu precisava dele para ajudar Kyle. A quem ele odiava por alguma razão.

Suspirando, subi os degraus e usei minha chave para destrancar a porta.

O som do PlayStation vinha da sala. Respirei fundo e fui até o portal e me apoiei lá. Meu olhar foi direto para Hendrix no sofá. Não pude deixar de reparar em seu peito nu e tatuado, no meu nome escrito sobre suas costelas. Toda vez que o via, meu coração se apertava.

Ele encarou a tela, ignorando a minha existência enquanto os dedos machucados faziam movimentos agressivos na manete. Ficou evidente que o humor dele não havia melhorado. Pedir para ele consertar o carro de Kyle desceria feito um shot de vômito.

— O que foi? — ele disse, por fim, ainda sem afastar o olhar do jogo.

— Você não respondeu as minhas mensagens. Está tudo bem?

— Bem pra caralho. — Um som alto de tiro veio da TV quando ele explodiu a cabeça de um dos avatares.

— Você foi suspenso?

Outra torrente de tiros soou.

— Não. Mais alguma pergunta?

Ótimo. Bela conversa. Tanto esforço para amansar a fera. Tirei do sutiã os cinquenta dólares que havia afanado da bandeja. Não podia me dar ao luxo de perder a grana, mas era o Kyle... ele já me ajudou demais.

— Quer ganhar uma grana?

O olhar de Hendrix foi para o dinheiro na minha mão.

— Do que você precisa?

— Que você conserte um carro. — Não disse o carro de quem. E eu estava esperando que essa pudesse ser uma daquelas situações de concordar-antes-de-saber-com-o-quê. — Está lá na frente.

Ele jogou a manete longe e se levantou do sofá, com os músculos ondulando e flexionando conforme reduzia a distância entre nós. Os dedos roçaram os meus quando ele pegou o dinheiro da minha mão.

— Não posso prometer que vá cobrir as despesas... — Teria que cobrir. Ele foi até a porta e xingou baixinho antes de atravessá-la.

Eu o segui pela varanda e em direção à frente da casa.

Os olhos de Kyle se arregalaram quando Hendrix se aproximou. Ele se moveu ligeiramente, como se estivesse pronto para disparar.

— Ah, não. Está tudo bem, Hendrix. Não precisa. Eu vou só... empurrar. — Frenético, ele puxou a porta do motorista e tentou mover o velho Honda sozinho. A coisa nem se mexeu.

Hendrix parou perto do carro, se elevando sobre o corpo magrelo de Kyle.

— Tire esse seu rabo da frente.

Kyle tropeçou antes de tropeçar na grama e deixou cair a bombinha. Eu o ajudei a se levantar e o levei até os degraus, mordendo a língua antes de xingar Hendrix por ser babaca.

Kyle disse algo sobre Robert, mas não prestei atenção. Cada parte de mim estava concentrada em Hendrix.

Nenhum ROMEU

165

O sol poente dançou sobre seus músculos quando ele abriu o capô e se inclinou sobre o motor.

Havia algo irresistível nele consertando coisas com as próprias mãos. A graxa escurecendo seus antebraços, as manchas sujando peito e barriga… nada bom para o meu autocontrole já em frangalhos no que dizia respeito a ele.

Forcei-me a olhar para longe.

Trinta minutos depois, o motor zumbiu à vida.

— Viu — falei para Kyle. — Está consertado.

Hendrix deixou o carro ligado ao sair e bateu a porta. O olhar sério encontrou o de Kyle enquanto seguia para a varanda.

— Está na hora desse seu rabo de Stormtrooper voltar para a Estrela da Morte.

Eu sabia que ele sabia que para o Kyle aquele era o equivalente de "eu tracei a sua mãe".

Kyle bufou e ficou de pé.

— Eu jamais seria um Stormtrooper! — E, é claro, de todas as vezes em que ele poderia armar uma cena… era nesta colina que ele queria morrer. Ele puxou uma respiração profunda e trêmula. — Obrigado por consertar o meu carro. — Depois olhou para mim de um jeito triste. — Tchau, Lola.

E foi pisando duro até o carro e deu ré de um jeito que eu teria pensado ser dramático, mas na verdade não era.

— Ótimo — falei, encarando Hendrix. — Agora você deixou o garoto chateado.

— Foda-se. — Hendrix levou a mão à porta. — Eu odeio aquele filho da puta.

Kyle era tão inofensivo quanto um plâncton. Hendrix nunca foi muito chegado a ele antes, mas nunca o odiou como odiava agora. Claro, ele não achava mesmo que eu havia ido para a cama com o meu melhor amigo, né?

— Sei bem o quanto você odeia o Kyle sem nenhuma razão.

Hendrix se virou sobre o capacho, com o maxilar pulsando e as narinas dilatadas.

— Nenhuma razão? — Ele mordeu o lábio como se estivesse tentando prender as palavras que queria libertar. Não demorou muito. — Ele ajudou a ferrar com a minha vida toda. Ele pode muito bem comer merda e se engasgar com ela.

— O que *ele* pode ter feito com *você*?

— Eu te vi sair da clínica com ele!

Houve um instante de silêncio, um momento de horror que percorreu o meu cérebro. Eu estava entorpecida demais para notar muita coisa daquele dia horrível, mas, com certeza, eu teria notado Hendrix, não é?

— Você contou para ele. Você contou para Jessica. Você não contou para mim. E se quer mesmo saber por que odeio aquele garoto pra caralho, foi porque ele te levou para abortar a criança que poderia ter sido minha.

Não era dele. Eu disse a ele isso.

O olhar enojado passou por mim, e me encolhi sob o peso da sua raiva.

— Você estava certa, Lola. A gente não deveria ter aberto essa merda. Porque, parando para pensar, agora há uma caralhada de merda por aí.

Tentei manter a calma, esconder o pânico borbulhante que subia por mim. Eu odiava mentir para ele. Antes daquele dia dois anos atrás, eu nunca havia mentido para Hendrix. Não havia nada que eu não contaria a ele. Eu tinha tanto ficado aterrorizada com ele descobrindo a verdade quanto desesperada com a possibilidade de ele enxergar a mentira.

— Eu te disse: não era seu — consegui fazer passar pela minha garganta apertada.

— E como era possível você saber, Lola? — Ele lotou o meu espaço, o cheiro de graxa e de seu perfume fraco me inundaram. — Nem sempre a gente usava camisinha. Pobres demais. Idiotas demais. Apaixonados demais, porra.

Hendrix e eu *tínhamos* sido pobres e idiotas e, Deus, estávamos apaixonados, mas quando não conseguíamos pagar ou roubar camisinha, ele sempre tirava.

Johan não tirou.

Johan não se importou.

Não quando eu resisti, chorei e implorei para ele parar. Ele com certeza não deu a mínima ao gozar dentro de mim e deixar uma menina de dezesseis anos grávida do próprio estuprador. Acho que ele pensou que o dinheiro que jogou ao lado do meu corpo em prantos o absolveria de toda a imoralidade.

Havia chance de ser de Hendrix? De acordo com as datas que a clínica me deu, não.

Quando fui confirmar que estava grávida e a enfermeira me deu a data da concepção, senti tudo dentro de mim morrer. Dezessete de junho.

Nenhum ROMEU

167

A data que Johan havia aparecido para comer a minha mãe drogada e desmaiada e acabou me estuprando. A data bem no meio das únicas duas semanas que Hendrix e eu estivemos separados desde os seis anos. Ele tinha ficado doente na semana anterior, e depois do acontecido, havia me levado uma semana para me recompor.

Lágrimas ameaçaram cair, e fechei os olhos, incapaz de olhar para ele.

— A data não batia, Hendrix.

— Foi inesquecível a esse ponto, então? Tão inesquecível que você até guardou a porra da data?

— É só uma data — sussurrei. Uma gravada no meu coração com uma cicatriz horrorosa.

Cada linha do rosto dele endureceu, a traição em seu olhar dizia que ninguém poderia magoá-lo mais do que eu o magoei.

O punho machucado encontrou a lateral apodrecida da casa, deixando para trás uma marca ensanguentada dos nós dos seus dedos.

— Porra, eu me odeio por ser tão estúpido por estar apaixonado por você. — Ele virou as costas para mim. — E eu te odeio pra caralho.

O golpe acertou em cheio, tomando o meu coração em um aperto de morte.

— Eu sei. — Abaixei o queixo para esconder os olhos marejados.

Passos ressoaram na varanda antes de a porta abrir e depois fechar com uma pancada, e no segundo que isso aconteceu, as lágrimas caíram.

Esse era o nosso trágico destino. Ansiar, e amar, e odiar, e punir.

De novo, e de novo, e de novo.

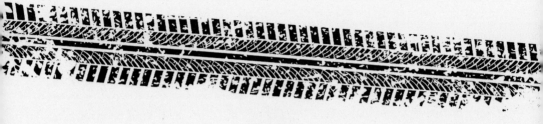

24

HENDRIX

A data não batia. Deus, eu era um idiota por pensar que a gente poderia ficar junto de novo.

Bati a porta do banheiro às minhas costas e lutei com as emoções que havia enterrado. Quando Jessica me contou que Lola estava grávida, eu fiquei assustado pra cacete. Nós já passávamos aperto para nos certificar de que Gracie tinha tudo de que precisava, mas eu queria aquilo. Com Lola. Mais do que qualquer coisa.

Peguei meu violão, o único presente que minha mãe havia me dado, a única coisa em que já fui bom, e o troquei na casa de penhores por um anel pequeno. Pedir a ela para se casar comigo era a única coisa que eu faria certo. Roubei pisca-piscas e velas do Wal-E-Mart e tive essa ideia idiota e grandiosa de que a pediria em casamento na nossa casa da árvore... Então Jessica mandou mensagem e disse que Lola havia pedido para que ela a levasse até a clínica. Que ela não tinha levado, mas que outra pessoa levou.

Liguei e mandei mensagem para Lola uma centena de vezes, implorei para ela conversar comigo antes de fazer qualquer coisa. Prometi que faríamos dar certo, embora, lá no fundo, eu soubesse que não havia como sustentarmos um bebê. No dia, corri dois quilômetros até a clínica improvisada, mas ela já estava saindo. O braço de Kyle a envolvia enquanto ela chorava. E aquele foi o princípio do fim da droga da minha vida.

Os nós machucados dos meus dedos doeram quando agarrei a beirada da pia, encarando meu reflexo no espelho quebrado. Deus, isso era dor. Uma dor terrível e horrorosa, que mais parecia que abutres estavam cravando as garras nas minhas vísceras e rasgando meu coração em pedaços.

Eu me odiei naquele momento. Porque não conseguia desistir dela e, caramba, eu precisava. Mas o que deveria fazer? O que tínhamos não era só essa merda de confundir amor com desejo. Nosso amor havia crescido como fruto do desespero, da necessidade e da sobrevivência. Nada na nossa história era bonito; nem uma puta de uma coisa. Crescemos em lares em que a única coisa pela qual nossos pais ansiavam era a próxima dose. Éramos apenas crianças que não tinham ninguém para cuidar de nós. Só tínhamos um ao outro. E, conforme os anos se passaram, Lola se tornou o meu tudo. A droga do meu tudo. Ela havia se infiltrado na minha medula, e como eu conseguiria me livrar dela quando a sentia profundamente em meus ossos?

Mas quanto mais tempo eu poderia continuar amando algo que doía tanto?

Apertei a pia ainda mais forte, a pele rasgada dos meus dedos se abriu novamente. Eu a deixei se safar por tempo demais sem me dar respostas. Havia chegado ao limite. Eu queria pôr um ponto final naquilo.

Desci as escadas correndo e fui lá para fora.

Lola estava sentada no mesmo lugar nos degraus da varanda, com a cabeça enterrada nas mãos.

A porta bateu com força às minhas costas.

— Quem foi o filho da puta, hein?

Tentei muito descobrir depois que ela foi embora. Ameacei Kyle. Trepei com Jessica, pensando que ela fosse me contar.

— Quem significou tanto assim para que se lembre da data?

Ela olhou para trás, com os olhos inchados e vermelhos, as bochechas manchadas pelas lágrimas. Uma dor subiu pelo meu peito, e eu lutei contra ela. Tinha que parar de proteger essa garota, especialmente de mim.

— Quem foi, Lola?

— Não importa.

— Você se lembra da data! Não me venha com isso de que não importa, porra.

— Eu estava grávida, Hendrix! Era a diferença entre o seu filho e... — O olhar dela caiu para a varanda. — A data importava.

Eu me senti enjoado logo antes de ser consumido pela raiva.

— Não posso acreditar que desperdicei dois anos sentindo saudade de uma puta. — Quis pegar aquelas palavras de volta no segundo que as disse, no momento que vi a dor brilhar em seus olhos.

Sem olhar para mim, ela ficou de pé, secou o rosto ao atravessar o quintal até a garagem e seguiu na direção da casa do Kyle.

Depois de ter sumido ao virar a esquina, fui até o ponto de ônibus e peguei o número cinco para Barrington.

Ethan Taylor queria uma briga. Eu daria uma a ele, porra.

— Cara...

Enfiei a mochila no armário e em seguida olhei ao redor da porta aberta para o rosto chocado de Wolf.

— Opa. Você deveria estar puto se deixou alguém te acertar desse jeito.

Minha mandíbula doía pra caralho. Ethan tinha um soco mais forte do que imaginei. E dada a tempestade emocional pela qual eu estava tentando navegar, levei o golpe com a porra de um sorriso no rosto. Logo antes de nocautear aquele otário no meio do Pizza Palace.

— Valeu a pena levar o primeiro soco só para acertar aquele filho da puta no crânio.

E a beleza de tudo? Havia um monte de testemunha que o ouviu me chamar de "pobretão inútil" logo antes de dar o primeiro soco.

— Você foi caçar o Taylor?

Bati o armário.

— Servi o rabo dele no bufê livre do Pizza Palace.

— Clássico. — Ele me deu um tapinha nas costas antes de apontar o polegar para o banheiro.

— Vou enrolar um baseado da vitória para você. Quer fumar antes da aula?

No humor que eu estava, um pouquinho de maconha não machucaria ninguém.

— O rio de Chocolate é feito de bosta de Oompa-Loompa?

Dez minutos depois, eu estava doidão pra caralho, abri caminho pelos corredores lotados e fui para a aula da Smith.

Ela parou de olhar para a mesa e balançou a cabeça para mim, me julgando.

— E lá foi você deixar alguém estragar esse rosto bonito.

O foco da turma se voltou para mim. Lutei contra a bruma da maconha, olhando além de cada uma das expressões de surpresa até chegar em Lola.

O olhar dela se ergueu do caderno, e senti aquela pontadinha filha da puta de dor. Forcei-me a senti-la por um instante, quando prendi seu olhar. Ter aquela garota na minha frente, na minha casa... era uma forma de suicídio.

No segundo que vi a preocupação se arrastar para a sua expressão, olhei para longe.

O sinal tocou, e Smith bufou antes de empurrar a cadeira de rodinha para traz enquanto eu ia em direção à minha carteira.

— Hoje vamos estudar o sistema reprodutor feminino. E não quero ouvir nenhum de vocês dando risadinha por causa de vulvas e vaginas. Não vamos chamar de pepeca, nem de larissinha, nem de pega-pênis. Qualquer que seja a gíria que essas mentes imundas de vocês usam esses dias, mantenham para vocês mesmos.

Sorte da Smith eu estar doidão demais para zoar com ela hoje.

Na metade da aula, ela apontou um laser para o diagrama de uma vagina, circulando o ponto vermelho por cima do clitóris.

— Que saber... — Ela se afastou da mesa, preencheu uma autorização, depois marchou pelo corredor e a bateu na minha mesa. — Sr. Hunt Número Dois, leve esse seu traseiro musculoso para a enfermaria.

— Mas o que eu fiz?

— Nada. — Ela afundou um punho no quadril. — E esse é o problema. Eu já falei de testículos e vaginas, e você quer me dizer que esse seu eu de mente poluída não quis fazer um comentário sobre xaninhas e pintos? Não mesmo. Tem algo errado contigo, Sr. Obsceno, e não quero os seus piolhos espalhados pela minha sala.

Passei a mão no papel para a enfermaria, me levantei do assento e peguei meus livros.

Algo estava errado comigo. E vinha na forma de uma Medusa loura de um metro e cinquenta e cinco.

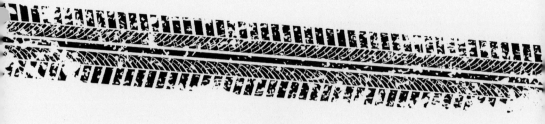

25

LOLA

A luz vermelho-neon da loja de bebidas refletiu no plástico da identidade falsa na minha mão. Eu não tinha dinheiro para gastar em bebida barata, mas não podia lidar com outra noite insone infestada de pesadelos lá no sofá do Kyle. Estava pronta para passar o fim de semana com vodca até os joelhos.

A palavra "puta" tinha circulado em *looping* na minha cabeça na noite passada, abrindo uma lata de vermes comedores de carne que se alimentavam de cada memória horrível que eu tinha tentado enterrar.

Johan havia me chamado de puta. Minha mãe *era* puta. A mãe de Hendrix... Ele poderia ter me chamado de qualquer coisa, mas disse aquilo para me magoar o máximo possível. Da forma como o magoei. Então não fiquei surpresa quando ele apareceu na escola hoje de manhã com um hematoma enorme no rosto.

Hendrix não apanhava. A menos que quisesse. Tipo quando a mãe dele morreu e ele quis sentir a dor física para se livrar da emocional.

Eu só queria parar de pensar em tudo isso, e sentir nada.

Uma batida soou na vitrine da casa de penhores ao lado, o que chamou a minha atenção. O funcionário ajustou o violão que havia meio que caído para frente. Eu me afastei da loja de bebidas. Entalhes aleatórios cobriam a madeira. Eu não conseguia vê-los com clareza, mas não precisava. Conhecia o nome dos álbuns e dos artistas, as letras de músicas riscadas lá porque eu observei Hendrix entalhar cada um deles. Imaginei que, em algum momento nos últimos dois anos, ele tenha precisado penhorar uma das poucas coisas que valorizava.

O meu lado magoado disse que bom, e comecei a me afastar, mas então as lembranças dele tocando surgiram. A forma como seus olhos se iluminaram quando ele me mostrou o instrumento logo que o ganhou. O quanto ficou orgulhoso quanto notou que poderia tocá-lo.

Dei uns poucos passos para trás, encarando o "Lola Cola" entalhado na madeira entre dois corações.

Ele havia me magoado ontem. Mas, Deus, se a situação fosse reversa, eu também teria me magoado. Ele não sabia a verdade. Ele não podia saber a verdade. Nenhum de nós merecia a dor que havíamos suportado.

Olhei para os vinte dólares fechados no meu punho, quantia que eu tinha toda a intenção de gastar em uma garrafa de vodca. Provavelmente não seria o bastante, mas eu não poderia ir embora sem pelo menos tentar. As pessoas em Dayton não tinham muito, mas as coisas que tínhamos valorizávamos. E aquele violão era tudo para Hendrix. E certa vez havia sido tudo para mim. Eu tinha que pelo menos tentar.

Meus planos para o fim de semana haviam ido para o inferno.

Chad tinha convidado Kyle e eu para irmos à casa do lago hoje, e achei que fosse uma coisa boa. Eu precisava me distrair. Além do mais, amava passar tempo com Gracie.

O sol da manhã me cegou quando Kyle encostou na frente da casa de Hendrix.

Por um instante, encarei a fachada do imóvel, me preparando para entrar e pegar algumas roupas. Eu tinha vindo cedo, porque não queria que ele me confrontasse de novo, e talvez fosse egoísmo de minha parte. Desde que não tocássemos no assunto, eu poderia quase fingir que os últimos dois anos não tinham acontecido. Que Hendrix e eu não estávamos completamente aos farrapos, que podíamos ser amigos, mesmo se nunca mais pudéssemos ser mais.

Olhei para o banco de trás, para o violão surrado. Eu o havia recuperado, porque o contrário não era uma opção. Minha presença lá ontem à noite pareceu demais com destino, e eu esperava que o gesto servisse como uma oferta de paz.

— Já volto, Kyle — falei, ao me inclinar e pegar o instrumento antes de sair.

Os nervos se agitavam na minha barriga quando destranquei a porta. O barulho eletrônico de um jogo de guerra flutuou para a entrada, e eu congelei. Não tinha esperado que ele estivesse acordado, e a perspectiva de deixar isso aqui com um bilhete tinha muito mais apelo do que ver Hendrix pessoalmente.

Fui até a sala e, sem dizer nada, apoiei o violão na beirada do sofá gasto.

O olhar de Hendrix se desviou da tela, pousou primeiro no instrumento e depois em mim. Prendendo meu olhar, ele pausou o jogo, enchendo a sala de um silêncio tenso.

— Onde você o encontrou?

— Na casa de penhores perto da loja de bebidas.

Ele pegou o violão, o embalou com amor sob o braço ao dedilhar a melodia de *Glycerine*.

Meu coração gaguejou ao som dos acordes conhecidos. Hendrix costumava tocar aquela música para mim o tempo todo, dizendo que a letra expressava o que ele sentia por mim.

Notas preencheram o cômodo, me lembrando de todos os bons momentos que tivemos. Todos os "eu te amo" e as promessas de para sempre.

Como se recuperasse o controle de si mesmo, ele parou de repente, bateu a mão sobre as cordas para interromper a música.

— Vou dar uma festa essa noite.

— Tudo bem…

Olhos azuis encontram os meus, a suavidade de momentos atrás havia desaparecido.

— Talvez você prefira não estar aqui.

Foi um soco na boca do estômago. Havia apenas uma razão para eu "não querer estar ali".

— Não vou passar a noite aqui de toda forma. — Dei uns poucos passos para trás, mas podia muito bem ter sido uma centena, dada a distância que perdurava entre nós como um abismo.

Ele havia me confrontado sobre o passado. Não fui capaz de dar as respostas que ele queria, e agora ele me odiava ainda mais que antes.

Dois anos de ressentimentos haviam aumentado e aumentado, e esse era o clímax.

O último prego no caixão.

Nenhum ROMEU

Agora eu era só a ex-namorada "puta" dele.

— Você sabe que posso voltar a morar com o Kyle...

— Eu só disse que talvez você fosse preferir não estar aqui. Estou tentando ser legal.

Não, ele não estava. Ele estava me informando que ia trepar com meninas até eu ser tão desimportante quanto qualquer outra puta.

— É isso que somos agora? Colegas educados?

— Não é o que você queria?

Não, mas o que eu queria era o impossível. Eu não podia dar para ele sem amá-lo, então não faria nada. Mas eu também não queria que mais ninguém fizesse isso. Era irracional, porém, mais que tudo, era injusto. Para ele e para mim.

— Eu queria que a gente fosse amigo.

— Você quer ouvir a minha cabeceira bater na parede? Tudo bem. — Ele deixou o violão de lado, passou um dedo pelo meu nome entalhado perto do braço. — Mas não somos amigos.

As palavras dele foram uma punhalada no meu coração, mas, ainda assim, uma fagulha da fúria possessiva surgiu. Por mais que eu tentasse lutar contra aquilo, simplesmente não conseguia reprimir o sentimento.

— Lembre-se, Hendrix, o que vale para você, vale para mim também.

— E eu espero a mesma oportunidade de não estar aqui para ouvir — ele falou, olhando direto para mim.

Ele ia mesmo fazer aquilo. Estava preparado para me deixar ficar com um cara qualquer. E aquilo doeu muito mais do que qualquer coisa que ele viesse a fazer com qualquer uma. Não importava o que ele e eu vivemos juntos, nem o que eu tinha feito, ele sempre me veria como dele. Eu me sentia como um cãozinho amado cujo dono o havia levado para a beira da estrada, dado um chute nele e o deixado lá.

— Tudo bem. — Assenti e tentei respirar, apesar do meu peito apertado. — Não somos amigos, Hendrix. Não somos nada.

— Igualzinho foi nos últimos dois anos...

— É. — Eu me virei e saí da sala, sem dar a ele a chance de ver minhas lágrimas caírem.

Kyle só me perguntou uma vez o que havia de errado na uma hora que levou para chegar à casa do lago dos Lancaster. Ele sabia que, quando eu disse "nada", era para deixar para lá.

Tudo estava errado. Do mesmo jeito que sempre parecia estar quando Hendrix e eu não estávamos juntos. Como se ele fosse o centro do meu mundo, e no segundo que se foi, eu simplesmente caí no caos.

Eu ainda estava desolada, mesmo quando paramos na varanda imensa da cabana estilo casa e Chad atendeu a porta com um sorriso descomplicado no rosto.

Eu tinha acabado de apresentar Kyle quando um borrão rosa passou correndo entre as pernas de Chad e Gracie colidiu contra as minhas coxas.

— Lola! Lola!

Minha irmã era a única coisa que podia me fazer esquecer Hendrix Hunt. Eu a peguei no colo com um bufo dramático. O glitter no vestido rosa brilhava ao sol, e as marias-chiquinhas emolduravam seu rostinho fofo.

— Você está tão pesada agora. Quem te deixou crescer tanto? — provoquei.

Ela envolveu os braços ao redor do meu pescoço, e risadinhas baixas roçaram a minha orelha.

— Eu comi todos os legumes.

— Que coisa boa.

Ela olhou por cima do meu ombro.

— O Kyle veio me visitar também? — Ela olhou para além de nós dois, procurando. — Cadê o Rei Bunda Mole?

Sendo um otário.

— Ele não pôde vir, Jujuba.

Ela balançou a cabeça.

— Não é legal deixar as pessoas de fora.

— Ele não ficou de fora. Só está ocupado. — Fazendo planos para ficar bêbado. Para comer meninas. Me odiando. — Você vai me mostrar a sua casa nova? — perguntei, para distraí-la.

Com um aceno de cabeça empolgado, ela se desvencilhou dos meus braços, depois me pegou pela mão e me puxou para dentro da casa elegante. Parecia que alguém havia pegado uma mansão e pedido por uma cabana de caça chique.

Lustres de chifres e tapetes de pele estavam espalhados pelos corredores. Gracie apontou para o lustre.

Nenhum **ROMEU**

177

— O Sr. David disse que eles não são de verdade porque ele não gosta de matar animais. Eu gosto. Você gosta?

Antes que eu pudesse responder, ela me arrastou para dentro da sala de jogos.

— Vou perguntar ao Sr. David e à Srta. Emma se você pode morar com a gente também.

Um nó se formou na minha garganta por causa daquilo.

— Eles compram sorvete o tempo todo e te deixam tomar banho de espuma todas as noites até os seus dedos parecerem uva-passa.

Forçando um sorriso, peguei a bola oito e a rolei pelo feltro verde da mesa.

— Cuidado. Seus dedos dos pés podem acabar caindo.

Ela riu, e a peguei no colo e fiz cócegas nos seus pés até ela guinchar.

— A gente deve ir procurar as pessoas — falei. — A Srta. Emma vai pensar que eu roubei você.

— Você está me roubando.

Eu me arrastei para fora da sala e atravessei a sala de jantar enorme com a maior mesa que já vi fora de uma revista, em seguida fui para o deque dos fundos que dava vista para o lago.

Kyle, Chad e Emma estavam sentados a uma mesa cheia de comida, enquanto David cuidava da churrasqueira a poucos passos dali.

Coloquei Gracie no chão e me afundei na cadeira ao lado de Kyle. Os pés descalços da minha irmã bateram no deque de madeira quando ela foi em linha reta até David. Sorrindo, ele a pegou no colo e a deixou virar um hambúrguer.

Tentei me concentrar na conversa durante o almoço, mas foi difícil. A cada vez que David ou Chad faziam alguma coisa com Gracie, tudo o que eu via era Hendrix fazendo a mesma coisa com ela. Eles eram uma família do mesmo jeito que a gente costumava ser. Eles a mimavam e a amavam… Eu era tanto grata por ela ter isso quanto ficava triste por ela não estar recebendo isso de mim todos os dias.

Um desenho de três pessoas em giz de cera pousou na minha frente, as palavras "Sinto muita saudade. Amor, Gracie" estavam escritas na parte de baixo.

— Você pode entregar ao Rei Bunda Mole?

Engoli o nó na minha garganta.

— É claro.

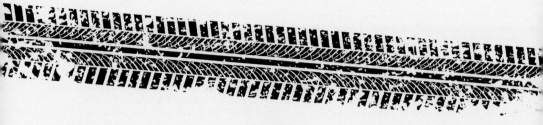

26

HENDRIX

Eu não dei uma festa.

Não cheguei a convidar ninguém. Nem pretendia, e embora eu odiasse mentiras, odiava ainda mais como me sentia por Lola.

Cerca de uma hora atrás, cometi o erro de abrir as publicações mais recentes do InstaPic dela: uma foto de Gracie, Lola e o jovem babaca aspirante a Tio Patinhas de Barrington em uma porra de um barco. Sorrindo. As bochechas de Lola estavam rosadas por causa do sol, o cabelo louro e úmido preso ao rosto perfeito, e Gracie estava em seu colo. O Sr. Barrington acomodado bem ao lado das meninas que costumavam ser minhas.

Odiei tudo naquilo.

Desde que vi aquela foto, me sentei só de cueca boxer na cama, dedilhando umas notas nas cordas surradas do violão ao ignorar as mensagens de Bell e Wolf perguntando se eu iria à festa. O violão que eu não tocava há dois anos, porque o havia penhorado por ela. Medusa. A menina que havia transformado em pedra meu coração antes pulsante.

Por mais que ele significasse algo para mim, não pensei nem duas vezes quando o penhorei para conseguir aquele anel. O anel que, por alguma razão, ainda estava na gaveta da minha mesa de cabeceira. Quando a confrontei na noite depois que a vi saindo da clínica com Kyle e ela me disse que o bebê não era meu, que ela havia me traído, caramba, o pensamento que abri mão disso aqui por ela arrasou comigo.

Puto pra caralho, fui direto para a loja, pensando que conseguiria recuperar o violão, mas ele já não estava mais lá.

Lola sabia o quanto o instrumento significava para mim, e a ironia de ser ela a trazê-lo de volta foi a razão de eu não conseguir me obrigar a agradecer pelo gesto. Doía, assim como tudo o que dizia respeito a ela.

Suspirei e toquei o refrão de *Glycerine*.

A letra combinava com Dayton. E quanto mais velho eu ficava, mais a música mudava e se alterava até fazer total sentido. E, caramba, fazia mais sentido do que nunca havia feito na época. Empurra e puxa e profundo desespero.

Dedilhei a melodia, fazendo mudanças suficientes na letra para ela fazer sentido para mim.

Ela esteve aqui, depois foi embora.

Eu estive sozinho, curtindo com uma garota atrás da outra.

E nem a cacete eu poderia amar outra pessoa.

Eu precisava dela. Quando ela nos queria menos...

E porra...

Terminei a música, algo pesava demais no meu peito. Eu tinha uma vida. Só uma. E, no fim das contas, apesar do que ela havia feito, eu simplesmente a queria nela.

Esqueça os malditos dias passados...

Deixei a cabeça cair na cabeceira, apertei o braço do violão com mais força enquanto encarava as estrelas desbotadas que brilhavam no escuro. Longe dos olhos, nunca longe do coração, mas em lugar nenhum ao meu alcance, e eu nunca, nem uma vez, deixei de amar aquela garota. Ela sempre foi a minha gravidade e, naquele momento, eu tinha a prova de que ela estava com outra pessoa. Dando os *meus* sorrisos para aquele menino rico, e tudo o que eu queria fazer era flutuar no esquecimento.

Mas que merda estava errada comigo? Gravidade? Flutuar no esquecimento?

Foi isto que a Medusa me fez virar: um poeta escrotinho e chorão. Onde havia ido parar a mesquinharia?

Apanhei meu telefone aos pés da cama e bati os dedos na tela.

> Eu: Está se divertindo com o Sr. Pica de Ouro?

> Medusa: Por que você se importa? Não deveria estar ocupado fazendo barulho com a sua cabeceira?

Ah, ela estava tão chateada quanto eu. Aquela resposta veio rápido demais.

> **Eu:** A noite ainda é uma criança, e minhas bolas estão cheias.

> **Medusa:** É, isso mesmo... estou ocupada.

Ela enviou uma foto dela ao lado de Chad em um sofá com cara de caro. Meu queixo caiu um pouquinho. Meus dedos voaram pela tela. E, simples assim, toda aquela dor invocou um Incrível Hulk que se transformou em um monstro ciumento, imenso e furioso.

> **Eu:** Fala para o Otário Riquinho que ele pode cantar o hino nacional com as minhas bolas na boca, filho da puta.

Pontinhos dançaram na tela, depois pararam.

Pararam. Ela não chegou a enviar outra mensagem. Não postou mais nada, e tudo o que consegui fazer foi me deitar na minha cama e pensar se ela estava mesmo ocupada.

Meia-noite chegou e se foi, e ela não tinha vindo para casa. Fui lá embaixo e pus um filme de terror de baixo-orçamento, tentando me distrair. Mas não deu certo.

Digitei cerca de dez mensagens diferentes, deletei todas. Ela não era minha. Mas com certeza também não era dele...

Era quase uma da manhã quando faróis brilharam nas janelas. Uma porta de carro bateu e eu me levantei, espiando através das persianas a merda do Honda do Kyle parado lá na frente enquanto Lola saía.

O homem das cavernas dentro de mim bateu no peito, raiva induzida por ciúme ferveu em minhas veias quando a porta da frente se abriu com um rangido e se fechou devagarinho.

O pensamento de que aquele babaca louro foi a última pessoa para quem ela deu me deixou fora de mim. O impulso primitivo tomou conta de tudo quando pisei no corredor, então a agarrei pelo rabo de cavalo e puxei sua cabeça para trás.

— Você deu para outro cara, Lola?

— *Você* está perguntando isso para *mim*? — Ela soltou uma meia risada antes de eu perder o controle e empurrá-la para a parede aos pés das escadas.

— Vá em frente. — Rocei os dentes em sua garganta, buscando qualquer indício, qualquer sabor de outro homem. — Diz que trepou com outra pessoa.

— E se eu te disser que ele fez amor gostoso e romântico comigo?

Meu aperto em seus quadris se intensificou quando pensei em outro cara a tocando e beijando. Tudo em que pude pensar foi em foder para fora dela qualquer pedaço do cara que ele havia deixado.

— Ele te fez gozar? — Empurrei meu pau duro nela. — Ou ele te deixou com a boceta inchada e insatisfeita?

Eu já sabia a resposta. Ela podia dar para quem quisesse, mas nem uma puta de uma alma nessa Terra a faria gozar como eu fazia. Era desperdiçar o tempo dela. Desperdiçar o dele.

— Qual é o problema, Lola? Está pensando o quanto você queria que fosse o meu pau esticando essa sua bocetinha linda?

Uma passada da minha língua por sua garganta, uma pressionada forte do meu pau, e ela perdeu o controle também, enfiou a mão na minha cueca e a envolveu ao redor do meu pau.

Gemi à sensação da mão suave, do toque que me conhecia bem demais.

— Você comeu outra garota? — Ela deu um aperto possessivo. — Ela te tocou assim?

Arremeti na mão dela.

— Talvez ela tenha me tocado melhor.

— Talvez o pau dele seja maior...

Filha da puta. Eu a puxei da parede, agarrei a braguilha do short dela e os tirei antes de jogá-la no chão por debaixo de mim, com as pernas abertas.

— Talvez a boceta dela fosse mais apertada.

Tirei meu pau de dentro da cueca e o meti com tudo nela. Apertada. Molhada. Eu mal tinha enfiado tudo quando ela arqueou as costas no chão e as unhas cravaram minhas escápulas.

— Ela te fez gozar em segundos igual eu consigo? — A boceta me apertou, e eu engoli o gemido, dizendo a mim mesmo para não gozar. — Qual é o problema, Hendrix? Distraído?

Eu tirei, e entrei nela de novo. Cada estocada firme nos movia pelo chão até que o topo da cabeça dela estava batendo no degrau de baixo. Seus quadris rebolavam em mim acompanhados por gemidos profundos.

— Toda vez que você trepar com outro cara. É isso que eu vou fazer com você. — Eu me enterrei até o talo. — Vou foder ele para fora de você.

Era loucura? Com certeza. Mas eu não conseguia me controlar com ela.

Mais uma estocada forte, e ela gozou, gemendo o meu nome, e sua boceta estrangulou o meu pau.

Eu tirei, fiquei de joelhos e empurrei a blusa dela para cima antes de gozar no seu peito.

— No fim das contas, Lola... — Espalhei a porra por seu pescoço e envolvi a mão ao redor de sua garganta. — Não importa quem come você. Não importa o quanto eu te odeie. Você sempre será minha.

E aí eu me levantei e fui para o meu quarto, deixando-a seminua e coberta com o meu gozo lá no pé da escada.

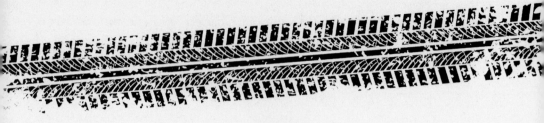

27

LOLA

Segunda-feira de manhã, eu me sentei na aula da Srta. Smith, tentando me concentrar na matéria em vez de na dor que Hendrix havia deixado entre as minhas pernas.

Poucos minutos depois da explicação sobre competição espermática, um bilhete pousou na minha mesa.

Eu o abri.

> *Como eu disse, toda vez que você trepar com aquele merda de Barrington, vou colocar os meus espermas para competir e te foder até o filho da puta sair de você.*

A criaturazinha possessiva em mim se envaideceu, e aquilo nunca era bom. Eu amei cada segundo da brutalidade dele ontem à noite. Mesmo se ele tivesse trepado com outra garota logo antes... embora não houvesse ninguém lá quando cheguei. À uma e meia da manhã. Sem rastro da festa que ele disse que daria, sem indício de perfume barato, nada de chupões no seu pescoço tatuado. Mas ele com certeza queria que eu pensasse que ele havia estado com outra pessoa, para que eu ficasse com ciúme.

Peguei minha caneta e escrevi:

> *Smith acabou de dizer que a competição espermática é uma teoria. Não dá para você me foder até o outro cara sair de mim.*

Eu sabia que era agitar uma bandeira vermelha na frente de um touro, mas eu queria a possessividade furiosa que me fez ser fodida no chão como a puta barata que eu obviamente era para ele agora.

Joguei o bilhete por cima do meu ombro.

Smith bufou na frente da sala antes de marchar pelo corredor, passar direto por mim e ir à carteira de Hendrix. O papel foi amassado.

— Senhor Jesus... — Ela deu um passo lento para trás, e o olhar acusatório pousou em mim. — Vou colocar o seu nome nos meus pedidos de oração na igreja, porque você precisa colocar os joelhos no chão à noite por algo além dessa encrenca. — Ela sacodiu o bilhete na minha cara antes de voltar para a lousa. — Competição espermática... Com o Sr. Obsceno.

Hendrix se inclinou por cima do meu ombro, e seu fôlego quente atingiu a concha da minha orelha.

— Posso foder o que eu bem quiser para fora de você. Para dentro de você...

Eu o ignorei, porque a única resposta que eu tinha era a negação. E, verdade seja dita, eu não podia fingir que não acabaria gemendo no pau de Hendrix de novo. Ele era crack, e eu não conseguia resistir a uma dose dessa merda tóxica dele.

Três dias depois, eu estava na fissura.

Passei a semana toda assistido a uma série de garotas revezarem lugares à mesa dele e de Wolf. Não que fosse novidade, mas Hendrix e eu nos ignorando, nos ignorando de verdade, era. A única reação que tive dele foi mais cedo, quando Chad havia vindo a Dayton me pegar para o recital de dança de Gracie, e seu olhar furioso acompanhou a caminhonete como se ele quisesse atear fogo na coisa. Eu sabia que ele pensava que eu estava saindo com Chad, e embora eu provavelmente devesse dizer a verdade, a imaginação descontrolada de Hendrix não era problema meu. Mas eu queria que fosse.

De todo jeito, acabaria comigo ofegante e coberta pela porra dele. De novo.

Depois do recital, Chad havia me deixado em casa.

Conforme o esperado, a TV estava ligada, mas, em vez do som familiar do PlayStation, os gritos apavorantes de um filme de terror ecoavam pela casa.

Contornei o portal. Hendrix não estava no seu lugar de sempre no sofá, mas o telefone dele estava na mesinha de centro, e uma troca de mensagens aparecia na tela acesa.

Meu olhar disparou para a entrada da cozinha, e quando a torneira ligou, eu me inclinei para a mesa. Perto o bastante para ler cada palavra ali que fez meu estômago revirar.

> **205-555-1538: Você quer fazer alguma coisa depois do trabalho em grupo amanhã?**

> **Eu: Depende. O que FAZER ALGUMA COISA quer dizer?**

> **205-555-1538: O que você quiser que diga...**

> **Eu: Você é boa com a boca?**

> **205-555-1538: Por que você não me deixa te mostrar?**

Foi riscar um fósforo em uma pilha de lenha. A gota d'água que fez o copo transbordar. Eu sabia que ele havia deixado o aparelho lá de propósito, que ele queria que eu visse as mensagens, mas ainda assim...

Subi furiosa para o meu quarto, apanhei a revista que havia pegado da mesa da Smith uns dias atrás e abri na página com o Johnny Depp e uma amostra de Dior Sauvage. Rasguei aquele pedaço de papel, dizendo a mim mesma que eu não podia ficar com ele e não tinha direito nenhum de ficar brava.

Você é boa com a boca?

Ah, ele que se foda.

Esfreguei aquela amostra todinha no corpo, então voltei lá para baixo e pisei na cozinha, fedendo a perfume caro. Senti seu olhar queimar em mim quando passei por ele na despensa. Provavelmente escondendo mais daqueles Pop-Tarts idiotas. Eu estava tão brava com ele que não tinha nem roubado nenhum essa semana.

Simplesmente abri a geladeira quando seu fôlego atingiu a minha nuca.

O nariz dele varreu a extensão da minha garganta em um único fôlego.

— Eu quase acho que você está fazendo de propósito.

Da mesma forma que ele havia deixado o telefone lá de propósito. Meu cérebro gritou para eu me controlar, já a minha boceta estimulava essa porra desse surto.

— Fazendo o quê? — perguntei, ao fechar a porta da geladeira.

Seu braço me envolveu pela cintura, os dedos foram para o meu zíper e logo ele o abriu. Triunfo me inundou quando ele puxou meu short para baixo.

— O que eu te falei, Lola? — Ele me puxou para longe da geladeira, e eu meio que caí meio que tropecei na mesa da cozinha, logo antes de ele me forçar a ficar com o rosto encostado lá.

Papéis e contas se espalharam pelo chão.

— Sinto o cheiro daquele merda em você. — Ele me agarrou pelo cabelo, puxando minha cabeça para trás, causando uma pontada de dor.

Vi nosso reflexo na janela em frente à mesa, e minha boceta se contraiu.

— Você vai assistir a mim te fodendo para se lembrar exatamente de como é quando você goza com um pau dentro de você.

O único aviso que eu tive foi o tilintar do cinto dele e do rasgar da embalagem de alumínio quando ele entrou com tudo dentro de mim.

Forte.

Brutal.

Reivindicante.

Mas eu não queria carinho. Não queria que parecesse com amor. Queria a raiva dele, ansiava pela fúria e ódio perversos que pareciam acender todo o fogo dentro de mim.

— Porra… — A batida dos quadris dele na minha bunda ecoou pelo cômodo pequeno. — Sua boceta. — Ele me fodeu com força, indo tão fundo que eu sabia que as minhas coxas ficariam com hematomas por ficarem batendo na mesa de madeira.

E, simples assim, as primeiras fagulhas de um orgasmo escoaram através de mim.

— Eu te mandei assistir. — Os dedos dele agarraram o meu queixo e me forçaram a olhar para cima. — Assiste, porra.

Mais duas estocadas, e eu gozei mais gostoso do que já havia gozado na vida. Minha boceta pulsou ao redor do pau dele enquanto o observava entrar em mim como se me odiasse.

No segundo que comecei a entrar em colapso, ele tirou. Um gemido baixo escapou de seus lábios antes de ele arrancar a camisinha. E porra quente bateu na minha bunda.

Sem dizer uma única palavra, ele fechou a calça e saiu da cozinha.

Eu me senti usada, vazia. Mas não era exatamente o que eu queria?

Afastei-me da mesa, peguei papel-toalha e limpei o gozo dele antes de voltar a vestir o short.

O barulho da TV mudou. Depois mudou de novo. Ele estava zapeando como se não tivesse acabado de me comer na mesa da cozinha. Babaca.

Atravessei a sala e subi as escadas sem nem olhar para ele.

Assim que bati a porta do meu quarto, meu telefone apitou.

Cliquei no e-mail recebido do Waffle Hut, e frustração borbulhou dentro de mim.

> Lamentamos informar que sua solicitação de emprego não foi aceita.

Foi a última rejeição de todos os cadastros que fiz na semana passada.

Gemendo, me joguei de costas na cama. Eu não fazia ideia de que merda faria para ganhar dinheiro.

Não tinha o suficiente para o aluguel de semana que vem, já que dei a Hendrix os cinquenta dólares que havia roubado na igreja. Tentei fazer as coisas pelos meios legais, mas estava ficando sem opções.

Como se o otário tivesse um sexto sentido para me chutar quando eu já estava caída, recebi uma mensagem dele. Que estava lá embaixo e ainda tinha o cheiro da minha boceta nele.

> Satã: A conta de luz veio US$ 200,00

> Satã: A de água, US$ 100,00! Pare de tomar banhos demorados.

Ele não podia nem mesmo falar comigo depois de termos trepado? Ele facilitava mesmo as coisas para que eu o odiasse.

> Eu: Pare de apontar o circulador de ar para o seu saco e de jogar esse videogame idiota.

Não mudava o fato de que eu precisava de dinheiro, mesmo se ele parasse de gastar tanta energia naquele PlayStation estúpido.

Embora correr o risco de acabar na cadeia não estivesse na minha lista de afazeres, havia apenas uma pessoa que eu sabia que poderia procurar para arranjar dinheiro...

Enviei uma mensagem para Sweet Willy, rogando a Deus para que eu ainda me lembrasse de como fazer ligação direta em carro, já que Hendrix nunca havia me ensinado. Em seguida me levantei, fui lá para baixo e parei à entrada da sala.

O circulador de ar estava no máximo, tiros daquele jogo ridículo estouravam através dos alto-falantes da TV. Bufando, marchei até a parede e puxei a tomada da extensão. O silêncio desceu sobre a sala, e me virei para encontrar Hendrix encarando as pás lentas do ventilador.

— Ligue de novo, Medusa.

— Se você acha que vou pagar metade da conta de luz para você ficar sentado aqui jogando videogame, está muito enganado.

— Você é a desgraça da minha existência. — Ele se levantou do sofá, pegou o fio e o ligou de novo, depois foi para a cozinha. Garrafas chacoalharam na geladeira.

Arranquei a tomada do PlayStation, depois tirei o aparelho de lá e o enfiei debaixo do braço antes de marchar para fora de casa.

Assim que a porta bateu às minhas cotas, eu disparei. Ele queria duzentos dólares para a conta de luz, então eu arranjaria os duzentos dólares.

Cheguei ao ponto de ônibus bem a tempo de pegar o número vinte e três para o Northside. Era o lugar mais fácil para roubar um carro. Muito bandido, pouca polícia.

Quando o ônibus passou pela casa de Hendrix, ele estava de pé lá na frente só de cueca boxer. Seu olhar encontrou o meu, e sorri com o videogame na mão. Então mostrei o dedo do meio para ele.

Nenhum **ROMEU**

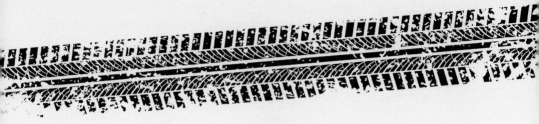

28

HENDRIX

Duas horas depois de ela ter saído com o meu PlayStation, eu estava sentado na sala escura, com o cheiro da boceta dela e o perfume de algum otário rico ainda em mim. Minha raiva borbulhou porque essa era uma batalha que o idiota do meu coração não podia ganhar.

A gente era tudo ou nada.

Inimigos não podiam ser amantes. Amantes não podiam ser inimigos.

Eu era ciumento demais. Possessivo demais. E embora tenha trepado com ela como se fosse matá-la se pudesse, a única pessoa que essas fodas iradas matavam era a mim.

Com cada estocada forte, eu sentia o cheiro do perfume daquele filho da puta. Eu o imaginei por cima de Lola, abrindo suas pernas e se afundando nela. Eu podia foder a garota até ele sair de dentro dela quantas vezes quisesse, mas ele voltaria a entrar.

Qualquer outra garota era anestésico; tocar e comer essas meninas aplacavam a dor. Mas Lola era anfetamina. Uma estocada nela, e eu sentia tudo. Cada porra de coisa horrível que alguém que não correspondia o seu amor podia gerar.

Meu telefone acendeu com uma mensagem.

Passei uma das mãos pelo rosto, irritado, e olhei a mensagem:

> 205-555-1538: Meus pais saíram, se você quiser passar aqui e me deixar te mostrar o quanto sou boa com a boca.

Dei corda para ela por uma única razão: foder com Lola. *Foder* com Lola.

> Eu: Vaza.

    Joguei o aparelho no sofá, e senti de novo o aroma daquela merda de perfume antes de me levantar do sofá e ir lá para cima, ao banheiro. Quando saí, meu olhar vagou para a porta aberta do quarto de Lola. A cama estava arrumada, Sid estava em seu lugar de honra sobre o travesseiro.

    Eu tinha gastado vinte pratas para ganhar aquela coisa feia em uma das máquinas do Wal-E-Mart. E quando fiquei sem moedas, passei uma hora vagando pelo estacionamento catando moedas perdidas. Eu tinha sido um otário por Lola desde o início. E, enquanto ela continuasse cedendo a mim, eu continuaria sendo. A única forma de remediar isso era cagar em cima de tudo o que a gente foi, e eu sabia exatamente que limite não atravessar.

    O cheiro de hidratante de pêssego me envolveu quando entrei no quarto e apanhei o corpo maltrapilho de Sid do travesseiro, depois peguei uma tesoura na cômoda.

    Ia ser cruel?

    Ia, sim.

    Mas eu não podia mais aguentar esse chove não molha. Sid seria a preguiça usada em sacrifício.

    Levei o bichinho de pelúcia lá para baixo comigo e me sentei no sofá. Foi a isto que tudo se reduziu: eu e um bicho-preguiça; ela e meu PlayStation. E traição saindo pelo ladrão...

    Não muito depois de eu chegar lá embaixo, a porta se abriu e fechou.

    Engolindo em seco, enfiei os dedos na tesoura e coloquei as lâminas ao redor do pescoço flácido de Sid. Essa palhaçada acabava aqui. Agora. Com Sid.

    A sombra de Lola atingiu a parede antes de ela entrar na sala. A garota congelou ao portal, com o meu PlayStation na mão e os olhos verdes lindos pra caralho estreitados em Sid.

— Você não faria isso — ela disse.

— Coloque o videogame no lugar. — Apontei a cabeça para o rack bambo, tentando fazer com que isso parecesse mais uma guerra mesquinha do que o que realmente era. Uma medida desesperada para pôr fim à dor de amar aquela garota.

    Seu maxilar se contraiu logo que ela ergueu o aparelho no ar.

— Largue a tesoura.

— Eu posso comprar outro PlayStation. — Fechei a tesoura um pouco mais. — Você não pode arranjar outro Sid.

— Você não consegue nem pagar a conta de luz. — Ela o ergueu mais alto. — Eu juro por Deus, Hendrix, eu vou jogar esse caralho no chão e tripudiar em cima dele. Solta o Sid!

Pânico luziu nos olhos dela. Sid, o Bicho-Preguiça, era um símbolo desmantelado do que a gente costumava ser um para o outro. As emoções bipolares balançando por mim como uma bola de demolição estavam prestes a me levar à beira da insanidade.

— Agora seria uma hora muito boa para você aprender quando não ser teimosa. — Deus, eu não queria fazer isso…

— Se você cortar a cabeça dele, você nunca mais dormirá bem. Você vai estar esperando pelo momento que eu for fechar essa tesoura ao redor das suas bolas.

Mordi o interior dos lábios. Não deveria ser tão difícil decapitar um bichinho de pelúcia. Simplesmente fechar a tesoura ao redor do pescoço felpudo e terminar tudo isso bem nesse momento.

— Eu nunca vou te perdoar — ela falou, com a voz embargada.

E era disso que eu precisava.

Lutei contra tudo dentro de mim que me dizia para não fazer isso, então fechei a tesoura.

Um estalo alto rompeu o silêncio. Enchimento espalhou pelo sofá, e a cabeça de Sid caiu no chão.

Com um grito de guerra, Lola ergueu o PlayStation sobre a cabeça.

— Eu te odeio, Hendrix Hunt! — Então ela o atirou no chão com um estrondo.

Eu me sentei lá, lutando contra o desejo de chorar feito um molenga enquanto a observava tripudiar em cima dos pedaços quebrados de plástico… mas não por causa daquele jogo idiota, mas por causa dela. Porque finalmente colocamos um ponto final entre nós, e eu sabia muito bem, porra.

Sid, não Jessica, não todas aquelas meninas, mas Sid foi a última gota para Lola.

O olhar marejado dela se ergueu do PlayStation sob seus pés e pousaram direto em mim.

— Eu odeio você. — Ela deu a volta no sofá e pegou os restos de Sid antes de ir feito um furacão para a cozinha.

A batida da tampa da lixeira se fechando soou antes de ela atravessar a sala e ir lá para cima; sem Sid. Segundos depois, a porta dela bateu.

Peguei o enchimento que restou no sofá e soltei um suspiro sentido.

Ela carregou aquele bicho de pelúcia para toda parte, mesmo durante os dois anos no acolhimento familiar. E agora o jogara no lixo.

Cortar a cabeça dele foi a coisa mais mesquinha que já fiz na vida, e eu não podia desfazer aquilo.

Levei o enchimento para a cozinha e abri a lixeira. O corpo decapitado de Sid jazia entre garrafas de cerveja e embalagens de Pop-Tart. Era a coisa mais triste que eu já vi na vida.

Balançando a cabeça, joguei o enchimento na lixeira. Eu não podia suportar a ideia de permitir que ele fosse para o lixo. Peguei seu torso e a cabeça, catei os pedacinhos de miojo de seu pelo e o levei lá para o meu quarto, enfiando debaixo da cama.

Eu tinha acabado de voltar para o sofá quando meu telefone vibrou.

> **Medusa:** Talvez você prefira não passar a noite aqui.

E, agora, ela estava prestes a me foder para fora dela... enviei um joinha, então me levantei do sofá e saí.

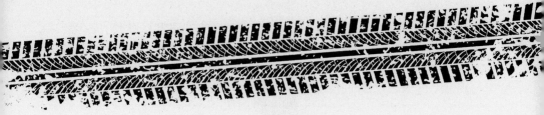

29

LOLA

Fazia três semanas que eu havia perdido Sid. Eu não tinha falado pessoalmente com Hendrix desde o acontecido. De todas as coisas que ele poderia ter feito para mim, essa foi a pior. Talvez eu pudesse ter consertado Sid, costurado as partes dele, mas não quis.

Hendrix havia danificado mais do que apenas o pescoço de Sid, e eu havia jogado fora mais do que apenas seu corpo estraçalhado.

Cheguei ao limite. Eu até mesmo tentei encontrar outro lugar para morar, mas foi o mesmo de antes. Cracudos ou pervertidos.

Toda sexta-feira à noite, Hendrix me enviava uma mensagem. *Talvez você prefira não passar a noite aqui*. Então eu sumia para roubar carros para Willy, ia para a casa do Kyle e me embebedava o suficiente para me convencer de que não me importava com a menina sem rosto que Hendrix estava comendo.

Sábado à noite, eu chegava em casa e mandava mensagem para ele. *Talvez você prefira não passar a noite aqui*, logo antes de convidar Kyle ou Chad para fazer alguma coisa. Às vezes, os dois.

Eu havia voltado ao ponto em que estava dois anos atrás: sem Hendrix. Mas em vez de chorar nos lençóis ásperos da casa de acolhimento, eu agora chorava a menos de três metros do garoto que tentei tanto odiar.

O brilho fraco do abajur na minha mesa de cabeceira iluminou o cabelo loiro de Chad quando ele se apoiou na minha cabeceira, segurando um saco de amendoim em uma das mãos e as cartas na outra.

— Dez?

— Vai comprar — respondi, e peguei um punhado de amendoim do saquinho dele.

— Rouba a minha comida *e* me dá uma surra.

— Eu sempre te dou uma surra. Dama.

Ele jogou uma carta no edredom e bufa.

A batida da porta se fechando lá embaixo ecoou pelas escadas, e Chad se sentou ereto.

— O que foi isso?

Vozes flutuaram pela casa, a de Hendrix era distinta. Ele estava quebrando nosso acordo tácito de "Talvez você prefira não passar a noite aqui". Eu não vinha para casa sexta à noite; ele ficava longe daqui aos sábados. Era assim que funcionava desde que ele tinha feito o impensável.

— É o Hendrix, eu acho. — Tentei bancar a despreocupada, mesmo que meu coração estivesse desbocado no peito. Eu só conseguia imaginar Hendrix dando um soco na cara de Chad. Mas, não, ele não faria isso porque ele não se importa.

— Eu juro que se ele tentar me dar uma surra, vou sair desse armário rápido feito um raio.

Eu ri.

— Estou falando sério. Esses músculos só servem para olhar. Eu sou do amor, não da luta.

Hendrix podia pensar o que quisesse, e se significasse que eu o havia superado tanto quanto ele a mim, ótimo.

— Ele não está nem aí, Chad — falei.

— É, tá bom. Eu vi o rosto do Ethan. Hendrix Hunt é insano.

Eu não queria ouvir o nome idiota dele porque ele havia matado Sid e a nós.

Passos ecoaram pelas escadas, e uma voz familiar se aproximou.

— Tem uma menina aqui? — Zepp.

Merda. Hendrix havia me mandado mensagem há uns dias dizendo que o irmão seria solto essa semana, mas não especificou o dia. Eu tinha esquecido completamente.

— Quem é? — Chad sussurrou.

— Zepp. Irmão do Hendrix. Ele acabou de sair da cadeia.

— Mas que porra, Lola…

Então a pior coisa possível aconteceu. Um deles bateu na minha porta. Merda. Merda. Merda.

— Só um minuto — gritei, ao saltar da cama.

Eu não via Zepp desde que caguei com o Hendrix, até onde os dois

Nenhum **ROMEU**

195

sabiam, pelo menos. Zepp era o irmão mais velho que eu nunca tive, e eu não poderia lidar com a decepção dele.

Nervosa, abanei o rosto antes de me levantar e ir até a porta.

— O que você está fazendo, Lola? — Chad perguntou, em um sussurro gritado, quando segurei a maçaneta. — Não abra! Não quero ter que me defender contra um cara que saiu da prisão.

— Ele não vai bater em você. Zepp é... o mais razoável? — Então abri a porta com um puxão.

Zepp era tão parecido com Hendrix. O mesmo nariz afilado e a mandíbula forte, mas Zepp era maior, mais forte e muito mais sério.

Uma careta se formou em seu rosto pétreo antes de ele olhar para o corredor.

— Mas que porra é esse, Hendrix, pelo amor de Deus? — ele gritou.

Passos soaram na escada antes de Hendrix aparecer atrás do irmão. O olhar dele foi direto para Chad, a mandíbula se contraiu antes de olhar para mim. Eu o encarei, desafiando-o a dizer alguma coisa.

— Eu te disse que arranjei alguém para morar aqui quando tudo foi para o inferno — ele disse, depois apontou para mim. — É ela.

— Essa é a Lola.

Ele bufou.

— Bela capacidade de percepção, Zepp.

O olhar de Zepp se moveu para o alto da minha cabeça.

— E algum otário que parece ser alimentado a colher de ouro. Ele pode dar o fora.

Para crédito de Chad, ele não se acovardou o mínimo ao passar por Zepp. Eu não tinha certeza se era algo bom ou ruim.

— Bem-vindo de volta — falei, quando Chad estava fora de vista. Então fechei a porta na cara de Zepp.

Eu me sentei no quarto, fazendo dever de casa, até ouvir o zumbido da conversa vindo lá de baixo. Já que eu não queria lidar com nenhum dos dois, aproveitei a oportunidade para tomar banho enquanto era improvável esbarrar neles no corredor.

Eu tinha acabado de passar o shampoo quando o barulho nítido da porta se abrindo soou acima do som da água. Seria estranho pra cacete, mas, àquela altura, eu basicamente tinha esperança de que fosse o Zepp. Eu não queria ficar perto de Hendrix.

O jato de mijo bateu no vaso logo antes da descarga, enviando um esguicho de água pelando sobre a minha pele.

— Você disse que não era ele. — Claro que era o Hendrix.

— Sai.

— Não traga esse garoto aqui de novo.

— Vai se foder, Hendrix. — Puxei a cortina do banheiro e a usei para me cobrir ao fulminar aqueles olhos azuis raivosos. — Pago as contas tanto quanto você. — Toda semana, e correndo o risco de ser presa. — Se você pode ter cada vagabunda, puta e boceta aqui, eu posso trazer o Chad.

— Não dou a mínima para quem você traz para cá, Lola. — Seu olhar ficou sério quando ele guardou o pau. — É o Zepp.

— É claro.

— Ethan. Harford. Todo aquele grupo de otários tentou estuprar a namorada dele.

Uma sensação de desconforto sacudiu o meu peito. Eu sabia o que o pai de Ethan era. Evidentemente, filho de peixe, peixinho é.

— Se você der a mínima para o meu irmão, não convide caras de Barrington para vir aqui. — Ele encarou a porta. — Não quero que ele acabe na cadeia de novo.

— Tudo bem. — Voltei a fechar a cortina com um puxão. — Eu vou para a casa dele. Não quero ficar aqui mesmo.

Era verdade. Eu não queria ficar perto de Hendrix.

Então por que uma dor se formou no meu peito quando, em vez de receber meu comentário com alguma piadinha mordaz, Hendrix saiu de lá e fechou a porta às suas costas?

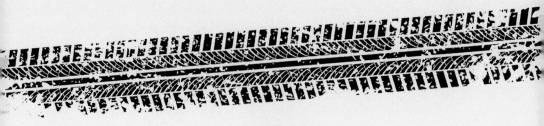

30

HENDRIX

— Deus, senti saudade do Pizza Palace. — Zepp abriu a caixa de pizza na hora que cheguei à sala. Ele pegou uma fatia e apontou o queixo para a escada ao pegar o controle remoto. — Ela vai comer com a gente?

Imaginei que ele tenha perguntado isso porque ela sempre comia com a gente.

— Não.

Peguei uma fatia, ignorando o quanto era estranho ter Zepp de volta e Lola lá em cima, no outro quarto. O outro quarto onde ela estava trepando com outro cara. Meu estômago revirou, meu coração idiota se partiu mais um pouquinho. Ótimo. Eu precisava disso. Até a coisa não conseguir mais bater por aquela Medusa.

Meu irmão trocou o canal, e o foco dele se fixou em mim.

Ele sempre foi bom demais para perceber quando eu estava irritado ou chateado, e pela forma que ele ergueu a sobrancelha esquerda ligeiramente, eu soube o que estava por vir.

— Quem era aquele merda de Barrington? — ele perguntou.

Alguém que se transformaria em cadáver em breve.

— Chad ou Chip ou alguma merda idiota de rico do tipo. — Dei uma mordida na pizza gordurenta, sem ser capaz de aproveitar o sabor.

— Ela está dando para ele?

Engoli a comida e olhei feio para o outro lado do sofá, para o idiota do meu irmão de quem eu *tinha* sentido saudade até aquele comentário.

— Não, eles estavam tomando chá lá no quarto, idiota. — Dei outra mordida raivosa e quase me engasguei.

— Pensei que você tivesse superado a garota.

— E superei. — Não tanto assim. Eu não achava que "superar" algum dia seria a palavra certa, mas eu tinha aceitado que a gente não poderia ficar junto. Ao longo das últimas três semanas, eu finalmente havia me conformado. Dito a mim mesmo que não éramos mais as mesmas pessoas. Que qualquer ideia que já tive sobre aquela garota era errada.

Ele revirou os olhos, com um meio sorriso, antes de enfiar a borda na boca.

— Você ficou de pau duro por causa daquela garota desde o segundo em que chegou à puberdade.

Aquela era a triste verdade. *Mantenha as aparências, otário. Mantenha as aparências!* Apanho a lata de Coca de Zepp na mesa de centro.

— E fiquei de pau duro por um monte de meninas desde então. — Só não desde que ela voltou para Dayton.

Eu não comi uma única garota desde que vi Lola de novo, não toquei ninguém. Não tinha estômago nem para cogitar a ideia… todas as festas que dei nas últimas três semanas terminaram de um dos dois jeitos: comigo triste pra caralho ou batendo uma com a imagem de Lola montando a minha cara enquanto aquele otário louro de Barrington chorava no canto do quarto.

Ok. Talvez "conformado" também não fosse a palavra certa. Eu ainda era um merdinha ciumento no que dizia respeito a ela.

— Você pretende me dizer — ele falou, ao tomar a bebida de volta — que não comeu ninguém desde que ela se mudou para cá?

Como se sexo significasse alguma coisa a esse ponto da vida. Eu havia traçado mais garotas do que queria admitir na esperança de conseguir seguir em frente, e ela, é claro, estava dando para caras no quarto ao lado enquanto meu rabo covarde se engasgava com emoções e dedilhava as notas de *Glycerine*.

— Cara, eu não sou do tipo que fode e comenta.

— Ah, você fode e comenta. O que você não faz é chorar e contar. — Sorrindo, ele pegou outra fatia de pizza. — Wolf quer que a gente o encontre lá no Velma às dez. Você ainda vai? Ou vai ficar aqui amuado igual a uma garotinha?

— Não fui eu quem foi preso por causa de um demônio ruivo.

Olhando feio para mim, ele estendeu a mão através do sofá e me deu um pescotapa.

— Tenho a sensação de que te devo pelo menos uns vinte desses.

O Velma era o pé-sujo de Dayton. Eles não conferiam identidade, e se a Velma gostasse de você de verdade, ela te ofereceria uma bebida de alto teor alcóolico produzida na ilegalidade.

A batida da música country clássica agrediu os meus ouvidos quando entrei no bar mal iluminado. Zepp parou à porta e olhou a pequena multidão, a maioria usando jeans e camiseta. Uns poucos chapéus de cowboy.

— Isso é estranho.

— Bem-vindo à liberdade. — Dei um tapa no ombro dele. — É a mesma merda de antes.

Wolf e Bellamy estavam perto do balcão, sorrindo feito idiotas. Um por um, eles o puxaram para um abraço e lhe deram tapinhas nas costas.

— Me diz que você fez uma tatuagem de prisão, cara — Wolf falou, ao pegar uma cerveja com o bartender e entregá-la ao meu irmão.

— Nem fodendo.

— Ele arranjou foi uma mãezona lá. — Caí na gargalhada antes de Zepp me dar um pescotapa.

Olhando feio para mim, ele levou a garrafa aos lábios.

— Eu esqueci o quanto você é irritante.

— Não fique todo putinho só porque Billy Bob partiu o seu coração de menor infrator.

Três bebidas depois, as pessoas lotavam o bar minúsculo, e a conversa da nossa mesa tinha mudado de prisão e colegas de cela para o meu aniversário de dezenove anos, que estava chegando. Eu não dava a mínima para aniversário, mas a festa... essa era outra história.

Zepp bateu a garrafa de cerveja vazia na mesa gasta.

— A gente deveria contratar strippers.

— Wolf não vai cuidar dessa merda — gritei por cima do barulho. — O gosto dele é péssimo.

— Não é, não.

— Que mentira. — Bellamy jogou uma tampinha de cerveja em Wolf, mas errou. — Você trepou com a Smith.

— E aquela pentelhada empoeirada e mofada — eu gargalho.

— Foi só um boquete — Wolf gemeu, ao deslizar a banqueta para trás. — Eu estava doidão. Me dá um desconto.

— Ela sabe a cara que você faz quando goza. Aposto que ela acaricia aquele clitóris de loba todas as noites pensando nisso. — Rosnei antes de virar a cerveja.

Os caras caíram na gargalhada, e Wolf fez cara feia e apontou para a mesa.

— Se algum de vocês traçarem uma mulher com mais de quarenta anos, venham falar comigo.

— Ah, então agora você meteu nela? — perguntei. — Boquete é uma coisa, mas meter o pau na Smith?

— Como se você tivesse moral para falar alguma coisa. Você trepou com Voldemort no banheiro.

Senti a atenção de Zepp e de Bellamy virar para mim.

— Eu não trepei com ela no banheiro — falei. — E você não pode comparar a Lola com a Smith. A Lola é gostosa.

— É o que você acha.

Ela era. Lola era a menina mais gostosa e linda que eu já vi. Ela era perfeita.

— Ela é um cinco, no máximo.

Contive a vontade de dar um soco na cara torta de Wolf.

— Falando em Lola… — Ele se encolheu, escondendo-se atrás de Bellamy, porque esperou que eu fosse socá-lo.

— Puta merda! — Zepp se afastou da mesa, chocado. Ele conhecia a regra… — Ele não bateu em você.

Wolf assentiu.

— É. Porque ele está trepando com ela.

— Eu não estou trepando com ela.

— Ah, por falar em ex-namorada com quem você não está trepando. — Wolf pegou a bebida na mesa, sorrindo feito um filho da puta. — Daniel Baites me pagou dez pratas para descobrir se você desceria a porrada nele se ele convidar a garota para o baile.

Eu queria dizer que arrancaria o pau mole de macarrão cozido dele do corpo e o enfiaria no rabo do seu cadáver, mas engoli cada insulto que o meu cérebro condicionado queria pôr para fora. Porque era para eu pouco me l-i-x-a-r. Sacudi a perna debaixo da mesa, imaginando aquele babaca de uniforme de futebol americano chamando Lola para sair e ela dizendo sim.

— Não estou nem aí para o que qualquer um faça com ela — falei, me forçando a olhar para uma loura de vestido curto. Porque *aquilo* era aceitação.

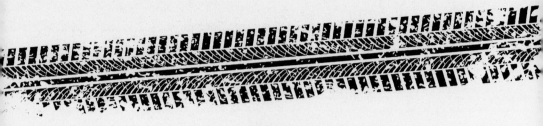

31

LOLA

Segunda-feira à tarde, entrei no carro de Kyle, grata pra cacete por estar fora da escola. Aquele dia foi infernal.

Daniel Baites havia me chamado para sair. No refeitório, com tudo mundo, incluindo Hendrix, observando. E Hendrix... não fez nada. Nem mesmo um contrair de maxilar. Pior, Daniel disse que Hendrix não se importava.

Ele havia superado o ciúme... o cuidado.

Eu finalmente tinha conseguido fazer Hendrix Hunt desistir de mim, e não era o que eu queria? Mantê-lo a um braço de distância, colocar espaço entre nós...

Mas tinha sido obra dele mesmo. No momento que ele havia matado Sid. Aquele assassinato poderia muito bem ter sido a morte de nós dois, mas Hendrix dando autorização a alguém para sair comigo? Aquilo era uma pira funerária queimando nossos restos mortais. E, Deus, doía.

Porque eu o amava. E eu o odiava. E não sabia como pôr fim a nenhum dos dois.

Kyle me deixou em casa, e eu entrei me arrastando, depois corri para o meu quarto. Hendrix era a última pessoa com quem eu queria me deparar agora; e já que eu morava com ele, seria difícil.

Eu tinha acabado de me jogar na cama quando um estrondo alto sacudiu a casa.

— Tem merda na minha cara! — Hendrix gritou, com a voz cheia de pânico.

Ah, Deus. O encanamento do banheiro deve ter explodido. Esgoto por toda parte... incluindo na cara de Hendrix. Não consegui prender a risada ao pensar naquilo. O carma era um filho da puta mesmo.

Passos ecoaram nas escadas.

— Você só pode estar de sacanagem comigo. — A voz de Zepp veio do corredor.

Saí da cama e, devagar, entreabri a porta, esperando ver um rio de merda escorrendo livremente pelo chão. Em vez disso, Hendrix disparou para o banheiro, coberto de pó e detritos como se fosse algum sobrevivente de guerra.

— Como é possível o teto ter caído? — Zepp estava parado diante da porta aberta do quarto, olhando para cima.

— Hendrix devia estar se balançando na luminária — murmurei, notando o gesso e a poeira e partes de um ninho de passarinho que cobria a cama dele.

Ah, ele ia amar aquela última parte. Ele tinha aversão a cocô de passarinho desde que havíamos assistido um documentário que falava que pombos carregavam umas sessenta doenças diferentes. E se aquilo na cara dele fosse cocô de passarinho...

Olhei para a porta fechada do banheiro e sorri. Carma.

— E-coli — falei, alto o bastante para conseguir ser ouvida mesmo acima da água corrente do chuveiro. — Salmonela.

O olhar profundo de Zepp encontrou o meu.

— Não é a hora, Lola.

Era a hora, sim. Ignorando o Sr. Rabugento, voltei para o meu quarto para fazer o dever de casa.

Tinha quase acabado o de matemática quando ouvi uma conversa alta entre Hendrix e Zepp entrar pela minha porta.

Não tem como a gente bancar o conserto.

Bem, a gente não pode deixar a coisa simplesmente apodrecer.

Zepp havia acabado de sair da prisão. Hendrix mal conseguia faturar o suficiente vendendo maconha e roubando coisas para cobrir metade das contas... E não era como se eu estivesse nadando em dinheiro ao fazer ligação direta nos carros uma vez por semana para Sweet Willy.

Anotei uma equação, tentando ignorar o desespero dos dois. Eu não queria dar nada a Hendrix depois do que ele tinha feito com o Sid. Mas também não queria que a casa fosse condenada... eu *poderia* recomendá-lo para Willy. Não era como se isso fosse tirar dinheiro do meu bolso.

Resolvi outra equação, depois outra, tentando ignorar a voz exaltada dos dois. A casa enfim ficou em silêncio, e depois de terminar mais algumas questões, fui lá embaixo pegar um copo de água.

Nenhum **ROMEU**

Através da janela da cozinha, eu podia ver Hendrix andar para lá e para cá na parte do quintal em que tinha sombra, olhando para o teto de vez em quando.

Eu queria deixar o garoto com a própria infelicidade, me furtar de toda responsabilidade para com ele, mas a culpa me incomodou. Hendrix sempre tinha dividido tudo comigo: casa, comida, amor...

O sol da tarde aqueceu meu rosto quando abri a porta de tela, soltei um suspiro e fui lá fora.

— Eu conheço um cara que compra carros.

O olhar de Hendrix se moveu para mim, e a frustração no rosto dele se alterou.

— Você conhece um cara? — Uma sobrancelha cínica e escura se ergueu.

Como se eu não pudesse conhecer ninguém.

Quis mostrar o dedo do meio para ele e manter meus segredos para mim mesma, mas resisti e tentei ser madura.

— Eu tenho pagado o aluguel, não?

— Roubando carros? — Ele bufou uma gargalhada. — Você é péssima com ligação direta.

Calma, Lola.

— Você quer a minha ajuda ou não?

Ele passou por mim, e a porta dos fundos rangeu quando ele a puxou.

— Eu preciso ir ao House Depository arranjar uma lona. Talvez eles conheçam um cara também.

— Tudo bem. Descobre sozinho, então, babaca.

O sol não tinha nem se posto naquele entardecer quando alguém bateu à minha porta. Claro que Hendrix não esperaria um convite.

Afastei o olhar do meu livro quando ele entrou no meu quarto. Seu olhar foi subindo pelas minhas pernas nuas até chegar ao meu peito.

— Então, como é a parada com o seu cara? — ele perguntou.

— Ah, então agora você está interessado? — Irritada, voltei o foco para o livro.

— Você gosta de ter um teto sobre a sua cabeça? Porque se aquilo não for consertado, o seu quarto vai ser o próximo a desmoronar.

O que não queria dizer que ele tinha que ser um babaca ingrato.

— Você rouba um carro. Ele te paga, ué.

— Qualquer carro?

— Sim.

— Isso parece suspeito pra caralho. — Hendrix era a definição de suspeito.

Bati o livro fechado e fiz careta para ele.

— Porque, para início de conversa, roubar carro já não é suspeito pra caralho?

— Há cinquenta tons de suspeita de ser suspeito pra caralho, Lola. — Ele roubou alguns trocados da minha cômoda e foi para as escadas. — Vamos.

— Vamos aonde?

— Levar um carro para o cara que talvez você conheça.

Como se ele esperasse que era só estalar os dedos e eu iria atrás. Esperei um segundo e grunhi quando finalmente entendi o quanto precisávamos do dinheiro.

— O cara que eu *conheço*... — falei, ao descer correndo as escadas.

— Dane-se. Eu vi um carro quando fui lá no Home Depository. Ele deve nos render uma boa quantia.

A luz dos postes tremeluzia, lançando um brilho elétrico no estacionamento vazio da Dollar Lobby.

— Quanto você precisa para o teto? — perguntei, ao seguir Hendrix pelo asfalto rachado.

— Eu não sei. Zepp acha que cerca de cinco mil.

Merda. Isso seria uma porrada de carro.

Apertei o passo quando ele desaparece ao contornar a lateral de tijolo do prédio. Assim que chegou lá, parou. Hendrix arrombou a fechadura do Firebird branco com um estêncil de águia dourada no capô. Apenas duas categorias de pessoas tinham um carro daqueles em Dayton: cafetões e traficantes.

Antes de eu dar dez passos, ele já estava com o rabo atrás do volante, mexendo nos fios na coluna de direção. O motor rugiu, e faróis iluminaram o estacionamento. Jesus Cristo, ele era rápido. Eu ainda estaria abrindo a fechadura.

Minha porta mal fechou antes de Hendrix disparar cantando pneu.

— Você precisa ligar para ele ou algo assim? — ele falou por cima da música alta estourando do sistema de som.

— Não. — Willy sempre estava lá.

Hendrix agarrou o câmbio, os dedos tatuados tensionaram quando ele trocou de marcha.

— Repito — ele disse. — Suspeito pra caralho.

Então pisou fundo.

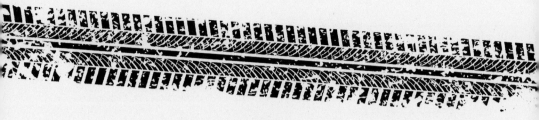

32

HENDRIX

O cara da Lola, Sweet Willy, era um caipira velho de macacão e boné camuflado que tinha uma tatuagem da Betty Boop no braço flácido. E pagava mal pra caralho.

Apanhei o dinheiro da mão estendida dele e disse para o homem ir se foder antes de sair puto da vida pelas fileiras de carros detonados enchendo seu quintal infestado de mosquito.

Trezentos e cinquenta dólares. Por roubo de automóvel!

Quase voltei para dentro daquela merda de carro, pensando que ficaria muito mais satisfeito se o afundasse em um lago do que permitir que esse homem visse que eu estava à mercê dele.

— Trezentos e cinquenta é cem a mais do que eu recebo normalmente... — A voz de Lola surge às minhas costas, interrompendo o chirriar dos gritos.

E aquele foi o último peloto no meu balde fervendo merda.

Eu me virei tão rápido que fiquei tonto.

— Você está roubando carros... — Apontei o queixo na direção do complexo daquele louco, escondido na escuridão. — E trazendo para o Willy Explorador, a troco de duzentos e cinquenta dólares?

Ela deu de ombros.

— Acha que é mixaria?

Ela tem roubado carros a troco dessa mixaria? Agarrei o cabelo e o puxei para me impedir de perder o controle. Ela passou a vida toda perto de mim e de Zepp. Como assim pensou que estava bom? Ou que valia a pena?

Balancei a cabeça e segui a estrada deserta e mal iluminada, indo em direção à cidade.

Roubar qualquer coisa meteria qualquer um em encrenca, mas carros... era crime. Um crime que ela vinha cometendo há Deus sabe quanto tempo em troca de duzentas e cinquenta pratas! Ah, desculpa. Teve uma vez que foram quinhentas.

Parei a meio passo, me virei e a segurei pelos ombros, depois abaixei o rosto até meus olhos ficarem na mesma altura dos dela.

— Zepp acabou de passar quase *um ano* na cadeia por roubo de carro. Ele teve redução de pena...

Desde que éramos pequenos, eu a protegia. E de jeito nenhum eu havia deixado a garota ajudar a mim e a Zepp quando tínhamos começado a roubar carros.

Uma sentença na prisão era um risco meu, não dela. Alguns homens ajudavam pagando as contas; outros faziam isso mantendo a garota deles fora da cadeia. Ela não era mais minha garota, mas eu ainda a manteria fora do xadrez.

Fechei os olhos e soltei um longo suspiro.

— Roubo de automóvel, Lola... por duzentas e cinquenta pratas.

— O que mais eu vou fazer? — ela sussurrou.

E aquela era a pior parte. O que mais qualquer um de nós faria? Estávamos a um carro roubado da miséria. A uns poucos saquinhos de maconha de ter comida. A sobrevivência podia ficar feia e desesperadora. A vida podia ficar feia e desesperadora.

— A gente vai dar um jeito — eu disse, então voltei a caminhar pela estrada escura.

— A gente? — O zumbido dos insetos silenciou no mato alto quando os passos dela começaram a me acompanhar.

— *A gente* precisa de dinheiro, não é? — Olhei para a silhueta diminuta dela. — Zepp não vai ser de nenhuma ajuda.

— Ah, então agora a gente vai trabalhar em equipe? — Ela cruzou os braços e bufou. — Da última vez que verifiquei, Sid não havia miraculosamente se erguido em meio aos mortos, então...

O corte da cabeça de Sid a havia atingido com mais força do que eu tinha pensado.

Era mentira. Eu sabia exatamente como aquilo a magoaria. Eu só não queria admitir que eu podia ser babaca a esse ponto. Pelo menos não para ela.

— Pode me odiar o quanto quiser — falei. — Não vou consertar o Sid e não vou consertar o teto. E roubar carro para Willy Explorador a troco de mixaria também não vai.

— O que mais você sugere? Seu império da maconha?

Meu império da maconha... vender aqueles saquinhos para a galera de Dayton e de Barrington dificilmente poderia ser considerado um império. Razão para eu estar quebrando a cabeça por algum jeito de pagar as contas. E um pouco de ajuda seria muito útil.

— Eu estive pensando em fazer uma rifa — comentei.

Ela parou, o cascalho do acostamento triturou sob seus pés.

— Uma rifa? — E aquele era um olhar duvidoso se algum dia já vi um. — Tipo, um ano de Frank's Famous Chicken?

— Como eu arranjaria uma coisa dessas?

Ela jogou os braços para cima.

— Eu não sei! Como você arranjaria *qualquer coisa*, Hendrix?

— Não sei ainda. Eu teria que dar uma passada no Bullseye e ver o que conseguiria roubar. — Eu não tinha pensado nos detalhes. A coisa ainda era um embrião, só esperando para nascer quando estivesse na hora. — Você quer que o teto seja consertado ou não?

— Tudo bem. Tanto faz. Eu vou ajudar você. — Ela voltou a andar. — Mas isso não significa que vou te perdoar por ter matado o Sid. Isso nunca vai acontecer.

Quando chegamos em casa, Lola foi lá para cima. Toda bravinha.

Fui para a sala e me sentei ao lado de Zepp. Ele estava assistindo a uma luta na televisão. Eu odiava aquela merda, mas daria um tempo a ele. Para variar. A câmera percorreu a arena lotada.

— Falei com o pai do Wolf enquanto você estava fora — Zepp falou. — Ele conhece um cara que pode consertar nosso teto por quatro mil.

Isso ainda era uma porrada de dinheiro.

— Melhor do que a gente estava pensando. — Encarei a TV, observando o cara de calça vermelho-berrante apertadinha atingir outro homem todo lubrificado e mandá-lo para a lona.

— É. — Zepp apanhou um maço de cigarro na mesinha de centro e acendeu um. — Ele também disse que talvez conheça um cara que está contratando lá na Jiffy Lube. Mas eu só poderia começar depois do dia de Ação de Graças. — Uma nuvem de fumaça passou pelo meu rosto. — O teto vai ter apodrecido até lá.

— Não se preocupe. Estou cuidando disso. — Tirei o dinheiro de Willy Explorador do bolso e o joguei para o meu irmão. — É um começo.

Contando o pequeno maço de notas, Zepp bateu as cinzas do cigarro em uma lata de Coca.

— Eu quero saber?

— Você não se importaria. Seu agente da condicional, sim.

Assisti ao resto da luta com ele, depois peguei o aspirador no armário e fui lá para cima, para o meu quarto. Meu olhar passou pela lona que Zepp e eu havíamos prendido lá mais cedo e foi para o gesso e o pó espalhados por toda parte. E aquela merda de ninho de passarinho.

Levei uma hora para tirar todos os detritos, e quando fui limpar o chão pela última vez, algo ficou preso no aspirador. Ele chacoalhou e fez barulho de aspiração. Puxei o negócio de debaixo da cama, a máquina tentava sugar o corpo triste e sem cabeça de Sid.

Desliguei o aspirador e tirei o bichinho de lá, em seguida me sentei no meu colchão que estava sem o lençol. Sid tinha sido pau para toda obra para Lola desde que o ganhei para ela. E eu, como ela tinha sido tão eloquente ao dizer, o havia matado.

Meu olhar foi para a guitarra lá na cômoda. Ela sabia o quanto aquela coisa significava para mim e a salvou mesmo depois de eu a ter chamado de puta. Depois de ter destilado ódio para cima dela pelo qual eu ainda me sentia mal. E, ainda assim, eu tinha cortado a cabeça do Sid como um filho da puta desalmado.

Nós dois traímos a confiança um do outro... não foi?

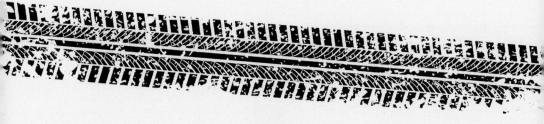

33

LOLA

Merda de semana do baile.

Eu me desviei de um grupo de porta-bandeiras saindo do banheiro em seus modelitos brilhantes. Nunca entendi toda aquela teatralidade do futebol americano. Líderes de torcida. Equipe de dança. Banda marcial... só para assistir um bando de caras de capacete e protetores se atirarem uns nos outros. A coisa toda me deixava de mau-humor.

— Odeio essa idiotice das reuniões pré-jogo — resmunguei.

Kyle e eu seguimos a multidão de alunos pela saída lateral que dava no campo de futebol americano. O calor escaldante estava me fazendo suar. Era outubro. Outubro, caralho. Por que ainda estava tão quente?

— Pelo menos a gente se livra da aula — Kyle comentou.

— Kyle, há um monte de coisas que eu preferiria estar fazendo. E isso inclui assistir à aula... e arrancar pregos enferrujados dos meus olhos.

Música bombeava dos alto-falantes ruins enquanto passávamos pela lanchonete.

As líderes de torcida estavam do outro lado do portão, gritando idiotices para animar o pessoal. Quando passei por Jessica, mostrei o dedo do meio para ela. Só porque sim.

Eu esperava que ela caísse do alto da pirâmide.

A batida pesada de *Crazy Train*, de Ozzy Osbourne, bombeava pelo estádio conforme Kyle e eu subíamos as arquibancadas, procurando um lugar vazio. Assim que o solo de guitarra começou, Wolf trotou para o campo, carregando uma cadeira dobrável. Um grupo de meninas gritou quando a música parou. Alguém gritou que elas deveriam ir chupar um pau.

Sorrindo, ele pegou o microfone com uma das líderes de torcida.

— A semana do baile está prestes a ficar muito melhor. E vou propor um desafio do professor para vocês que vai ser divertido. — Um sorriso travesso atravessou seu rosto quando ele abriu a cadeira no gramado. — Uma salva de palmas para o nosso destemido líder, o diretor Brown.

Ah, ele estava armando algo terrível.

O garoto explicou as regras: os professores teriam que experimentar algumas coisas e tentar adivinhar o que era. Durante a explicação, uma das líderes de torcida escoltou um Brown vendado até a cadeira. O homem não havia aprendido nada? Mas nem por um caralho eu deixaria Wolf me vendar.

— E se fizerem o diretor comer algo nojento tipo manteiga de amendoim? — Kyle perguntou.

Bufei.

— Eles não vão fazer o homem comer manteiga de amendoim, Kyle. — Eu podia ver para onde aquilo estava indo. Cocô de cachorro, talvez. Vômito…

A tensão aumentou com os três primeiros itens: iogurte de baunilha, queijo enlatado. Fiambre. Porque não era possível ser só isso, e todo mundo sabia que algo horrível estava por vir.

Brown estava tentando adivinhar o quarto item quando flagrei Hendrix escalando o alambrado que rodeava o campo.

Risos abafados escorriam das arquibancadas enquanto Wolf cobria a boca com a mão, tentando não rir enquanto Hendrix saltitava até ele no estilo louco do capitão Jack Sparrow.

Wolf acenava freneticamente para as risadas se controlarem, e pressionava um dedo nos lábios.

Silêncio caiu sobre o estádio e olhei ao redor, procurando pelos professores. Weaver e Smith estavam perto da lanchonete, passando a garrafa térmica dela para lá e para cá, completamente alheias ao que estava prestes a se desenrolar.

— Tudo bem, Sr. Brown. Já foram quatro de quatro — Wolf disse, conforme os ombros se agitavam em silêncio por causa da gargalhada reprimida. — O próximo vai ser bem difícil. Dizem por aí que é uma iguaria.

Eu quase não quis olhar quando Hendrix puxou a calça para baixo, depois a cueca, e separou as bandas da bunda. Ai. Meu. Deus.

Brown se inclinou para frente bem quando Hendrix se moveu para trás.

A língua dele encontrou o cu de Hendrix, e as arquibancadas foram à loucura. Até mesmo eu ri. Hendrix era ridículo. E horrível. O último garoto problemático fazendo o diretor beijar o anel dele. Literalmente.

Brown congelou, depois arrancou a venda e se viu a cinco centímetros da bunda de Hendrix.

— Corra, Forest, corra! — Wolf gargalhou no microfone.

O rosto de Brown assumiu um tom nada saudável de vermelho antes de sair em disparada atrás do rebelde do meu ex, mas ele não tinha a mínima chance. Hendrix era tipo um rato subindo por um cano. Ele saltou a cerca e cruzou o estacionamento sob uma saraivada de aplausos.

— É aniversário daquele palhaço esse fim de semana — Wolf gritou no microfone. — Está todo mundo convidado.

Claro que Hendrix faria uma festa de arromba. Seria uma carnificina. Cerveja, maconha, mulheres... É, para mim já tinha dado de odiar o cara, mas até eu tinha meus limites e, esse fim de semana, eu evitaria aquela casa como se fosse a peste.

Depois da aula, peguei carona com Kyle até o Bullseye para que ele pudesse comprar cartolina para o trabalho de ciências.

Entramos naquela "monstruosidade vermelha", como Hendrix o chamava, e seguimos para o corredor de artesanatos.

Fui até a parte das linhas, minhas unhas passaram pelas azuis e roxas.

O aniversário de Hendrix seria esse fim de semana e, com exceção dos últimos dois anos, nunca deixei de fazer um bracelete para ele. Mas, agora, não sei se deveria.

Talvez fosse melhor deixar aquela tradição morrer junto com o nosso relacionamento. Mas aí eu imaginei como me sentiria se ele ignorasse o meu aniversário, e me senti uma otária.

Não, não sou eu a otária. Ele tinha matado o Sid!

Bufando, apanhei um novelo de linha marrom.

Se eu fizer um, vai ser marrom-cocô.

Kyle escolheu uma cartolina e depois me seguiu até lá na frente, onde ficavam os cartões de aniversário. Gatos de chapeuzinho de festa, vacas com balões, cachorros em caixas de presente. Aí meu olhar pousou em um que tinha um bicho-preguiça na frente, e minha raiva voltou a acender.

Peguei o cartão. *Tenha um dia preguistático!* E eu ia escrever lá embaixo: *"Porque Sid não vai ter, porra."*.

Enfiei cartão e envelope dentro do short, embolsei a linha cor de merda e fui lá para fora enquanto esperava Kyle pagar pela cartolina. Porque Kyle era bonzinho e a mãe dele tinha *um pouco* de dinheiro.

Assim que atravessei a porta, ouvi as notas do violão de Hendrix vindo lá de cima.

Fui para o meu quarto, fechei a porta com um chute e joguei o cartão e a linha na minha cômoda antes de notar Sid no meu travesseiro. Mas que porra?

Meus olhos marejaram ao ver os pontos de Frankenstein prendendo a cabeça dele ao corpinho.

Apanhei meu amado bichinho de pelúcia e me sentei na beirada da cama. Era como me reencontrar com um velho amigo, o único que, por muitas vezes, eu tivera.

Eu havia me arrependido de jogá-lo no lixo quase que no mesmo momento, mas Sid era uma representação de Hendrix e eu. Na hora, eu tinha desejado jogar aquilo fora. Do mesmo jeito que Hendrix tinha desejado matar tudo aquilo.

Só que ele havia salvado o Sid, guardado-o esse tempo todo, depois o costurou, e eu sabia que ele não sabia costurar. Então, o que isso significava?

Afaguei o pelo de Sid antes de colocá-lo com carinho sobre o travesseiro, depois abri a minha porta.

A música se derramava por debaixo da porta fechada de Hendrix enquanto eu atravessava o corredor.

O dedilhar parou quando bati.

— Oi?

Entrei no quarto, e meu olhar foi do teto coberto pela lona para Hendrix recostado na cabeceira. Meu coração titubeou ao ver o peito nu e tatuado e o violão surrado apoiado no colo dele.

— Você consertou o Sid — falei, com a voz embargada.

Eu não sabia por que aquilo significava tanto. Era só um bichinho de pelúcia, mas nós dois sabíamos que Sid era muito mais. E eu queria saber a razão do gesto. A razão de ele ter se dado o trabalho de consertar algo que deveria ter ficado quebrado.

— Tentei. — Seu olhar encontrou o meu, o ódio que eu tinha visto em seus olhos mais vezes que não ultimamente não estava lá. — Eu não deveria ter decapitado o bichinho. — A atenção dele voltou para o violão, e mais algumas notas da canção já conhecida preencheram o quarto. — Sinto muito.

Quase desejei que não fosse o caso. Lutei contra a parte de mim que queria desesperadamente que nós ficássemos bem de novo, que precisava que ficássemos.

— Nunca te agradeci por ter salvado esse aqui. — Ele dedilhou as cordas, as tatuagens e as pulseiras gastas se movendo a cada toque delicado.

Larguei-me na beirada do colchão. A melodia inundando minha mente com uma centena de lembranças. Cada beijo, cada toque, cada palavra de carinho. Noites na casa da árvore, no quarto dele... Tínhamos passado a vida inteira juntos. Como alguém consegue abrir mão de algo assim?

O olhar suave dele encontrou o meu.

— Significa muito.

Como eu superaria algo assim? Como superaria a ele?

— *Você* significa muito — suspirei, em uma confissão silenciosa. Uma que eu não deveria ter feito.

As sobrancelhas dele se ergueram antes de a música parar, e um suspiro entrecortado deixou os seus lábios. Silêncio caiu entre nós, um em que senti cada batida errática do meu coração. Hendrix bateu na madeira do violão.

— Então me dê algumas respostas, Lola. Por favor.

Eu não podia, mas precisava dizer alguma coisa a ele, porque não podíamos continuar assim. Não podíamos ser amigos, não podíamos ser nada, não podíamos apenas *ser* enquanto fizéssemos parte da vida um do outro... mas se havia algo de que eu tinha certeza, era que precisava de Hendrix na minha vida. Que eu devia a ele um pouco de paz.

— Posso tentar. — Com meias-verdades e omissões.

— Eu fiz algo que te deixou infeliz? Foi por isso que você fez o que fez?

Era isso que ele pensava...

— Não, Hendrix. — Lágrimas arderam em meus olhos. Jamais pensei que ele se culparia, e isso me fez me odiar um pouquinho mais. — Você era perfeito. Você sempre me fez feliz. — Ainda fazia.

— Só preciso de uma razão para você ter feito isso.

Sequei as lágrimas, tentando pensar em alguma coisa, qualquer coisa que eu pudesse dizer que pendesse entre a verdade e a mentira.

Nenhum **ROMEU**

— Eu me arrependi daquele momento a cada segundo de cada dia desses dois anos, Hendrix. Talvez tenha sido estupidez. Ou ingenuidade...

Fui estúpida ao deixar Johan atravessa a porta da casa. Ingênua por pensar que um homem que pagava por sexo teria limites quanto a quem dava isso a ele desde que dinheiro estivesse envolvido.

— Só saiba que... eu sinto muito — sussurrei, lutando contra a raiva e o ódio que se ergueram por causa da injustiça de toda a situação. Eu não tinha feito nada errado. Ele não tinha feito nada errado. Ainda assim, éramos nós que pagávamos o preço. — E que ninguém nunca amou alguém mais... — Do que eu ainda o amava. Mas eu não podia dizer isso. Não seria justo.

Os dedos de Hendrix passaram pelas cordas.

— Quando Jessica me contou que você estava grávida... — Outra nota solene. — Eu levei o violão para a casa de penhores e o troquei por um anel.

Seu olhar se ergueu para o meu. E, Deus, doeu. Aquele violão era a única coisa que ele tinha, e aí eu havia dito que o bebê não era dele. Eu tinha mentido e dito que o havia traído, como se ele não significasse nada.

— Você devolver isso aqui para mim foi só... — Ele engoliu. — Doeu pra caralho.

Lágrimas escorreram pelas minhas bochechas. Eu estava tão perto de vomitar a verdade, só para acabar com a infelicidade de Hendrix. Eu teria feito qualquer coisa para mantê-lo longe da cadeia, mas vê-lo assim, ouvir isso, era muito parecido com uma morte lenta e dolorosa. Uma que matava a nós dois.

— Hendrix... — Meu peito ardeu, e soluços feios ameaçaram se libertar. As lágrimas não parariam. A dor não pararia. A culpa não pararia. Joguei os braços ao redor do pescoço dele, sem saber se tentando consolar a ele ou a mim mesma. — Eu sinto muito.

Ele tirou o violão do colo para me abraçar forte, me confortar; me dando apoio quando eu não mereceria.

Segundos se passaram, momentos em que ele me abraçou tão perto que fingi que tudo se encaixaria.

— Não gosto da gente assim. — Ele se afastou, segurando meu rosto enquanto secava minhas lágrimas com os polegares. — Na verdade, odeio pra caralho — ele sussurrou.

O olhar magoado e confuso em seu rosto foi quase demais para suportar.

Puxando uma respiração trêmula, envolvi os dedos ao redor dos seus pulsos.

— Eu também.

— Isso faz ser três de nós, seus babacas nojentos.

Olhei para trás e vi Zepp parado à porta, com um olhar nada feliz no rosto. O foco dele se voltou para Hendrix.

— Você ainda vai para o Wolf ou o quê?

— Vou. — Hendrix soltou o meu rosto, os olhos buscaram os meus antes de ele fazer careta. — Vou sim.

Então, sem dizer mais nada, ele se levantou e pegou os sapatos, me deixando sozinha na cama dele.

Segundos depois, a porta da frente fechou, e eu deveria ter me levantado e voltado para o meu quarto, mas não consegui. Então, me deitei na cama dele, rodeada pelo seu cheiro, e chorei por tudo o que perdemos.

Ele ia me pedir em casamento.

Ele tinha penhorado o violão…

As lágrimas vieram com tudo.

Eu tinha passado dois anos sem Hendrix, e tinha sido horrível. Eu não sabia como sobreviveria ao resto da vida sem ele.

Disse a mim mesma que não poderia ficar com ele, nos mantive separados, e a troco de quê? Para que ele não fizesse algo que o mandaria para a cadeia e para longe de mim.

Ele já estava longe de mim. Eu o mantinha longe de mim. E não estava ajudando nada.

Ele ainda se importava. Eu ainda me importava. E ele ainda mataria Johan se descobrisse o que aconteceu.

Naquela hora, a única coisa que me impediu de correr atrás dele e implorar para que ele me perdoasse e ficasse comigo foi pensar em olhar para ele daqui a cinco, dez, vinte anos e saber que eu tinha mentido. Saber que ele sempre pensaria que houve uma vez em que eu o havia traído. Não havia como aquilo não mudar as coisas, não penetrar seu cérebro e manchar a forma como ele me via. Não havia como apagar a dor e a desconfiança que eu havia visto em seus olhos.

Ele estava com raiva, porém, mais que isso, estava magoado.

Meu telefone apitou com uma mensagem.

> Satã: Amigos?

Depois de todas as vezes que eu tinha dito que queria que fôssemos

Nenhum **ROMEU**

amigos, aquela palavra não deveria ter me atingindo com tanta força.

Hendrix finalmente havia me superado, bem quando percebi que eu jamais o superaria.

Eu: amigos.

34

HENDRIX

Quinta-feira de manhã, as líderes de torcida tinham vomitado essa merda de Orgulho Dayton por todos os corredores. Faixas cheias de glitter. Bandeirolas e laços. Deus, eu odiava essa escola.

Os alunos se embaralhavam atrás de mim nos corredores lotados, portas de armário batiam. Sapatos guinchavam.

Eu esperava mesmo que fazer o Brown lamber a minha bunda teria me garantido uma suspensão, mas, não. Aquele otário enxergou direitinho qual era a minha intenção. Ele sabia que me dar três meses de detenção seria muito pior que a folga que viria com três dias de suspensão.

Então, aqui estava eu no corredor, entrando com a combinação no meu armário amassado e com uma piroca pichada na porta.

Wolf bateu no meu ombro.

— Cara, o time de futebol americano está zoando tanto o Baites por aquela merda de ele ter sido dispensado pela Lola.

O que queria dizer que o time todo pensava que poderia chamá-la para sair, também.

Ah, o emaranhado filho da puta em que a gente se mete quando tenta fingir que não está nem aí para quem maceta a menina que costumava ser sua namorada.

Lutei contra o ciúme fervilhando abaixo da superfície quando guardei os livros e reconsiderei a memória da cabeça cheia de enchimento de Sid rolando pelo chão. Mas aquilo explodiu feito o Monte Vesúvio no segundo que me virei e vi Daniel Baites.

Talvez não fosse tanto por ele ter pedido Lola para sair com ele.

Talvez fosse pela falta de respeito. Ou talvez fosse o fato de que ela havia chorado em mim na outra noite e, pela primeira vez, eu vi o quanto ela realmente sentia muito. Fosse o que fosse, aquilo havia reaberto a ferida purulenta e me feito marchar na direção do Baites como uma mariposa assassina prestes a se transformar em uma chama moribunda.

Ele jogou a bolsa com o equipamento no armário.

Antes que ele pudesse fechar a porta, o apanhei pelo colarinho do casaco, o virei e o prendi contra o metal.

O cara se encolheu, tentando bloquear o soco que estava por vir. Lá estava o respeito...

— Brookes me disse que você não ia quebrar a minha cara! — O tom alto e em pânico da voz dele fez parecer que eu estava segurando as bolas dele, tentando castrá-lo com força bruta.

— Isso não é quebrar a sua cara... — Segurei o braço dele e bati a porta do armário em seus dedos. — É, otário?

Ele soltou um uivo.

O arrastar de tênis no corredor lotado silenciou, e eu soltei a porta. Assim que ela se abriu, o rabo do fresco do Daniel afundou no chão sujo, e ele embalou a mão junto ao peito.

— Não se atreva a falar com ela, porra — ameacei, então dei meia-volta e encontrei o olhar horrorizado dos outros alunos lá no corredor.

Pelo menos esses otários ficariam ligados que era melhor não perguntar se Lola e eu ainda estávamos envolvidos. Porque, para ser sincero, não importava. Eu podia aceitar que ela não era minha o quanto eu quisesse, mas a garota sempre seria território meu. O fedor da minha marca com certeza absoluta perduraria.

Quando me afastei dos armários, a multidão se entreabriu de imediato.

Wolf estava para o lado do corredor, sorrindo.

— Então você *não* superou a garota — ele falou, e começou a caminhar ao meu lado.

Eu queria viver em negação e evitar ser ridicularizado. Eu havia decapitado um bicho-preguiça, pelo amor de Deus!

— Estou puto com a falta de respeito.

— Falta de... — Ele se curvou e gargalhou aquele rabo atarracado conforme alunos corriam pelo corredor para chegar à aula. — Falta de respeito? Nossa.

Dei um soco na barriga dele. Com força.

— É isso mesmo, chupa-pau.

Ele revidou o soco.

— É falta de coragem, caralho.

E meu cérebro entrou em curto-circuito, fagulhas e fumaça dispararam para todo lado. *Era* falta de coragem.

O resto dos caras tinha saído comendo todo mundo porque eles queriam. Eu fiz isso porque tinha me transformado em um otário magoadinho e desesperado buscando algo que me fizesse esquecê-la. Um drogado em abstinência, procurando algum alívio no ciclo do vício. De novo e de novo e de novo. Eu era viciado nela, e não havia a porra de uma cura.

Eu tinha acabado de me sentar na aula da Smith quando a voz da secretária chamou meu nome nos alto-falantes.

E dessa vez... eu consegui ser expulso.

Quatro da tarde.

Zepp não estava aqui.

E eu tinha enchido a cara.

Expulso, bêbado e assistindo a *Stranger Things* a partir do ponto que Lola havia, evidentemente, parado. A série era estranha. Boa, mas estranha... eu quase não ouvi a porta bater. Algo caiu lá na entrada.

— Seu babaca! — Lola se jogou no braço do sofá, apanhou o controle no meu colo e desligou a televisão. — Eu não tinha assistido a esse episódio. — Ela se afastou bufando e cruzou as pernas.

Meu olhar se arrastou pelas coxas lisas. Pensei em tê-las envolvidas ao redor da minha cabeça enquanto eu enterrava a cara na sua boceta, e meu fluxo sanguíneo mudou de direção. Bem rápido.

Amigos. Amigos, caralho, amigos, amigos... tomei um último gole de cerveja, então joguei a garrafa no chão. Que se foda isso de amigos.

— Tira o short — eu falei.

Ela franziu a testa.

— Oi?

— Preciso provar a sua boceta. — Eu me deslizei para fora do sofá e caí de joelhos diante dela, já abaixando o zíper.

Era irracional? Eu não estava nem aí. Fazia um mês desde que minha língua esteve entre suas pernas e, naquele momento, era tudo o que eu queria. Era o que ela recebia por ter chorado em cima de mim...

— Eu... pensei... — O olhar dela vagou para as várias garrafas de cerveja em cima da mesa de centro. — Você está bêbado?

— Minha língua não está. — Segurei a lateral do short dela. — Por quê? Quer que eu pare?

Ela não disse nada rápido o bastante, e com certeza ergueu os quadris quando puxei short e fio-dental por suas pernas.

Isso era algo que eu não deveria estar fazendo de jeito nenhum. Era tipo arrancar um esparadrapo de uma perna cabeluda quando sabia que a merda ia sangrar por toda parte, mas não liguei.

Ela jogou a cabeça para o encosto do sofá.

— Por que você está fazendo isso comigo, Hendrix?

— Porque eu quero. — Agarrei seus joelhos e abri aquelas coxas. Eu tinha sentido falta disso. — E você quer me deixar. — Então me inclinei e chupei o seu clitóris até ela repuxar os joelhos.

Bastou isso para o pré-gozo rolar para a cabeça do meu pau. Essa garota era o meu vício, com certeza, e eu estava prestes a ficar doidão dela.

Dei uma raspadinha de dentes nela e gemi.

— Você vai gozar na minha língua feito a minha garota boazinha?

Outra passada forte de língua, e o gosto dela me tentou a tirar o pau para fora e comer essa garota até ela não saber mais como dizer "amigos".

Arrastei a língua da parte da frente até atrás.

Com um gemido, ela agarrou o meu cabelo.

— Porra, Hendrix.

E ela gozou. Forte. As coxas se fecharam ao redor da minha cabeça, a boceta montando a minha cara do jeito que eu gostava.

— Você disse — ela puxou uma respiração ofegante — que queria que fôssemos amigos.

Eu me reclinei para ela, voltando a passar a língua.

— Amigos coloridos é melhor... — Que mentira deslavada. Mas pareceu uma boa ideia.

Ela olhou para mim lá embaixo, com as sobrancelhas franzidas, lábios entreabertos como se quisesse dizer alguma coisa. Mas antes que ela pudesse...

— Vou te fazer gozar de novo.

E, porra, foi o que eu fiz.

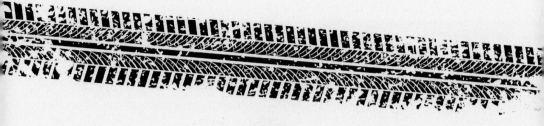

35

LOLA

A luz da manhã dançou sobre o cartão na minha cômoda conforme eu fazia pequenos pontos pretos no pescoço do bicho-preguiça. Eu o havia posto no envelope, junto com a pulseira marrom-cocô que fiz para ele ontem.

Ainda não tinha certeza se a entregaria ou não a ele, se significaria demais para a nossa atual situação. Não que eu compreendesse tudo o que era.

Hendrix havia quebrado a mão de Daniel, sido expulso, chupado minha boceta — quatro vezes — como se fosse a porra do seu objetivo de vida, então sugeriu sermos amigos coloridos. Eu estava mais confusa do que já havia estado quando dizia respeito a ele e sem saber em que pé estávamos. E se eu queria estar em algum pé, diga-se de passagem.

Amigo colorido... Também conhecido como depósito de porra com apego emocional. Nem em um milhão de anos isso daria certo para a gente, mas eu não podia negar que estava tentada. Mesmo que somente pelos orgasmos. Eu jamais poderia imaginar que alguém seria capaz de me fazer gozar como o Hendrix fazia.

Quando fui lá embaixo preparar o café da manhã, ele estava exatamente onde eu o havia deixado: desmaiado no sofá. Os roncos baixinhos e o cheiro de cerveja preenchiam a sala.

Feliz aniversário para o Hendrix. Concluí que entregaria o cartão mais tarde.

Eu mal havia tomado dois goles do café quando a buzina de Kyle soou lá fora. Entornei a bebida na pia e peguei a mochila.

Durante todo o caminho, ele tagarelou sobre a nova minissérie do *Star Wars* que sairia semana que vem. Quando cheguei ao meu armário, ele viu Robert, quem eu presumi que ficaria muito mais entusiasmado com o assunto. Ele disparou no que eu entrava com a combinação e pegava meu livro de biologia.

Quando fechei a porta e me virei, Jessica e duas das amigas dela líderes de torcida estavam me olhando do outro lado do corredor lotado.

— Ouvi dizer que o Hendrix foi expulso por causa de você, sua puta. — Minha antiga amiga se aproximou rebolando. — Quantas vezes mais você vai foder com a vida dele, Lola?

Eu odiava que ela havia conseguido incitar as chamas de culpa dentro de mim. Eu *tinha* ferrado com a vida dele, mas Daniel... aquilo foi tudo obra dele mesmo. E a única razão para Jessica sequer fingir que se importa é porque Hendrix jamais bateria nem ameaçaria um cara por causa dela. Eu quase tive pena do seu desespero. Quase...

— Já passou da hora de você superar o cara, Jessica. Ele te comeu. Uma vez. Assim como fez com metade das garotas dessa escola.

O rosto dela se contorceu de raiva antes de ela cuspir na minha cara. A gosma quente deslizou pela minha bochecha, e eu perdi o controle.

Minha palma colidiu com o rosto dela com força o bastante para deixar uma marca vermelha naquela pele traidora.

— Sua desgraçada! — Ela agarrou o meu cabelo, mas aquela não era minha primeira briga, e eu era muito mais Dayton do que ela jamais seria.

Dei uma cotovelada na barriga dela, depois a agarrei pela nuca e soquei sua cara nos armários.

— Eu te avisei, sua puta.

Ela soltou um grito digno de pena quando voltei a bater a cabeça dela no armário, deixando um amassado ensanguentado no metal.

Braços me envolveram pela cintura, e me puxaram.

— Eu sabia que essa merda ia acontecer... — Wolf bufou, me puxando para longe enquanto Jessica desmoronava em uma pilha no chão com o nariz escorrendo sangue. — Você é tão pirada quanto o Hendrix.

— Vai se foder, Wolf.

— Não, obrigado.

— Senhoritas! Mas o que aconteceu? — Brown bateu palmas ao descer pelo corredor. — De todas as coisas deselegantes...

Deselegante era aquela puta cuspindo na minha bochecha...

O olhar sério dele foi de mim para Jessica, depois voltou.

— Srta. Stevens, na minha sala. Agora.

Suspirando, segui Brown com relutância. Se eu fosse suspensa por causa daquela desgraçada da Jessica...

— Suspensão entra no seu registro permanente! — Kyle disse mais tarde, com olhos arregalados e as bochechas abarrotadas de pipoca como se ele fosse um hamster.

— E daí? Eu não vou para a faculdade. Que importância tem? — Com certeza não tanta quanto rearranjar a cara da Jessica Master. Já tinha passado da hora de aquilo acontecer, e eu não me arrependia de nada.

Minha atenção se desviou do meu telefone e do meu outro problema dessa noite: o story do InstaPic do Wolf. Postado há dez minutos. O ciúme me comeu por dentro quando encarei a foto dele, Hendrix, Zepp e Bellamy na nossa sala, rodeado por quase toda a escola e com meninas praticamente peladas ao fundo. Literalmente. Elas pareciam strippers.

Wolf havia me mandado mensagem logo depois que fui suspensa e me disse, em termos inequívocos, que eu não estava convidada para a festa de aniversário de Hendrix essa noite. Evidentemente, por causa do meu "pavio-curto".

Eu só pude imaginar aquela ruiva lá atrás da imagem montando o colo de Hendrix e esfregando os peitos na cara dele. Eu não ficaria nada surpresa se ela se oferecesse para dar para ele logo depois. E eu teria dito a mim mesma para me controlar, que havia aceitado que seríamos só amigos... se não fosse por ontem.

Amigos coloridos. Aquilo era uma pilha de merda tóxica pegando fogo e nos envenenando com a fumaça. Conforme provado pela minha fixação atual e a fúria violenta.

Parte um de qual seja a trilogia que Kyle e eu estávamos vendo acabou.

— Intervalo — ele disse, e saiu do sofá para pegar mais pipoca.

O micro-ondas tinha acabado de ligar quando meu telefone apitou.

> Satã: Eu nauma teasor aui mwe anivrsrio. Otário qpe cohtratpu lasda.

Por que ele estava me mandando mensagem bêbado?

Eu não conseguia nem tentar decifrar aquilo. Exceto por aniversário. E otário, é claro, esse foi autocorrigido. Comecei a responder, mas se ele não conseguia nem digitar, provavelmente não conseguia enxergar. Então liguei, esperando por uma música alta, talvez mesmo por uma garota gemendo o nome dele.

Quando Hendrix atendeu, a música estava mais alta do que eu esperava, permeada por gritos de mulher que pareceram riscar um fósforo em uma pilha de dinamite.

— Lola-Canola-Marola! Você me ligou! — E puta merda, a voz dele estava arrastada.

— É. Porque não consigo ler bobagês.

— Coé, coé. Hen Shady...

Passei a palma da mão pelo rosto.

— O que você quer, Hendrix?

— Você amava o Eminem. Onde você está, Lola Canola? — Algo passou farfalhando pela linha antes de uma pancada. — Espera. Eu te deixei cair. Jesus, eu estou muito bêbado... *alô?* É o Hendrix. — E, sim, ele cantou isso no ritmo de "Hello" da Adele.

Cobri o riso com a mão.

— Por que você está me mandando mensagem? Era para você estar se divertindo. — Com strippers. Não que eu estivesse me agarrando a isso nem nada do tipo. Só o pensamento ameaçou me queimar até as cinzas.

— Estou me divertindo feito um ursinho triste que teve o nariz quebrado pelo babaca do chave de cadeia do irmão. — Pelo menos, é o que eu acho que ele disse. A voz do garoto estava tão arrastada que não tinha como eu ter certeza.

— Oi?

— Zepp me deu um soco. — Ele fungou. — Bem no meu rostinho bonito. Acho que está quebrado. — Ele soluçou. — Igual a gente...

Eu me endireitei no sofá, ignorando o que ele disse sobre a gente.

— Você *deixou* o Zepp te bater? — Ninguém nunca acertava o Hendrix, e Zepp era irmão dele.

— Não. Eu já estava bêbado. E o cara estava na prisão. Os reflexos dele são de presidiário.

Aquela fagulha de raiva por causa das strippers se transformou em uma fúria completamente diferente.

Uma respiração pesada e ruidosa veio da linha.

— Põe o Kyle no telefone. — Ele gargalhou. — Ele vai pensar que eu sou o Darth Vader. Kyle... — ele fez um som gorgolejado e ofegante —

Eu sou o seu paizinho...

— Nossa. — Isso foi perturbador. — Não vou pôr o Kyle na linha. Vá colocar gelo no nariz.

— O gelo acabou. Por que você tem que ser tão má? — Ele pareceu emotivo demais. Por causa do gelo.

A música ao fundo foi sumindo até eu mal conseguir ouvi-la.

— Eu só liguei... para dizer... que estou bêbado — ele cantou no ritmo de *I Just Called to Say I Love You*, de Stevie Wonder. — Eu só liguei... para dizer... o quanto eu bebi. Eu só liguei para dizer que estou bêbado. E é do fundo do meu coração de ursinho triste e de nariz quebrado...

Suspirando, fiquei de pé e fui até a cozinha, cobrindo o bocal do telefone enquanto Hendrix continuava a arrastar a letra distorcida no meu ouvido. Era o que ele sempre fazia quando enchia a cara.

— Eu tenho que ir — avisei.

Kyle fechou a geladeira e olhou para mim.

— Hendrix quebrou o nariz.

— Quem daria um soco nele? — Ele franziu as sobrancelhas. — A pessoa está morta?

— Zepp. E não acho que ele esteja morto.

Meu amigo assentiu como se tudo no mundo estivesse no lugar. O equilíbrio tivesse sido restaurado.

Saí da casa dele. Dois quarteirões depois, música da festa podia ser ouvida. Gritos. Quanto mais perto eu chegava, mais alto ficava.

Uma multidão cobria a varanda. E eu só podia imaginar o amontoado de corpos lá na festa para a qual não fui convidada.

Passei por um cara mijando nos degraus e me deparei com um completo desastre. Latas de cerveja por toda parte, e um cara já havia desmaiado nas escadas. Antes de eu conseguir atravessar a sala lotada, vi duas garotas nuas dançando no colo de Wolf, uma com a boceta depilada na cara dele.

— Cadê o Hendrix? — perguntei.

— Lá fora — ele respondeu, sem tirar os olhos da virilha da garota.

Saí feito um furacão pela cozinha, passei pela varanda e por um cara vomitando em um vaso de concreto.

A alguns metros do quintal escuro, eis que encontrei Hendrix espalhado feito uma estrela do mar no meio da cama-elástica coberta de agulhas de pinheiro.

— Hendrix?

Nenhum ROMEU

O braço dele disparou para cima.

— Sim?

— Ah, que bom. Você não está morto.

— Meu coração está morto. Meu pau está bêbado. Zepp bateu em mim, e você foi ver Chadwick Vaginelson no dia da minha saída-do-útero.

— Nossa, que drama. Eu estava no Kyle. — Atravessei o quintal e parei ao lado da cama-elástica — O que você fez para irritar o Zepp?

— Eu chamei a Medusa dele de puta.

Então eu havia estabelecido o precedente para todas as garotas traidoras serem "Medusas". Engoli aquela bola de merda. Sem confessar a verdade, era o que eu merecia.

— Você não pode chamar a namorada do Zepp de puta.

— Ela não é mais namorada dele, e é o que ela é. — Ele se sentou e por pouco não caiu de novo.

Sob o luar, eu conseguia ver a crosta de sangue em seu lábio superior e na camisa. Queria dar um soco no saco do Zepp por fazer isso com ele. Com um suspiro, saltei para as molas cobertas, me arrastei pela cama-elástica e me joguei ao lado dele.

— Você está fedendo a vodca.

Ele deu um tapa em algo ao lado dele. Então uma garrafa quase vazia da bebida pousou diante de mim.

— Você me abandonou no dia do meu aniversário.

— Eu não gosto muito de strippers.

— Uma delas esfregou a virilha em mim mais cedo. Toda raspada e... — ele soluçou — eu disse: "ah, mas nem fodendo", e aí empurrei ela e aquele capô de fusca para longe de mim. Eu empurrei a mulher por sua causa. — Ele foi me dar um tapa e errou. — Aí o Zepp me bateu.

Ele empurrou uma stripper... por minha causa.

O vento apertou, fazendo as agulhas de pinheiro se espalharem pela cama-elástica e espalhando o frio pela minha pele.

— Eu não acho que você tenha empurrado a stripper por causa de mim, Hendrix. Um monte de menina já aproximou o capô de fusca de você. — Tentei não deixar a amargura transparecer.

Ele tentou girar uma mecha do meu cabelo ao redor do dedo.

— Só porque eu estava tentando te esquecer.

Por mais que aquilo me deixasse enjoada, eu praticamente conseguia entender. Eu sabia a verdade, e queria ser capaz de esquecê-la, só para abafar a dor. Se ele tivesse me magoado do jeito que eu fiz com ele, talvez eu também tivesse dado para um monte de caras.

Puxei um fôlego trêmulo e olhei para ele.

— Deu certo?

— Não. — Ele me pegou pela mão e a bateu em seu peito forte. — Porque você está bem aqui.

Encarei minha palma presa debaixo dele.

— Eu odiei cada vez que você me enviou mensagem dizendo que ia dar uma festa.

— Fiz isso só para te irritar. — Ele soluçou. — Mas quer saber um segredo? — Ele se virou, afastou meu cabelo do pescoço e colocou os lábios perto da minha orelha. — Eu menti. Não teve festa nenhuma. Mas tinha um Chadwick Vaginelson.

Para me irritar... eu estava tão cansada dessas mentiras, de fingir e dos joguinhos, do toma-lá-dá-cá. Segredos, sendo que nunca tivemos nenhum.

— Chad e eu jogávamos baralho. Eu não fui para a cama com ninguém desde que fui embora de Dayton, Hendrix. Não desde você.

— Então por que você não me ama mais, Lola? — Ele segurou o meu rosto, me puxando para si. — Eu ainda amo você.

Fechei os olhos e engoli o nó amargo na minha garganta.

Talvez eu devesse ter mordido a língua, ido embora, mas não conseguia mais fazer isso. Manter esse garoto à distância quando ele estava tão perto era impossível. Ele era tudo o que eu já quis. E eu viveria uma mentira só para tê-lo. Até mesmo aceitaria seu ressentimento, se fosse necessário.

— Eu amo você, Hendrix — sussurrei. — Mais do que tudo.

Seus lábios bateram nos meus em um beijo bêbado. Ele provavelmente não se lembraria na manhã seguinte, mas eu não me esqueceria. Eu não poderia voltar atrás.

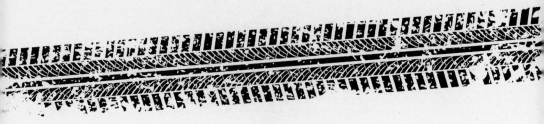

36

HENDRIX

Lola me acordou e disse que estava indo ver Gracie, então me passou uma bolsa de gelo e dois comprimidos de Tylenol.

Tomei o remédio, xinguei meu irmão pelo latejar no meu nariz, depois voltei a dormir.

Já passava das duas quando finalmente arrastei meu rabo para o chuveiro para lavar o cheiro das agulhas de pinheiro e da vodca. E, caramba, eu estava lutando para entender ontem à noite.

Mesmo bêbado, eu tinha uma memória de elefante. E me lembrava de cada coisa que havia dito. De tudo o que ela havia dito. Talvez eu devesse ter enchido a cara há um mês e derramado tudo o que havia nesse otário do meu coração. Teria sido um mês em que eu talvez estaria com ela. E eu estava cansado de ficar sem essa garota.

Ela pode ter ferrado com tudo. Mas eu também fiz isso. E, no fim das contas, o sorriso e o amor dela me faziam me sentir como o cara mais rico da porra do mundo todo.

Desliguei a água e me sequei, então envolvi a toalha ao redor da cintura antes de ir para o quarto de Lola.

O sol da tarde atravessava as cortinas puídas. Ela parou de olhar para o livro em seu colo quando a porta se fechou com um clique às minhas costas.

— Oi... — Sua atenção se desviou de mim para a porta fechada, e a testa dela foi se encrespando devagar.

— Acho que quatro orgasmos não bastaram para te fazer ir à minha festa, né? — Eu esperava que ela fosse aparecer, e quando isso não aconteceu... bem, foi tudo para o inferno e direto para o fundo de uma garrafa de vodca barata.

— Wolf me disse para não ir. — Ela fechou o livro e o jogou na cama. — Ao que parece, eu tenho um pavio-curto depois do que aconteceu com Jessica. E acho que com as strippers e tudo o mais…

Que merda aquela loura traidora tinha a ver com Lola não vir para a minha festa?

— O que aconteceu com Jessica?

— Eu amassei a cara dela no armário ontem e fui suspensa. — Um sorriso lento se espalhou por seus lábios, e aquilo foi uma dose de Viagra que foi direto para o meu pau.

Conseguia imaginar Lola sentando a cara de Jessica no armário como se fosse um sapato do qual ela estava tentando tirar cocô de cachorro.

O olhar dela seguiu minha mão quando me reajustei.

Deus, eu estava prestes a trepar muito com essa garota porque me lembrei de ela dizendo que me amava, e esses eram os últimos segundos de sua vida que ela teria para pensar que não era mais minha.

— Mas eu te arranjei um cartão. — Ela apontou para a cômoda com a cabeça. — Eu ia te dar ontem…

Minha atenção foi para o envelope amarelo-berrante apoiado no espelho, com o meu nome escrito com a letra redonda e conhecida dela. Eu a comeria já, já.

Peguei a ponta da toalha, e a ajustei na cintura conforme estendia a mão para o envelope e o abria. A capa tinha um bicho-preguiça, com pontinhos desenhados à caneta no pescoço, usando um chapéu de festa. *Tenha um dia preguistático!* Quando o abri, uma pulseira da amizade marrom caiu no carpete.

Eu me curvei para pegá-la, lendo o que havia lá dentro. Nenhuma mensagem fofa como os outros que ela tinha me dado. Apenas: "beijo, Lola".

— É marrom-cocô porque eu estava te odiando três dias atrás — ela falou. — Mas aí você consertou o Sid e me deu quatro orgasmos, e agora estou me sentindo um pouco mal.

Pelo menos os quatro orgasmos me garantiram uma pulseira. Encarei o fio trançado, me lembrando de cada vez que ela tinha me dado uma. Ela sempre as amarrou no meu pulso, e depois que começamos a namorar, ela me disse que não era mais uma pulseira da amizade, mas uma pulseira do amor. Dessa vez, ela a colocou em um cartão.

Suspirando, joguei a pulseira nos lençóis amarrotados.

— Que besteira do cacete…

Nenhum ROMEU

O semblante dela ficou desanimado ao pegar a pulseira.

— Eu posso te fazer uma melhor...

— Eu não quero uma melhor. Gosto de marrom-cocô. — Dei um passo na direção da cama e parei bem na beirada. — Só não gosto da forma como você fez isso esse ano.

Ela estreitou os olhos para mim.

— Você colocou em um envelope. — Eu me afundei no colchão ao seu lado, então estendi um braço cheio de outras das pulseiras dela. — Eu quero que as merdas voltem a ser como eram.

Ela a colocou ao redor do meu pulso, recusando-se a olhar para mim ao dar o nó.

— E dá para voltar?

Como não daria? A gente estava rodeando essa linha desde o segundo em que nos vimos. Eu estava infeliz sem ela.

Coloquei um dedo sob seu queixo e inclinei sua cabeça.

— Ontem à noite, você disse que me amava. Que não esteve com ninguém desde que foi embora...

— É verdade, eu não estive. — O olhar prendeu o meu. — Mas você vai conseguir me perdoar?

Passei dois anos dizendo a mim mesmo que perdão era a última coisa que eu daria a Lola. Mas, na realidade, eu estava muito mais quebrado sem ela.

Foi um erro. Tínhamos muito a perder... *ela* era muito a perder e tão mais importante que o meu ego idiota.

— Eu já perdoei. — Meu dedo afagou sua mandíbula. — Você significa muito para mim também.

A expressão dela ruiu; as mãos seguraram o meu rosto.

— Estou tão cansada de lutar contra isso.

— Então para.

A testa de Lola encostou na minha, um fôlego trêmulo tocou os meus lábios.

— Eu amo você, Hendrix.

Puxei um fôlego irregular, lutando contra as emoções conforme pressionava os lábios nos dela, que eram quentes e macios e tudo de que eu precisava na porra da vida. A gente, desse jeito mesmo.

— Eu te amo pra caralho, também. — Eu a beijei com mais empenho, ignorando a dor no meu rosto machucado. — Tanto. — Aprofundei o beijo, deitando-a na cama conforme ela puxava a toalha dos meus quadris.

— Eu estive uma merda sem você.

Minhas mãos foram para debaixo da sua blusa e deslizaram por suas costelas conforme eu empurrava o tecido.

— Sempre foi você, Lola. Só você.

Seu fôlego estremeceu em meus lábios, as mãos varreram as minhas costas.

— Eu nunca beijei outra pessoa. — Pus fim ao beijo apenas para tirar a blusa dela. — Eu não podia. Não queria.

Meus lábios pousaram nos dela de novo, fraquinho e depois com força.

Podia ter pegado um monte de meninas para esquecê-la, mas isso, uma intimidade dessas, eu me recusava a dar a outra pessoa, mesmo quando pensava que ela tinha dado tudo que era meu para outro cara. Eu tinha que manter a única coisa que pertencia a ela.

Beijei sua garganta, tirando o short e a calcinha antes de segurar seu rosto e levar meus lábios aos dela de novo. Lágrimas escorreram pelos meus dedos, e ela me beijou com mais vontade que nunca. Como se pudesse apagar cada traço de dor na nossa vida, esfregando até ficar limpo.

— Odeio ter magoado você — ela sussurrou.

Eu não me importava com a mágoa. Eu me importava com o agora. Com amar essa garota e ela amar a mim.

— Diz que me ama. — Movi a mão entre suas coxas, afundando meus dedos dentro dela com um gemido. — Diz que precisa de mim, porra.

— Eu amo você. — Ela respirou fundo e de repente quando fui mais fundo com os dedos. — Preciso de você — ela suspirou.

— De novo… — Beijando seu pescoço, estendi a mão para a mesa de cabeceira e abri a gaveta. — Repete.

Seus dedos acariciaram meu cabelo conforme eu vasculhava a gaveta procurando as camisinhas que eu sabia que os caras haviam deixado aqui quando usavam o quarto.

A perna dela enganchou nos meus quadris, me puxando para mais perto do seu calor.

— Eu *preciso* que você me coma — ela disse, e precisei me segurar para não ir em frente e fazer exatamente isso.

Meus dentes afundaram em sua garganta quando tirei a mão da sua boceta e abri a embalagem metálica.

Vesti o preservativo, então a segurei pela mandíbula e forcei seu olhar a encontrar o meu.

— Nunca mais me deixe de novo, Lola Stevens. — E, assim, entrei com tudo dentro dela. Quente, e molhada, e apertada, e toda minha.

Toda minha, porra.

Nenhum **ROMEU**

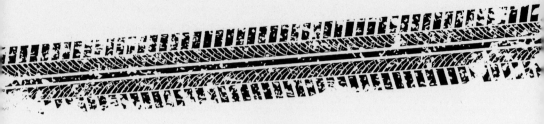

37

LOLA

Quatro vezes. A gente trepou quatro vezes, e eu mal conseguia me mover. Hendrix me beijou, rolou para fora da cama e foi para o corredor, nu em pelo.

— Qual é, cara. — Zepp grunhiu, segundos depois de a minha porta se fechar. — Não quero ver o seu pau gasto.

— Como se você não tivesse visto um monte na cadeia.

Uma porta bateu em algum lugar, e eu encarei o teto, recuperando o fôlego, perdida na emoção de tudo o que havia acontecido nas últimas vinte e quatro horas. Poderia ser assim tão simples? Hendrix poderia me perdoar pelo que ele pensava ser uma traição?

Uma versão de *Um mundo ideal* ecoou pela casa:

— Olha, chave de cadeia. Como foi deixar o sabonete cair pela última vez e chorar? — Ele caiu na risada. — Eu lhe ensino a ver todo encanto e beleza do meu pau. De prisão em prisão. Através do sabonete e além. Num tapete de sacanagem a voar. O *pau* ideal!

Ele só cantava músicas da Disney quanto estava muito feliz.

E eu amava que ele estivesse feliz, mas não consegui deter o revirar do meu estômago. Eu havia me comprometido completamente com ele. No segundo que ele disse as palavras "eu já perdoei" foi como se os últimos dois anos tivessem desaparecido. Mas agora, mais que nunca, eu jamais poderia deixar que ele descobrisse a verdade sobre Johan.

Se ele me amava o bastante para me perdoar, ele com certeza me amava o bastante para ir para a cadeia por causa do homem que havia me violentado e nos separado.

Era uma sombra pairando sobre o meu pedacinho feliz de luz do sol.

Hendrix voltou para o quarto, vestindo uma camiseta preta justa e jeans. Com o rosto machucado, ele parecia um garoto problemático que havia acabado de sair de uma briga... e da minha cama.

Ele olhou na direção das escadas com um sorriso no rosto ao cantar:

— Um mundo ideal é um pauvilégio ver daqui.

— Cala a porra da boca antes que eu te mate — Zepp gritou lá de baixo. Ouvi Wolf gargalhar.

Hendrix fechou a minha porta, apanhou minha calcinha no chão e a jogou para mim.

— Ele não gosta nada do meu senso de humor.

— Nem da sua criatividade.

Ele se inclinou sobre a cama e me beijou.

— Quer que eu te coma de novo?

— Deus, não. — Eu rolei de lá e vesti a calcinha. — Me dê algumas horas.

— Então você quer que eu vá até o Bullseye arranjar uma máquina de raspadinha? — Por *arranjar*, ele quis dizer roubar... uma máquina de raspadinha...

— Eu quero saber?

— Segunda-feira, vai ter um Gostosuras ou Pendura na Igreja Pentecostal que o Garoto Cadáver frequenta. — Ele pega meu short e minha blusa e joga os dois sobre os lençóis amarrotados.

— *E* você vai dar uma máquina de raspadinha de presente para ele para se desculpar por quase fazer o cara se cagar lá na varanda? — Rebolei para entrar no short.

— Não. A gente vai rifar a máquina lá na igreja. Concluí que não há razão para esperar pelo jogo da semana que vem.

É claro. Por que não rifar mercadoria roubada no estacionamento da casa do Senhor?

— Que se foda. Já faz anos que roubamos da bandeja de ofertas. A gente já vai para o inferno. — Vesti a blusa. — Mas como exatamente você vai roubar uma máquina de raspadinha?

Ele passou um dedo pelo pé da cama.

— Não vamos nos prender à semântica da coisa.

Eu o encarei por uns bons três minutos, reparando no olhar sério no rosto dele e no nariz machucado.

— Ao quê?

— À semântica. Detalhes... comprar. Roubar. Tudo semântica.

Nenhum **ROMEU**

235

— Semântica? — Enfiei os pés no meu All Star e o segui até a porta. — Você está mesmo tentando dizer semântica?

— Claro. Dane-se.

— Foi péssimo até mesmo para você.

— Foi péssimo até mesmo para você — ele me arremedou, um sorriso repuxou seus lábios conforme descíamos a escada e chegávamos à sala.

Wolf e Zepp passavam um baseado para lá e para cá, uma nuvem de fumaça de maconha pairava no ar.

Meu olhar foi do nariz machucado de Hendrix para o sorriso presunçoso de Zepp.

— Ouvi vocês treparem a tarde toda. — Aquele sorriso ficou ainda mais largo quando ele soprou uma corrente de fumaça. — O que você falou sobre a Monroe, Hendrix? Ela parece uma hiena quando goza. — Nojento. Zepp era tipo meu irmão. — A Lola com certeza não estava uivando.

Wolf bufou uma risada bem quando Hendrix acertou Zepp, que se encolheu.

— É isso mesmo, chave de cadeia — Hendrix disse. — Você pode me socar quando estou bêbado, mas sabe que vou correr atrás de você com uma faca na mão igualzinho foi naquela vez que você peidou na minha cara.

Hendrix podia vociferar e fazer piada, mas estive com ele ontem à noite. Eu sabia o quanto o soco de Zepp o havia magoado.

— Olha — Zepp passou o baseado para Wolf —, desculpa pelo soco e por fazer você parecer uma cadelinha com esse nariz arrebentado.

Ah, já chega. Fui até Zepp feito um furacão, e ele me poupou um olhar breve.

— O que você e essa sua bunda baixinha estão pretendendo? — Ele e Wolf gargalharam quando soquei Zepp. Bem no pau. Ele agarrou a virilha e rolou de lado no sofá.

— Que tal isso para a porra de uma baixinha? Machuque o Hendrix de novo, e é melhor você aprender a dormir com um olho aberto.

— Ah, merda, Voldemort! — Wolf se engasgou na maconha. — Você deu um soco no pau do cara.

— Toc-toc, seu pau está morto. Que pau? O pau do chave de cadeia? — Hendrix gargalhou a caminho da cozinha. Ele voltou com um saquinho de pizza de rolo congelada e o jogou para o irmão, que ainda estava arquejando. Então olhou para Wolf. — Me empresta sua caminhonete, cara.

As sobrancelhas escuras de Wolf franziram.

— Mas nem fodendo!

— Por que não, porra?

Ele tragou a maconha e prendeu a fumaça nos pulmões, lutando contra a tosse até as bochechas ficarem vermelhas. Uma nuvem enorme escapou de sua boca em um sopro alto.

— Porque você é uma ameba humana.

Aquilo pareceu alegrar Zepp. Pelo menos ele riu.

— Quer saber... — Hendrix passou o braço pelo meu ombro e me puxou para a porta. — Vai se foder, seu trol com cara de saco!

— Você nem tem carteira.

— Semântica, seu saco com cara de Quasimodo. Vai lá tocar seu sino. — Ninguém conseguia pensar em um insulto como ele.

Por que ele estava sorrindo quando Wolf se recusou a emprestar a caminhonete e o chamou de ameba humana?

— Você roubou a chave dele, não foi? — falei, depois de chegarmos à varanda escura.

— Qual é, Lola Cola... — Ele marchou pelos degraus. — Me dê um voto de confiança.

Então ele foi direto para o lado do motorista da Chevy do Wolf e abriu a porta *destrancada*. Por que o Wolf deixaria a porta da caminhonete destrancada logo em Dayton? Mas, bem, quem teria a coragem de roubar o carro dele? Além de Hendrix...

À altura que dei a volta pela parte de trás e entrei no lado do passageiro, Hendrix já tinha desmontado a coluna de direção. A porta bateu às minhas costas, e ele sorriu.

— Isso é golpe baixo, Hendrix.

— Ameba humana é o meu rabo... — Ah, ele estava magoadinho.

Uma pequena fagulha acendeu, e o velho motor rugiu à vida em tempo recorde. Faróis brilharam sobre a varanda descaída, e eu sorri.

Minha calcinha não era páreo para essas merdas de garoto problemático.

— Você não é uma ameba humana, gato. Você é um vigarista gostoso.

— Um vigarista gostoso que vai ganhar um boquete ao volante? — Ele engatou a ré e pisou fundo, recuando na entrada da casa com um cantar de pneus.

— Boquete ao volante? Você deve estar só o pó a essa altura.

— Só há uma forma de descobrir. — Ele levou a mão à braguilha e ultrapassou um farol vermelho.

— Se você conseguir roubar alguma coisa sem ser pego, eu vou dar para você no banco de trás desta caminhonete. — Porque eu não era mais nada senão uma criatura de desejos básicos quando esse garoto estava envolvido, e gostava de incentivá-lo a não ir para a cadeia.

— Amebas humanas espalhadas pelo estofamento do Quasimodo. — Uma das sobrancelhas escuras se ergueu como se aquilo fosse um desafio. — Fechado, caralho. — Então ele pisou fundo e atingiu uma caixa de correio.

Ele nunca foi um bom motorista, mas caramba…

— Talvez seja melhor se eu dirigir.

— Como se você fosse muito melhor. Eu te ensinei a dirigir, o que significa que sou o seu Sr. Miyagi.

Esse era o velho Hendrix. Excêntrico, viciado na vida e a pessoa mais agradável de se estar por perto. Ele era imprevisível, caótico e divertido, e eu o amava por isso.

— Você não é o meu Sr. Miyagi. E eu sou menina, o que automaticamente faz o meu senso de autopreservação ser bem superior ao de um homem comum. E esse seu rabo de cracudo alucinado com certeza não é comum.

Ele afastou o olhar da estrada, e a caminhonete foi em direção aos refletores do canteiro central.

— Você acha que se deve fazer piada com crack?

Revirei os olhos e puxei o volante para nos fazer voltar para a pista.

— Cala a boca, Hendrix.

— Não é, Lola. É uma epidemia.

Estreitei os olhos para ele. De todas as palavras que ele poderia dizer e usar no contexto certo…

— Você consegue dizer epidemia, mas semântica, não?

— Eu consigo *dizer* semântica. Só escolho não fazer isso. — Ele ultrapassou um sinal vermelho. Buzinas soaram conforme ele continuava a dirigir feito um babaca temerário.

— Que mentira. Você passou quinze anos achando que fosse uma cerca com correntes de elos *compridas*.

— Fácil de explicar. A coisa tem correntes, e tem comprimento.

— Também tem *elos*. E quanto à monogamia? Você pensou que a letra de "Tiny Dancer" dizia "Me abraça forte, Tony Danza"… Que alface iceberg crescia em um iceberg de verdade…

— Até os onze anos, você achava que as meninas engravidavam se os meninos fizessem xixi nelas.

— É o mesmo buraco! Você nem sequer sabia que as meninas tinham dois diferentes.

Ele virou para o estacionamento do Bullseye.

— Como se fosse óbvio. Nunca na vida eu assisti a um pornô e soltei "porra, cara, olha o buraco do xixi *daquela* menina".

Bufei. Era como se nunca tivéssemos nos separado.

— Você tem problema.

Os freios cantaram quando ele parou o veículo na vaga, então desenroscou os fios pendurados. Wolf mataria Hendrix.

A gente saiu, e ele parou a meio caminho do estacionamento, olhando direto para o supermercado.

— Eu odeio essa monstruosidade vermelha com fervor.

— Você é tão esquisito. — Não é que eu não soubesse, mas, às vezes, havia momentos em que isso me batia na cara. Tipo o ódio que ele sentia por uma franquia inteira.

Eu ainda não sabia por que ele odiava tanto o Bullseye. Não podia só ser questão de atendimento…

— Eles não têm a decência de pôr alguém lá para te receber — ele falou. — Como eu vou me sentir acolhido se não tem ninguém para me dar as boas-vindas?

E lá vamos nós.

— Você quer que alguém te receba para que você possa se sentir acolhido ao roubar as merdas deles?

— Isso mesmo.

As portas deslizaram abertas. O ar frio me atingiu logo antes do cheiro do peixe de uma semana atrás vindo dos congelados.

Hendrix pegou um carrinho antes de passar pelo segurança supervelho com um olho turvo.

Passamos por um corredor com decorações para o Dia das Bruxas. Eu já estava lá no final quando percebi que havia me perdido de Hendrix, que estava enfiando um kit de talhar abóbora dentro da calça. Por quê? Não é como se ele fosse roubar uma droga de abóbora, e ele com certeza não compraria uma.

— Hendrix — soltei um sussurro gritado.

A cabeça dele se ergueu como a de um cão-da-pradaria, e apontei para o chão ao meu lado.

— Vem cá.

Nenhum **ROMEU**

Ele fez careta antes de enfiar uma lanterna na calça e me seguir até a seção de eletrodomésticos. Paramos diante da caixa da máquina de raspadinha que tinha mais de um metro. Não havia como ele passar pela segurança com isso.

— Eu falei; você não pode roubar algo assim.

O desafio surgiu em seus olhos.

— Se eu conseguir sair daqui com essa caixa, vou te deixar ficar de joelhos e me chupar como o pequeno e safado deus dos ladrões que eu sou. *Depois* dar uma na parte de trás do carro do Quasimodo.

— Nossa, você não é nenhum Romeu mesmo.

— Talvez não. Mas me diz que você não cravaria uma espada no peito se acordasse ao lado da minha carcaça morta sobre o chão de algum mausoléu.

O cara conhecia o enredo de Romeu e Julieta, mas não conseguia dizer semântica nem mogno...

Quem pagava duzentas pratas só para ter bebidas congeladas? Ninguém em Dayton, isso era certo. Mas Hendrix pegou a caixa da máquina de raspadinha que custava duzentos dólares e a colocou no carrinho.

— Tudo certo. Vamos. — Então ele virou o carrinho e seguiu para o fim do corredor.

Eu já tinha visto aquele garoto se livrar de umas boas merdas; ele até mesmo me disse para tirar os absorventes da caixa.

— Você simplesmente vai sair daqui empurrando essa coisa? — Corri para alcançá-lo.

— Qualquer ladrão sabe que itens desse tamanho não são ensacados. — Ele tirou uma nota amassada do Bullseye do bolso. — Basta acenar com confiança a nota enquanto sai.

Balancei a cabeça antes de nos separarmos, do jeito como sempre fizemos. Era burrice nós dois acabarmos sendo pegos. A menos que fosse eu, então ele sempre aparecia e assumia a culpa, não importava o quanto eu dissesse o contrário.

Peguei um atalho pela seção de papelaria, esperando que ele conseguisse se safar dessa. Se não, o Bullseye seria mais uma das lojas das quais ele foi banido, e se tudo o que lhe restasse fosse o Piggly Wiggly...

Eu estava quase na saída quando ouvi Hendrix berrando a plenos pulmões:

— Alguns babacas afirmam que tem uma Lola para culpar... *Buh duh dum...* — Não me entenda mal, eu estava animadíssima por ele estar tão feliz, mas ele estava inventando letra para a música da marca da raspadinha e gritando bem alto ao sair com aquele carrinho cheio de coisa roubada, indo em direção à saída do maldito Bullseye. — Mas agora eu sei... é culpa daquele filho da puta.

E, ao passar, ele acenou a nota para Deus sabe que guarda. Pessoas entravam e saíam pelas portas, uma boa parte olhando, até mesmo fazendo careta, para ele. Que belo jeito de demonstrar confiança.

O alarme disparou quando o carrinho passou pelas portas automáticas e foi direto para a escuridão da noite.

Pessoas ao meu redor pararam, indo em direção ao segurança para mostrar a nota. Hendrix? Já estava a caminho do carro do Wolf. Ele tinha mesmo conseguido se safar.

Apertei o passo para chegar ao veículo, e minha adrenalina estava a mil.

Ele tinha posto a máquina e as coisas roubadas do Dia das Bruxas no banco de trás e o motor já estava ligado.

Entrei no banco do passageiro.

— Sério?

— Você esperava que eu fosse pego? — Sorrindo, ele engatou a ré, e dirigiu para a saída, ultrapassou um sinal vermelho e quase fomos atingidos por uma betoneira.

— Ainda não sei bem como você conseguiu se safar dessa. E eu vi acontecer.

— Eu sou um filho da puta confiante sem qualquer consciência quando se trata de você.

E como a garota apaixonada que sempre fui, eu me derreti, depois o fiz parar a alguns quilômetros dali e dei para ele no banco do Wolf.

Ele não estava só o pó.

Nenhum ROMEU

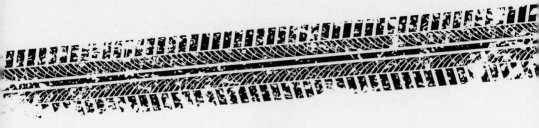

38

HENDRIX

Sorrindo, contei os quatrocentos dólares que ganhamos com a rifa do Gostosuras ou Pendura. Foi desonestidade? Discutível.

Claro, a gente pode ter entregado uma máquina de raspadinha roubada para uma loura chamada Leah Duboise, mas ela pareceu feliz. Não era como se a gente tivesse pegado o dinheiro e saído correndo, e estávamos quatrocentos dólares mais perto de arrumar o telhado.

Enfiei o dinheiro na gaveta de cima da cômoda, bem ao lado da caixinha preta de veludo. Eu a peguei e abri a tampa. Uma pedra verde e redonda estava aninhada lá. Eu tinha querido dar a ela um de diamante, mas o cara da casa de penhores tinha afirmado que meu violão não valia o bastante para fazer uma troca justa. Mas o que eu havia pegado tinha diamantes pequenos, parecidos com estrelinhas que brilhavam no escuro.

Eu havia ficado com a aliança porque não queria que Lola se fosse. Agora, eu não precisava.

Peguei o anel, me perguntando se deveria pedir a ela para se casar comigo no segundo que voltasse e chamá-la para ir ao cartório para oficializar. Eu tinha dezenove anos. Ela tinha dezoito. Mas estávamos juntos a vida toda, há mais tempo que muitos casamentos.

Já tínhamos todas as responsabilidades de "adultos", e não era como se a vida em Dayton fosse ficar mais fácil algum dia.

Respirei fundo, enfiei a caixa na gaveta e a fechei antes de enfiar os pés no sapato e ir lá para baixo.

Zepp estava lá nos fundos, a caixa de ferramentas enferrujada ao lado da roda da frente da moto dele. A blusa estava toda suja de graxa.

— Você andou nela enquanto eu estava fora?

— Não. — Uma vez. E quase sofri um acidente.

— Está arranhada.

— Bem, talvez você devesse ser mais cuidadoso, chave de cadeia.

Ele largou uma chave na caixa de ferramentas e olhou feio para mim.

— Dá para você parar de me chamar disso?

— A prisão mudou você, cara. — Fui até a pilha de detritos do teto que colocamos lá nos fundos. — Todo sensível e essas merdas.

Ele resmungou alguma coisa, mas o ignorei e puxei alguns pedaços de madeira. Só tem umas poucas que valiam alguma coisa, mas já era um início. Tirei o telefone do bolso e enviei uma mensagem para o Wolf pedindo para ele pegar uns paletes lá no Wal-E-Mart quando voltasse da escola.

Eu tinha levado três semanas, trabalhando à noite e aos fins de semana, para construir a casa da árvore quando éramos crianças.

Fui expulso da escola. Não tinha nada mais a fazer com o meu dia depois que Lola saía. Aposto que conseguiria terminar a nova em uma semana.

A meio caminho da varanda, o telefone de Zepp apitou com aquela buzina irritante da Floresta de Sherwood. Eu congelei. Era o toque de mensagem de texto daquele súcubo ruivo. A lembrança desencaixada de por que meu irmão havia me socado cintilou.

— Seu filho da mãe. — Eu me viro e aponto para ele. — Foi por isso que você foi embora da minha festa de aniversário. Para ir caçar a Ruiva?

— Você não pode dizer merda para mim. Deixou a sua ex-namorada vir morar contigo. — Ele se levantou e tirou a caixa de ferramentas da frente. — Agora você está tão enfiado na boceta dela que não sei nem como você consegue respirar.

Sinto meu rosto aquecer quando ele atravessa o gramado morto. Lola era uma coisa. Monroe James era algo completamente diferente.

— Se ela vier aqui e...

— Ela já está aqui — ele falou, sorrindo como um imbecil ao passar por mim a caminho da varanda dos fundos.

Eu: Eles estão transando.

243

> **Lola Cola:** É o que as pessoas fazem, gato.

> **Eu:** Ela não é pessoa.

> **Lola Cola:** Ela não é um demônio, Hendrix. Está óbvio que ele ama a garota. Fique feliz pelo seu irmão.

> **Lola Cola:** E talvez eu te faça ainda mais feliz mais tarde ;) :*

Aquele grito de hiena soou lá em cima. Feliz por ele. Mas nunca. Aumentei o volume da televisão, tentando abafar as batidas da cabeceira de Zepp na parede. Um episódio de *Stranger Things* depois, Monroe entrou toda felizinha na sala, com o cabelo ruivo todo emaranhado, Zepp logo atrás.

— Oi, Hen — ela falou, ao ir para a cozinha.

Meu olho estremeceu. Ela sabia que eu odiava aquele apelido. Parecia que a garota chamava uma galinha.

Olhei para o meu irmão quando ele entrou.

— Suponho que vocês fizeram as pazes?

— Algumas vezes. — Sorrindo, ele apanhou os cigarros na mesa de centro e acendeu um.

Uma batida veio lá da cozinha.

— Para de pirraça, Hendrix.

— Você acha que pode simplesmente voltar para cá e vasculhar as minhas coisas, Ruiva?

A campainha tocou, e Zepp foi atender enquanto eu e Monroe discutíamos. Ela olhou feio para mim ao se largar no sofá.

— Bom ver que a sua namorada não deixou você menos otário.

— E se a Lola e a Monroe virarem amigas, Hendrix? — Zepp se largou no sofá ao lado dela e abriu um envelope.

— Lola tem gosto melhor do que ruivas desalmadas.

Zepp meio que revirou os olhos e tragou o cigarro.

— Ela está contigo. Eu não acho… — A testa dele encrespou, o olhar grudou no pedaço de papel desdobrado na sua mão. — Ah, merda. — Ele passou a mão pela boca, depois se levantou e entregou a carta para mim. — Desculpa, cara. Pensei que fosse para mim. — Ele largou o papel meio dobrado no meu colo. — É da administração penitenciária…

Olhei da expressão preocupada do meu irmão para o papel no meu colo.

> CARA SRTA. STEVENS,
>
> DE ACORDO COM O CÓDIGO CIVIL DO ALABAMA, NÚMERO 15, CAPÍTULO 23, SEÇÃO 75 E 78, ESTA CARTA TEM O OBJETIVO DE NOTIFICÁ-LA, CONFORME SOLICITADO, DA SOLTURA DE JOHAN TAYLOR.
>
> SUA LIBERAÇÃO ANTECIPADA ESTÁ MARCADA PARA 16 DE DEZEMBRO.
>
> DÚVIDAS, POR FAVOR, ENTRE EM CONTATO PELO NÚMERO 205-555-1023.

Quem era Johan Taylor e por que Lola estava sendo avisada de que ele estava sendo solto? Peguei meu telefone no braço da poltrona e estava prestes a enviar mensagem para ela quando mudei de ideia.

Por que ela estava recebendo isso aqui, caramba? Saí da troca de mensagens com Lola e acessei o site de registros públicos.

Johan Taylor. Estupro de vulnerável, doloso. Preso.

Isso foi uma semana depois de Lola ser mandada para o acolhimento familiar.

Partes de um quebra-cabeça se encaixaram na minha cabeça. E a cada clique das peças, perdi uma parte da minha alma. *Clique.* O olhar vazio e arrasado em seu rosto quando ela me contou que o bebê não era meu. *Clique.* O fato de ela não conseguir respirar quando disse que me traiu. *Clique.* Eu a afastando quando ela tentou se agarrar a mim, implorando para que eu a perdoasse, gritando para que não a deixasse.

Eu me inclino sobre os joelhos, a cartão se amassa sob meus cotovelos. Lutei para respirar através do choque, da dor, da raiva, da culpa e do arrependimento.

Ela tinha sido estuprada.

— Porra — engasgo, entre arfadas, com lágrimas queimando meus olhos. *Estuprada.* Alguém a tinha estuprado, porra.

Eu fiquei enjoado. Como alguém pôde ter feito isso com ela? Com a minha garota. Com a *minha* Lola.

Nenhum ROMEU

Como eu pude deixar isso acontecer?

Eu me levantei da poltrona, ignorando meu irmão chamando meu nome e fui feito um furacão em direção à porta e saí. No segundo em que a porta bateu às minhas costas, gritei e soquei a viga de madeira perto das escadas.

Como era possível eu não ter sabido?

Lola não tinha me traído. Mas eu com certeza a havia traído, porque eu não sabia, e deveria ter sabido.

Eu a tinha chamado de puta. Eu a tinha odiado e falado merda para ela... Lágrimas de raiva escorreram pelas minhas bochechas, e dei outro soco na viga, rasgando as juntas dos meus dedos.

A náusea revirou meu estômago quando atravessei o quintal coberto por folhas.

A porta se abriu atrás de mim. E eu sabia que era o meu irmão.

— Só me dê um tempo — gritei, então segui rua abaixo, com raiva e arrependimento pulsando em minhas veias.

Eu tinha quarenta e seis dias até Johan Taylor ser solto. E eu ia matar aquele filho da puta.

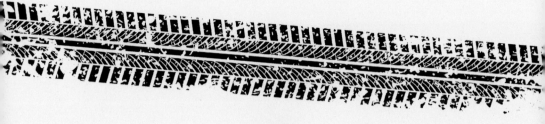

39

LOLA

43 dias depois...

Nada superava uma tarde preguiçosa de sábado de Hendrix, sexo e comer bobagem. Já fazia mais de um mês que tínhamos voltado, e estava sendo como se nunca tivéssemos nos separado. Eu não achava possível que fosse amá-lo mais do que o amava há dois anos, mas era verdade.

Depois de ser expulso, ele estava estudando para o provão. Eu me formaria em poucos meses e, graças às rifas, já tínhamos quase a quantia necessária para consertar o teto. Eu até mesmo consegui o direito de ver minha irmã sempre que quisesse, e Hendrix tolerava o Chad. A vida enfim havia se encaixado.

Os últimos dois anos talvez tivessem valido a pena.

Eu havia acabado de sair do telefone com Gracie quando entrei na sala. Tanto Zepp quanto Hendrix estavam focadíssimos na televisão.

Passei pela árvore de Natal com os pisca-piscas coloridos e me larguei no sofá ao lado de Hendrix.

— A que estamos assistindo?

— Alguma merda idiota que o Zepp colocou.

Da poltrona reclinável no canto da sala, Zepp olhou feio para o irmão.

— Se chama *A centopeia humana*.

Meu foco voltou à tela bem quando um cara costurava os lábios de uma pessoa ao cu de outra.

— Mas que porra é essa, Zepp?

— Vai me dizer que não é divertido — ele diz, soprando outra nuvem de fumaça pelos lábios. — O cara é um psicopata dos bons.

— Igualzinho à sua namorada ruiva e sem alma.

Hendrix gostava de fingir que odiava a Monroe, mas eu não achava que ele poderia odiar alguém que fazia o irmão dele feliz. Ele até mesmo havia roubado uma fadinha de Natal de cabelo vermelho e a batizado de Ruiva.

— Seja bonzinho — falei, ao bater na sua coxa.

Ele agarrou a minha mão e a colocou na virilha.

— Vou te dar um pouco de bonzinho.

Zepp gemeu.

— Dá para vocês dois calarem a boca para que eu possa assistir ao filme?

Bufando, olhei para a tela, e *ainda* estavam costurando cus a rostos.

— Assim, ele vai cagar na boca da mulher? Ela vai viver a base de bosta? E a última pessoa na corrente de merda vai morrer? São tantas perguntas.

Hendrix me cutucou.

— Como é possível eles engolirem esse bosteiro todo sem se engasgarem no próprio vômito?

— O enredo não foi muito bem pensado.

— Quanto você quer apostar que o roteirista se inspirou no *2 Girls 1 Cup*?

O volume aumentou, e música de suspense tomou a sala.

— Parem de falar — Zepp disse.

— Eu comi a Lola na sua poltrona hoje de manhã — Hendrix contou. — Você está sentado nos nossos fluídos.

Zepp tacou o controle remoto no irmão antes de se levantar da poltrona e ir para a cozinha.

— Considere revanche por todas as vezes que você profanou a nossa cozinha com o rabo de hiena da Ruiva.

— Cadeia. Eu quero voltar para a cadeia — ele gritou, antes de bater a porta dos fundos.

Bufando, me deitei e coloquei a cabeça no colo de Hendrix. Os dedos dele deslizaram pelas mechas emaranhadas do meu cabelo. Tudo nele sempre foi caótico e imprevisível, mas eu vivia por esses momentos tranquilos em que éramos só nós dois.

— O Zepp foi embora — falei. — Por que a gente ainda está vendo isso?

— É tipo um acidente de carro. Te deixa mal, mas você não consegue afastar o olhar.

Mais alguns minutos daquele filme horroroso se passaram antes de Hendrix parar o cafuné.

— Eu tive uma ideia para as rifas.

A gente as estava fazendo toda semana, ganhando muito mais dinheiro do que eu ganhava roubando carros, e era *quase* dentro da lei.

Eu me virei de costas e olhei para ele.

— Sim?

— Estou pensando em arranjar uma bolsa de marca para rifar na luta dessa semana.

Ele havia ido de jogos de futebol americano para lutas e qualquer arrecadação de fundos que pudesse encontrar. Mas, de todas as coisas… tentei entender por que aquele cérebro insano havia escolhido uma bolsa.

— Por que uma bolsa de grife?

— Por que não? Mulheres gostam de coisas de marca. E tem um outlet da Coach em Barrington. — Ele não estava errado, mas…

— Como você vai roubar algo assim? — Deslizei a mão por debaixo da sua blusa, acariciando distraidamente a pele quente lá dentro. — Essas lojas de grife têm seguranças. Com dois olhos funcionando. E as bolsas têm alarme.

— Não estou falando de roubar uma. — Um sorriso se ergueu em seus lábios bem quando um grito alto veio do filme. — Passei no outlet hoje mais cedo. Está por cento e sessenta na liquidação, mas o preço cheio é quatrocentos dólares. A gente tem ganhado um bom dinheiro com utensílios de cozinha. Aposto que conseguimos ganhar umas seiscentas pratas com uma bolsa de marca.

Puta merda. Ele estava falando sério. Tinha pesquisado preços e tudo. Eu me sentei no sofá e o olhei nos olhos.

— Você está falando em fazer algo… dentro da lei?

— Não diga desse jeito. — O pisca-pisca mudou para azul, lançando sombras em seu rosto conforme ele dava de ombros. — Faz parecer errado.

Todo mundo enchia o saco de Hendrix por ele ser idiota, mas, na verdade, ele era bem inteligente. Sorrindo, pressionei os lábios nos dele.

— Estou orgulhosa de você.

— Você ainda vai me amar se eu não for um criminoso? Sei que o garoto problemático mexe contigo.

Ele mexia comigo.

— Gato — eu me arrastei para o seu colo e beijei sua mandíbula —, acho que você não precisa se preocupar ainda com arranjar uma auréola.

— Eu vou pôr a porra de uma auréola em você. — Ele mordeu meu lábio antes de me jogar no sofá.

Eu ri. Aquilo nem fazia sentido, mas não precisava. Era Hendrix. Ele levou a mão ao cós da calça do meu pijama, e eu o detive.

— Zepp vai voltar a qualquer segundo — pontuei.

Ele levou as mãos às costas e pegou um cobertor puído no sofá e nos cobriu.

— E vai voltar por onde veio.

Os faróis de Chad iluminaram a velha varanda ao dar ré diante da casa de Hendrix. Gracie disparou ao redor dele e foi em direção à porta, loucona de algodão-doce de menta e alegria natalina.

— Cem dólares. Só para ela ver o Papai Noel? — Hendrix me encarou, e nuvens brancas de ar passaram por seus lábios.

— O Sr. Lancaster obviamente não sabe quanto custa um algodão-doce. Mas trinta pratas por uma foto com o Papai Noel... talvez você devesse se fantasiar ano que vem. — Ri ao pensar nele com as calças justas e listradas de elfo.

Hendrix destrancou a porta, e Gracie entrou correndo no segundo que ela se abriu. Era a primeira vez que os Lancaster a deixavam vir aqui. Tê-la em casa era nostálgico, e parecia certo. Completo.

— Você ouviu o Vaginelson dizer para onde estava indo, né?

— Para o Kyle?

Ele ergueu uma sobrancelha ao atravessar a porta.

— Aposto dez dólares e um boquete contigo que eles estão transando.

— Chad e Kyle? Tenho quase certeza de que Kyle é assexual. — Eu nunca o vi olhar para ninguém, embora ele corasse e ficasse ainda mais esquisito perto de Chad. Talvez...

Risadinhas vêm lá da sala conforme tirava meu casaco puído, e o som era seguido pelo gemido de Zepp. Se eu tivesse que dar um palpite, diria que Gracie o estava escalando.

Hendrix passou a tranca na porta.

— Quando ele vier pegar a Gracie, vou perguntar se Kyle ronrona igual ao Chewbacca quando goza.

— Ai, meu Deus. Não quero pensar nos sons que Kyle faz. — Joguei o casaco no corrimão. — É tipo você pensando no Zepp. Nojento.

— Não consigo acreditar que pensei que você estivesse dando para aquele… — O olho dele contraiu ao lutar contra a necessidade de terminar a frase. Dei um soco nele. — Amigão seu.

— Muito bem, gato. — Dei um beijo nos lábios gelados dele e o deixei lá no corredor, tirando todos os casacos.

Conforme eu suspeitava, encontrei Gracie subindo nas costas de Zepp lá no sofá e enfiando um gorro de Papai Noel rosa, cheio de glitter e de estampa de zebra no cabelo escuro dele.

Sorri para Zepp.

— Está se divertindo, Zangado?

— Estou tolerando o gorro porque é ela. — A atenção dele foi para a porta. Uma de suas sobrancelhas escuras disparou para cima quando Hendrix passou desfilando pela árvore de Natal com uma bolsa preta e elegante da Coach pendurada no braço, como se estivesse prestes a entrar em uma passarela.

— Por que você está usando uma bolsa? — Ele olhou para mim, depois apontou para Hendrix. — Por que ele está usando uma bolsa?

— Ele *comprou* a bolsa. — Dei ênfase à palavra porque, bem, ele comprou algo que custava mais do que cinco pratas.

Um olhar de pura confusão varreu o rosto de Zepp enquanto Gracie afofava a bolinha de algodão na ponta do gorro.

— Como é que é?

— Olha. — A bolsa pousou na mesinha de centro. — Não questione a minha genialidade, chave de cadeia. — Hendrix atravessou a sala e pegou Gracie nas costas de Zepp. — Ele esteve na prisão, Gracie. Não toque nele.

— Mas todo mundo já está em uma prisão. — Deus, Barrington não arrancou aquela pérola de sabedoria dela.

Fui para a cozinha e fiz chocolate quente enquanto os meninos distraíam minha irmã louca por princesa e doidona de açúcar. Eu estava pondo o leite na mistura quando Hendrix entrou e pegou um, sem leite. Ele deu um bom gole e logo cuspiu tudo de volta na caneca e abanou a boca.

Balancei a cabeça.

— Quantas vezes vou ter que te dizer para soprar sua comida antes de enfiar na boca? — Pelo menos duas vezes por semana.

— Primeiro. Não é comida; é bebida. — Ele pegou um papel-toalha,

Nenhum **ROMEU**

251

molhou, depois passou na língua como se fosse adiantar alguma coisa. — E soprar não faz esfriar.

— E passar papel-toalha na sua boca aniquilada adianta?

Peguei as outras três canecas e as levei para a sala. Hendrix veio atrás de mim, com sua bebida pelando.

— Por quanto tempo eu devo ficar soprando para esfriar essa coisa o bastante e não queimar a língua? — ele pergunta. — Três minutos? Estou com sede. — Ele tomou outro gole, engoliu, depois sugou ar. — Não tenho três minutos.

— Você queimou mesmo a boca de novo só para provar seu ponto de vista?

Ele inclinou o queixo e bateu o punho no peito.

— A dor me faz me sentir homem.

Gracie pegou a própria caneca e olhou para ele.

— Você não se sente homem sempre?

Bufei e me aproximei dele, sussurrando em seu ouvido:

— Vamos ver se você vai se sentir muito homem quando não conseguir provar a minha boceta mais tarde.

Zepp resmungou e pegou a caneca.

— Se Hendrix for homem, eu sou o caraaaaaa... — ele olhou para Gracie o encarando como se a palavra seguinte não estivesse certa — do Olimpo.

Eu bufei. Eles sempre tentaram não xingar perto de Gracie porque ela era menina. Arlo, por outro lado, havia aprendido um sem-fim de palavrões à tenra idade de quatro anos. Principalmente com Hendrix.

Hendrix colocou desenho animado para Gracie. Ela pegou o chocolate quente e se sentou no chão bem diante da TV.

Ele se sentou ao lado do irmão no sofá antes de me puxar para o colo.

— A única coisa adorando o seu altar, Zeppelin, é o cão do inferno ruivo. Legal pra *car*...amba.

— A cadeia era melhor do que aguentar você.

Hendrix sorriu, aquelas covinhas lhe dando um ar enganosamente angelical.

— Está com saudade do Billy Bob te acariciando à noite?

O irmão soltou um bufo exasperado.

— Por que você foi nascer?

— Porque você era uma decepção tão grande que nossa mãe precisou engravidar um mês depois só para produzir a perfeição. — Ele tomou um bom gole da bebida escaldante. Sem sensação, sem sentimento. — E um com um pinto maior… — seu olhar vagou para a minha irmã, e ele franziu a testa — um piu-piu? — Apontou para o peito, cheio de orgulho.

Ele era um idiota, mas, Deus, eu o amava. Amava tudo nessa carnificina. Nessa família.

Nenhum **ROMEU**

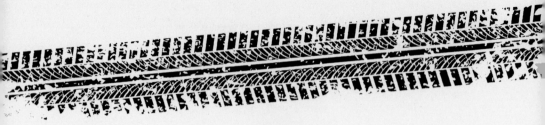

40

HENDRIX

Quando contei a Wolf mais cedo que eu tinha me inscrito para o provão, ele me deu um tapa nas costas e disse ter sido uma atitude inteligente para uma ameba humana.

Razão pela qual ele mereceu que sua caminhonete fosse roubada. De novo.

Abaixei a caçamba e coloquei uma jarra de vidro lá quando a vigésima quinta mensagem chegou.

> Rolha de Poço: Sei que você roubou a minha caminhonete, Hendrix.

> Eu: Peguei EMPRESTADO. Porque eu vou devolver depois do trabalho.

E silenciei o telefone.

Lola, usando casaco e cachecol, rodeou a traseira do veículo e encostou a placa feita à mão na caçamba.

> 1 por US$ 5,00
> 2 por US$ 8,00
> 3 por US$ 10,00

Do outro lado estava:

> *Rendimentos voltados para a equipe de Luta do Colégio Dayton.*

Ao longo do último mês, nós aperfeiçoamos esse... modelo de *negócios*. E eu usei essa palavra porque tinha toda a intenção de levá-lo a outro patamar. Legalização. Com um site e carrinho de compras. Talvez entregas em um dia. Tentar adivinhar qual prenda angariaria mais dinheiro era como uma dose de adrenalina indo direto recompensar o meio do meu cérebro. Eu queria dar a Lola tudo o que nunca tivemos. Coisas com as quais apenas sonhamos. Férias e jantares naqueles self-services mais legais que o normal onde a gente pode comer quanto quiser. Talvez eu até ganhasse o bastante para que ela fosse uma dessas mulheres que fazem as unhas de vez em quando. Para ter uma geladeira com gelo na porta...

Ela colocou a bolsa de grife ao lado da placa.

— Está pronto para ficar dentro da lei e essas merdas? — perguntou, depois sorriu para mim.

E, ao longo desses quarenta e oito dias, nada tinha feito esse pobre rapaz se sentir mais culpado do que quando aquela menina perfeita sorria. Ela simplesmente andava por aí fingindo que nada havia lhe acontecido. Deixando-me acreditar em uma mentira, provavelmente porque pensou que fosse a única forma de me salvar.

Eu não fazia ideia de como ela havia conseguido fazer isso por dois anos, porque passei umas poucas semanas tentando manter a cabeça no lugar e fingir que não estava arrasado e foi um verdadeiro inferno.

Um nó de ansiedade se formou no meu estômago, mas engoli aquela merda. Eu não achava que Lola fosse me deixar *se* ela descobrisse o que eu havia feito. Piraria? É claro. Mas me largar...

Um monte de carros parou no estacionamento, desviando meu foco dos meus pensamentos.

Portas bateram, e um grupo de mulheres usando o uniforme do Colégio Casperville saiu de uma das caminhonetes.

— Ligue esse seu charme de garoto problemático e vista seu ar decidido. — Lola cutucou as minhas costelas antes de trocar a placa que dizia "Apoie Dayton" pela de "Apoie Casperville".

Forcei meus pensamentos para venderem as rifas da bolsa. Porque eu queria que ela fosse feliz. Segura e feliz.

Nenhum **ROMEU**

— Olá, senhoras. — Afaguei o couro macio da bolsa. — Quer uma chance de ganhar essa elegante bolsa nova da Coach?

Localizei uma me olhando e dei uma piscadinha.

— Cada mãe de Casperville vai sentir inveja de você com essa coisa chique pendurada no ombro.

Cada uma delas pagou dez dólares. E assim o fez o grupo seguinte. E o seguinte. Era dinheiro fácil.

À altura em que todo mundo já havia entrado, a gente tinha mais de mil pratas em mãos. Mais de mil pratas de dinheiro honesto.

Encarei a pilha de notas amassadas, e uma verdadeira sensação de orgulho inchou o meu peito. Nunca, na minha vida, ganhei dinheiro honesto.

— Conta. — Entreguei as notas para Lola, e ela conferiu o dinheiro.

— Mil e trinta e duas pratas — ela disse, depois pressionou os lábios nos meus. — Estou tão orgulhosa de você. Tipo orgulhosa *de verdade*. Entra na caminhonete.

Nunca me movi tão rápido.

Lola foi para a parte de trás do veículo junto comigo, abaixou o cós do meu jeans enquanto puxava meu pau ao mesmo tempo.

Antes que eu conseguisse dizer qualquer coisa, seus lábios quentes me envolveram.

— Porra, Lola. — Agarrei a parte de trás de sua cabeça, e joguei a minha para a janela enquanto ela me engolia.

— Você gosta dos meus lábios no seu pau, gato? — Ela moveu a língua pelo piercing alojado na cabeça.

Minha perna se contraiu, o calcanhar atingiu o chão.

— Gosto, porra...

Ela foi até chegar à base da minha rola. E quando aquele barulhinho engasgado ressoou por sua garganta, eu estoquei em seus lábios molhados com um gemido. Aquilo ali era a definição de felicidade.

Soltei seu cabelo e agarrei a beirada do assento para me impedir de perder completamente a cabeça e foder a boca de Lola até cansar. E aí ela fez aquela coisa com a língua, passando-a ao redor da cabeça.

Bastou um ínfimo roçar de dentes. Arrepios dispararam por minhas veias, minha bunda arqueou para fora do assento conforme eu segurava sua cabeça de novo.

— Deus. Eu vou gozar.

Fui empurrar seu rosto, mas ela simplesmente me levou mais fundo.

— Merda... — Descarreguei em sua garganta, com músculos se contraindo, e meu pau se contorcendo antes de ela o soltar com um estalido.

Meu corpo chegou quase a derreter no assento conforme eu lutava para recuperar o fôlego.

— Sabe do que estou orgulhoso de verdade? Do jeito que você chupa a minha rola.

Lola se sentou e limpou os cantos da boca.

— Quer ficar orgulhoso do jeito que eu trepo contigo?

Eu a agarrei pela nuca e puxei seus lábios para os meus.

— Eu vou te mostrar o que é orgulho...

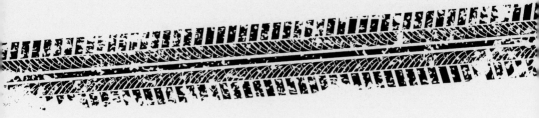

41

LOLA

Chad se aproximou do bairro onde morava e parou o carro em um cruzamento. Espiei a janela da casa ao nosso lado. Uma mulher de vestido preto caminhava até um carro, seguida por ninguém mais ninguém menos que o babaca do Ethan Taylor. Eu quis mostrar o dedo do meio para ele, mas aí reparei no terno preto, nos ombros caídos e, enfim, nas lágrimas em seu rosto, que consegui enxergar mesmo daqui.

Eu não dava a mínima para aquele otário, mas...

— O que aconteceu com o Ethan?

— O pai dele morreu.

O pai dele... O som da estática preencheu a minha cabeça, e meu estômago despencou.

— Que triste — eu suspirei.

Chad bufou e freou em uma placa de pare.

— Não, é carma. O cara era pedófilo. Ninguém queria aquele homem como vizinho. — Uma apatia gelada me varreu enquanto eu tentava processar o que ele dizia.

Eu nem sequer sabia que Johan havia sido solto. Era para eu ter sido avisada. Era para eles terem me notificado...

— Eu me sinto um pouco mal pelo Ethan, mas não pelo merda do pai dele — Chad falou, mas não ouvi o que veio depois. — Lola? — Chad virou a caminhonete em frente à casa dele. — Você está bem?

— Estou. — Minha voz saiu engasgada e rouca. — Eu, é. Não me sinto bem. Você pode me levar para casa?

Ele franziu as sobrancelhas.

— Quer que eu te leve ao médico?

— Não. Só preciso ir para casa.

Um olhar de suspeita atravessou seu rosto, provavelmente porque eu nunca dispensava uma chance de ver Gracie, e odiava decepcioná-la, mas ele assentiu e deu a partida de novo.

Fizemos o trajeto de volta para Dayton em silêncio. Não consegui deixar de me perguntar se ele conseguia pressentir o colapso nervoso fervilhando na superfície da minha mente. Se fosse o caso, ele não disse nada.

— Me manda mensagem mais tarde e me diz se está melhor?

— Claro. — Fechei a porta e entrei em casa, agradecida por Hendrix ainda estar no Bellamy.

Por mais que eu quisesse que ele me puxasse para seus braços e fizesse tudo melhorar, eu não conseguiria fingir nesse momento. Embora achasse que, no momento, não fosse mais necessário.

Eu não tinha mais nada a esconder. Meus segredos haviam morrido com Johan Taylor.

Lágrimas silenciosas escorreram pelas minhas bochechas quando me sentei na beirada da cama. A razão delas? Eu não sabia... eu só estava em choque.

O homem que tinha me estuprado estava morto. Então por que não senti alívio?

As cicatrizes que ele deixou em mim queimaram à mera lembrança do nome dele nos lábios de Chad.

Eu me deitei nos lençóis do Homem-Aranha de Hendrix e abracei Sid junto ao peito até que minhas lágrimas secaram e a luz do sol que vertia pela janela praticamente desapareceu. Até eu perder toda a capacidade de sentir qualquer coisa que não fosse esse torpor feliz.

A porta da frente se abriu. Vozes vieram lá de baixo minutos antes de a porta do quarto se abrir.

— Pensei que você fosse estar com a Gracie.

— Eu não estava me sentindo bem. — Não era uma mentira deslavada. Eu me sentia péssima. Enjoada. Entorpecida. Poderia ter contado a Hendrix sobre Johan, eu acho, mas a gente estava bem, feliz... e havia passado dois anos mentindo para ele.

Uma mentira que havia estraçalhado a nossa vida.

E se, depois de todo esse tempo e tudo pelo que passamos, fosse isso que o faria dar as costas para mim? Aquele pensamento me arrasou.

Hendrix se sentou ao meu lado na beirada do colchão, afagando meu cabelo para longe do rosto. Eu não confiava em mim mesma para olhar para ele sem acabar me partindo ao meio.

Nenhum **ROMEU**

— Você sabe que eu não gosto de quando você mente para mim.

E eu odiava mentir para ele depois de todas as meias-verdades, mas não estava pronta para tocar no assunto, para arriscar perdê-lo.

— Eu estou enjoada.

Ele se deitou ao meu lado, o aroma cítrico e de pinho acalmou meus nervos em frangalhos. Agarrei-me a esse rebordo emocional com unhas e dentes, e precisei me segurar firme para não desmoronar no instante em que ele me puxou para os braços.

— Sinto muito, Lola Cola. — Os lábios dele pressionaram a minha testa, e eu fechei os olhos, absorvendo seu calor que pareceu puro sol no meu rosto.

— Como está o Bellamy? — perguntei, só para impedir que ele fizesse mais perguntas, para me impedir de cuspir mais mentiras.

— O idiota que sempre foi. Drew quer fazer alguma bobagem de festa de Natal sacana. — Ele balançou a cabeça, e a barba por fazer roçou a minha testa. — Ela e aquela merda de menina rica.

Geralmente, eu daria corda e tentaria permitir que a conversa sem pé nem cabeça me distraísse, mas tudo estava sem brilho, encoberto por uma nuvem escura.

— Tenho certeza de que vai dar tudo certo, gato — disse, e as palavras pareceram vazias.

Ele puxou o edredom sobre nossos ombros, me envolvendo em seu corpo. Eu estava errada ao pensar que estaria melhor sozinha nesse momento. Esse era o *único* lugar em que eu queria estar.

Dedos passaram pelo meu cabelo conforme eu escutava a batida forte de seu coração.

— Eu estava pensando em abrir um negócio de verdade com essa porcaria de rifa — ele disse. — Mandei uma mensagem para o Kyle *Star Wars* e perguntei se ele faria um site.

Aquilo quase me fez sorrir.

— Por que você não chama o garoto só de Kyle?

— Por que o céu é azul e não marrom-cocô? Algumas coisas são como são, Lola.

Bufei.

— Você deveria fazer o site. Você é bom nisso. — Deslizei a mão pelo meu nome tatuado em suas costelas e cheguei mais perto. — Você é bom em tudo. — Em me fazer sorrir, em me amar... em me fazer esquecer.

— Eu quero ser muito bom em cuidar de você.

— Você já é.

Ele cuidava de mim emocional, fisicamente... Ele que me fazia manter a sanidade no momento, mesmo que não soubesse.

— Cuidar de você tipo tirar-a-gente-de-Dayton. Talvez algum dia viajar para Atlanta. Ou para Nashville.

Era um sonho bacana, e eu queria que Hendrix se agarrasse a ele.

O garoto nunca havia saído de Dayton, nunca tinha ido além de Casperville. O acolhimento familiar havia me levado para o outro lado do estado, e eu não queria dizer a ele que era tudo uma merda, não importa para onde você fosse.

Qualquer lugar em que ele não estava era uma merda. Eu teria vivido em uma vala de drenagem e teria sido feliz desde que estivesse com ele, mas que mal sonhos poderiam causar?

— Sempre quis ver a Bourbon Street — falei.

— É um sonho de verdade, não é? Imagine nós dois. Supermetidos e essas merdas lá em Nova Orleans. — Ele passou uma mão pelas minhas costelas. — Mas seria bem capaz de a gente ir parar na cadeia. Então precisamos economizar para a fiança.

— Bem capaz. — Eu sorri. — Tipo Bonnie e Clyde.

Ele colocou um dedo sob o meu queixo e inclinou meu rosto para o dele.

— Meu correr ou morrer.

Então ele me beijou, e percebi que, pelos últimos poucos minutos, eu havia esquecido tudo que não fosse ele.

Era o que Hendrix fazia. Ele me fazia esquecer, me fazia sorrir. Fazia meu mundo melhor.

— Eu amo você, Hendrix. — Suspirei em seus lábios. — Tanto.

E não poderia perdê-lo de novo.

Depois que Hendrix dormiu, eu me deitei lá por muitas horas, minha mente girava e girava e girava. Quando superei o choque inicial de tudo, comecei a me perguntar...

Rolei para longe de Hendrix e peguei meu telefone na cômoda. Primeiro procurei pela data em que Johan foi solto. Dezesseis de dezembro.

Há menos de uma semana. E aquilo pareceu perfeito demais, coincidência demais.

Eu me virei no travesseiro e olhei para ele, o brilho fraco da tela do telefone brincava em seu rosto bonito. Será que ele conseguiu descobrir de alguma forma?

Não, nem eu tinha ficado sabendo, e era para eu ter ficado sabendo. O homem era um agressor sexual. Um sem-fim de pessoas o quereria morto.

Em seguida, pesquisei o nome dele no site de notícias local.

Johan Taylor, agressor sexual recém-liberto, foi encontrado morto em sua residência, em Barrington, no dia dezessete de dezembro. Ele morreu por envenenamento por monóxido de carbono causado por um vazamento de gás...

Passei os olhos pelo resto do texto.

Ele foi a única vítima, pois a família passava férias em Aspen, Colorado.

Soltei um suspiro, e a tensão diminuiu em meus ombros.

Um vazamento de gás. Parecia que o carma havia chegado mesmo para aquele filho da puta. Vinte e quatro horas depois de ele sair da prisão.

Johan estava morto, e poderia levar todos os meus segredos para o túmulo.

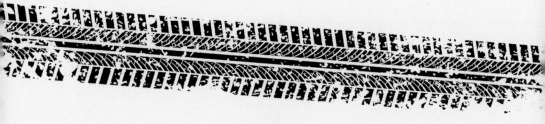

42

HENDRIX

Meu sono noite passada foi entrecortado. Porque Lola sabia. E se ela não sabia, sabia, então sabia de alguma coisa. Eu queria muito que ela me dissesse a verdade sobre o que havia acontecido. Talvez fosse egoísmo da minha parte.

Porque não importava. Eu a amei mesmo quando pensei que ela havia me traído; e a amava agora. Eu a amava apesar de tudo.

Talvez nós dois passemos o resto da vida tentando proteger um ao outro de segredos que dizem respeito àquela merda.

Lola agarrou minha mão quando chegamos à porta dos Lancaster, uma porta dupla, porque eles eram ricos, e fui forçado a deixar os pensamentos para depois.

— Nada de xingar — ela disse.

Minha cabeça virou de supetão, minhas bolas estavam congelando lá naquele frio.

— Você está de sacanagem comigo, porra?

— Isso mesmo. E nada de roubar.

Bufei. Como se eu fosse roubar algo deles. Essa gente amava a Gracie, e Chad era legal agora que eu sabia que a rosca que ele estava queimando era a do Kyle-Obi-Wan em vez da de Lola.

— Só se comporte. — Ela me deu um selinho. — O máximo que você for capaz. — E então tocou a campainha.

Chadwick Vaginelson atendeu a porta e nos levou até o resplandecente foyer de mármore deles. A árvore de Natal da família era tão alta quanto a minha casa, e com presentes saindo pelo ladrão, tudo embrulhado em papel brilhante, combinando e caro.

Tudo o que eu pude ver era dinheiro vivo e oportunidades. Porque você poderia tirar um ladrão de Dayton, mas não dava para colocá-lo em Barrington sem que ele quisesse roubar alguma coisa.

Lola se inclinou para mim.

— Nem sequer pense nisso.

— Cheira a alfazema e oportunice.

Ela fez careta, e a belisquei nas costelas.

— Eu sei. Eu sei — falei, dando um beijo em sua bochecha. — É oportunidade. Me dá a po... — *Não xingue. Não xingue, seu filho da mãe desgraçado!* — um tempo.

Passos soaram por um dos corredores antes de Gracie virar em disparada e ir direto para as minhas pernas.

— Rei Bunda Mole!

— Princesa Tontinha. — Fiz uma mesura antes de pegá-la no colo. Chad grunhiu.

— Minha mãe vai amar isso.

— A catinga de Dayton vai estar forte essa noite, Chadwick. — Bati uma mão em suas costas, e ele se desequilibrou um pouquinho. Segurei o impulso de perguntar a ele sobre Kyle e seu rabo ronronante de Chewbacca.

Gracie cheirou a minha camisa, jogou a cabeça para trás e olhou para mim.

— Você não fede, Hendrix. Você cheira bem. — Então ela pulou para baixo e abraçou Lola. — Diz ao Rei Bunda Mole que ele cheira bem.

Lola farejou ao meu lado.

— Isso vai ser um espetáculo do car... caramba.

Sr. e Sra. Tio Patinhas apareceram, sorrindo. A mãe deu um passo à frente e estendeu a mão.

— Eu sou a Emma. É um prazer finalmente te conhecer, Hendrix.

Lutei contra a careta que queria assumir a forma do meu rosto quando apertei a mão dela, depois a do Sr. Patinhas.

Lola havia jurado que eles eram legais, mas era a primeira vez que eu os via. Para não mencionar que nunca pus o pé em uma casa de Barrington sem a polícia ser chamada para me pegar. O que, em minha defesa, fazia muito sentido. Mas essas pessoas estavam sorrindo para mim como acontecia na cena de abertura de um desses filmes de terror de baixo orçamento. Um em que o casal desconhecido recebe um convite para um jantar apenas para ser morto e ter a carcaça espalhada na mesa para algum ritual de gente rica.

Apertei a mão do homem.

— É um prazer te conhecer também.

Quando ele saiu, Lola me cutucou nas costelas com tanta força que eu quase tossi.

— Por que você fez isso? — sussurrei, no caminho para a imensa sala de jantar perto do foyer.

— Você está olhando para eles como se precisasse cagar. Eles não estão prestes a matar você e usarem a sua pele.

Ela me conhecia bem demais.

— Como é que vou saber que eles não vão fazer isso? — Olhei para a imensa mesa de jantar já posta com porcelana chique e garfos demais. Quem precisava de tantos garfos? Coloquei os lábios perto da sua orelha, e senti o cheiro de pêssego. — Isso está mesmo me passando uma vibe de Hannibal Lecter.

— Eles são legais. *Seja* bonzinho. — Ela me pegou pela mão e me puxou para a mesa, me enfiando em uma das cadeiras chiques ao seu lado.

Gracie se sentou do meu outro lado e pegou a minha mão quando o Sr. Lancaster se levantou à cabeceira da mesa.

— Vamos orar?

Eu me inclinei para Lola.

— Que a alface nos abençoe. — Essa devia ser a primeira vez na minha vida em que eu...

Gracie fez *shh* para mim, depois passou a mão pelo meu rosto para que eu fechasse os olhos quando o Sr. Lancaster/Papai Patinhas começou a orar sobre comida abençoada e sustento e algo sobre mãos. E no segundo que provei a comida, pensei que talvez eu devesse começar a orar se fosse comer merdas assim toda vez.

Quando chegamos em casa depois do jantar, Lola foi para o banheiro tomar banho, e fui para o quarto do Zepp.

Ele ergueu os olhos da gaveta de sua escrivaninha antes de eu fechar a porta às minhas costas.

Uma expressão preocupada se assentou em seu rosto quando ele recostou na cadeira.

— Você está bem?

— Sim.

Ele apontou a cabeça para o corredor além da porta fechada do quarto.

— Ela está bem?

Passei a mão pelo cabelo e respirei fundo.

— Acho que sim.

Ela parecia bem, mas, bem, ela tinha *parecido* estar bem quando nada estava. Aquele nó de ansiedade apertou meu peito de novo, e eu andei para lá e para cá no quarto atravancado de Zepp.

— Eu odeio ter te envolvido nessa merda.

Parei de andar para lá e para cá e encarei o abajur de dançarina de hula na mesa de cabeceira. Estava tudo bem. Eu sabia que estava. Tinha que estar, mas o nervosismo estava me pegando de jeito. Feio.

Ele suspirou, batendo o lápis sobre a mesa.

— Você não me envolveu em nada. Ela é como se fosse minha irmã.

Segundos se passaram quando a realidade me atingiu com força. Eu não deixei Zepp fazer nada que o metesse em problemas, mas ele sabia. Ele havia me ajudado a pensar em um jeito de me safar. Me ajudou a ter certeza de que Ethan e a mãe não estariam em casa.

— Eu entendo, Hendrix — disse.

Minha atenção se afastou do abajur para o rosto preocupado do meu irmão. Ele encarava o desenho com a testa franzida.

— Quando você tem alguém que te faz querer viver… você faz de tudo para consertar as coisas. Eu tinha a intenção de matar o Harford com aquele taco de beisebol. O destino que não permitiu. — O olhar dele encontrou o meu. — Você fez a coisa certa. — Então ele pegou o lápis e passou a ponta colorida pela página. — Uma coisa que eu aprendi na prisão é que todo mundo tem seus segredos.

Verdade. Mas alguns — o nosso — eram piores que outros.

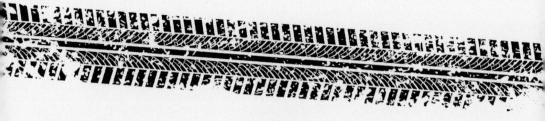

43

LOLA

Era véspera de Natal, e pela primeira vez desde que eu podia me lembrar, eu estava animada para as festas.

A gente tinha conseguido dinheiro o bastante naquela última rifa para consertar o teto, o empreiteiro começaria em janeiro, e até mesmo compramos um tender e alguns presentes.

Eu tinha acabado de prender o durex no papel de presente quando passos soaram nos degraus e entraram na sala. Olhei por cima do ombro e vi Hendrix, a quem eu tinha dito para ficar lá em cima enquanto eu embrulhava o presente dele. O cara era igual criança.

— Você tem sorte por eu ter acabado de embrulhar o seu presente, ou eu teria que te dar um soco no saco.

Ele cobriu o pau com a mão.

— Você jamais machucaria a minha espada de heroísmo. É a Excalibur, e você é a minha pedra.

— Eu sou a sua pedra... uau.

— Quis dizer de um jeito bom. — Ele passou a mão pelo meu cabelo, massageando meu couro cabeludo. — Uma pedra quente e molhada da qual eu quero entrar e sair pelo resto da vida.

— Que bom. — Coloquei a caixa embrulhada debaixo da árvore. No segundo em que fiquei de pé, os braços deles me rodearam por trás, os lábios varreram o meu pescoço.

— Vamos lá, preciso te mostrar uma coisa.

— Agora? — Estava ficando escuro lá fora. E frio. — A gente deveria assistir a um filme com Monroe e Zepp quando eles voltarem.

— Você sabe que vai ser *A centopeia humana*. Quer mesmo assistir àquilo de novo?

— De jeito nenhum. A Monroe vai vetar aquela merda.

— Ruivas não têm direito a voto. Então ou é costurando boca a cu ou eu e você no escuro. — Ele me arrastou para a porta, então pegou meu casaco no gancho e o jogou para mim. — Não vai demorar.

Era sexo. Com certeza. E eu sempre estava aberta a uma rapidinha. Enfiei os pés nos All Star surrados e o segui para o frio congelante. Eu não ia tirar a roupa lá fora…

— Para onde estamos indo?

Seus dedos envolveram os meus quando ele me puxou para descer os degraus da varanda.

— Não faça perguntas.

— Hendrix. É você. Eu estou sempre me perguntando por quê.

Nuvens cinzentas pendiam carregadas no céu noturno conforme ele me conduzia pela rua.

— Bem, talvez você não devesse questionar a minha genialidade, Lola Cola. Pouco provável.

Nós viramos na outra rua e fomos em direção à casa abandonada do Velho, nossa respiração condensava diante do rosto.

Os sapatos esmagaram o quintal coberto de gelo quando demos a volta na lateral da estrutura em ruínas, bem no lugar do bosque onde a nossa casa da árvore costumava ficar.

Na verdade, eu pisquei, onde ela estava *agora*, luz fraca vinha dos galhos escuros do carvalho.

— Você a reconstruiu — eu me engasguei, tentando não chorar.

— E você tirou sarro da minha cara por dizer semântica… Ainda assim, aqui está você, declarando a droga do óbvio.

Eu lhe dei uma cotovelada nas costelas, e ele me puxou para mais perto das árvores.

Ele havia vindo aqui, um homem crescido, e reconstruído uma casa da árvore de criança para mim. Sem nem mesmo perguntar. Eu não cheguei a expressar o quanto tinha ficado magoada quando ele queimou a velha casa, mas imaginei que Hendrix soubesse, da mesma forma que sabia tudo sobre mim.

Talvez fosse idiotice, mas eu era apegada àquela casinha caindo aos pedaços na árvore e ao menininho sujo que a havia construído. Eu havia lamentado a perda de todas as nossas mensagens, da nossa história, embora essa parecesse bem mais resistente que a antiga, com paredes mais retas e madeira que não estava apodrecendo.

O ar frio se arrastou pela minha nuca conforme eu o observava subir a escada de corda, então o segui lá para cima.

Do lado de dentro, havia uma pilha de cobertores no meio do chão. Pisca-pisca à pilha cobria as paredes nuas. Tudo era fresco, e novo, e limpo. Eu me arrastei lá para dentro, então me virei sobre a bunda para olhá-lo.

— Quando você fez tudo isso?

— Eu fui expulso... marginais têm todo o tempo do mundo. — Ele meio que riu antes de se sentar nos cobertores esfarrapados.

— Eu amei, Hendrix.

— Fico feliz. — Ele tirou um canivete do bolso e se afastou de mim. — Mas... — O arranhar da lâmina sobre a madeira imaculada ecoou pelo espaço diminuto, e eu não conseguia ver o que ele estava entalhando. — Eu odeio que perdemos todas as mensagens.

— Não preciso de mensagens para saber que você me ama. — Talvez quando criança eu precisasse, mas, agora, não.

O vento uivava lá fora, enviando um frio repentino pela casa na árvore.

— Mas elas significavam algo para você — ele disse.

— Só porque vieram de você. — Elas me lembravam do garotinho que eu sempre amei, do quanto significávamos um para o outro quando não significávamos nada para ninguém mais.

Terminando o que estava entalhando lá, ele fechou a canivete e o guardou no bolso antes de olhar para mim.

— Eu amo você. E quero que saiba que não importa o que venha a acontecer nessa vida, você vai me amar também.

Havia uma expressão de desconforto no seu rosto, uma que parecia demais com dúvida. Ele duvidava de mim?

— Você sabe que eu vou.

Aquele desconforto abrandou um pouco, um vestígio do seu sorriso presunçoso de sempre repuxou seus lábios.

— Pelo resto da sua vida?

— É impossível alguém superar você, Hendrix. — Olhei ao redor, para o pisca-pisca e as velas. — Então, sim, pelo resto da minha vida.

Ele se aproximou um pouco mais.

— Mesmo se eu ficar pobre pra cacete e não conseguir comprar nem uma blusa?

— Que bom que você é o melhor ladrão que eu conheço.

Nenhum ROMEU

Então ele se moveu para o lado. Meu olhar vagou para as palavras que ele havia entalhado na parede.

CASA COMIGO

Não foi uma pergunta. Uma declaração. Uma exigência.

Ele enfiou a mão no bolso e estendeu uma caixa com um anel verde brilhante bem no meio do veludo preto.

— Essa é a primeira coisa que eu não roubei para você — ele disse. — Porque troquei pelo meu violão há dois anos.

Engoli o nó na minha garganta. Ele havia guardado aquilo por dois anos… pode não parecer grande coisa para as pessoas, mas Hendrix tinha ficado desesperado. Ele poderia ter penhorado a aliança, voltado e pegado o violão de volta e, ainda assim, não fez isso. Ele havia guardado aquilo do mesmo jeito que fiz com Sid. Não havia a mínima dúvida de que eu queria passar cada minuto do resto da minha vida com esse garoto.

Eu queria gritar "sim", mas mordi a parte interna da minha bochecha e me impedi. Eu não podia.

Lágrimas se acumularam nos meus olhos enquanto eu olhava para aquele anel e percebia o quanto estávamos perto de ter tudo. Perto pra cacete… Eu estive disposta a viver uma mentira com ele, para protegê-lo, mas agora a única pessoa a quem eu estava protegendo era a mim mesma.

Ele me amava, o que queria dizer que ele merecia a verdade, e eu não podia prometer o para sempre para ele tendo a mentira como base. Respirei fundo e fechei os olhos.

— Eu preciso te contar uma coisa — sussurrei.

Segundos silenciosos se passaram enquanto eu tentava encontrar as palavras. Enquanto eu tentava abafar minhas emoções e me preparar para a raiva dele, talvez até mesmo para a rejeição…

— Eu já sei — ele falou.

Abri os olhos e reparei na expressão preocupada em seu rosto…

— Já sabe do quê?

Ele se aproximou e enredou a mão no meu cabelo.

— Eu deveria ter sabido que você não me trairia.

O som de portas de carro batendo e crianças rindo em algum lugar da rua subiu até a casa da árvore. Cada batida do meu coração parecia desencaixada, desigual, conforme o medo se assentava. Lutei contra a sensação.

Não tinha como ele saber. Como era possível? Mas o olhar arrasado no rosto dele...

— Eu sinto muito, Lola. — Lágrimas e dor se avolumaram em seus olhos azuis, e foi quando eu soube que ele *sabia*.

Foi quando minhas próprias lágrimas escorreram.

Tantas vezes eu quis dizer a verdade a ele, mas agora que eu encarava a realidade, estava com vergonha. Cada emoção horrível e de autoaversão subiu para a superfície até eu me sentir enjoada. Até eu me perguntar se ele se sentia também.

Eu me afastei e me recostei na parede úmida, lágrimas escorreram silenciosas pelas minhas bochechas, e Hendrix chorou comigo, com a caixa aberta da aliança ainda na sua mão.

— Não vou aguentar se você me deixar de novo, Lola. — As palavras dele foram sussurradas, dolorosas.

— O quê? — Chorei mais ainda. — Por que eu te deixaria?

Ele abaixou a cabeça, o pisca-pisca iluminou seu cabelo escuro quando ele se moveu pelo assoalho.

Ele parecia aos pedaços... cheio de culpa... Por que ele parecia culpado?

— Hendrix...

As peças se juntaram na minha cabeça, criando uma realidade que passei dois anos fazendo de tudo para evitar. Ele sabia. Johan estava morto. E Hendrix sabia que ele tinha me estuprado...

— Eu sempre vou proteger você, Lola. — Seu olhar encontrou o meu, e ele me olhou como se me amasse. Como se tivesse a coragem de matar por mim... — Não teria importado se eu nunca mais te visse. Se levasse dez, vinte ou trinta anos, se você tivesse se casado com alguém, no segundo que eu descobrisse, eu teria que fazer aquele homem pagar.

E eu não tinha sempre sabido disso?

— Foi por isso que eu menti — sussurrei.

— Sei disso agora.

E então o silêncio nos cobriu. O chirriar dos grilos soou lá fora. Em algum lugar ao longe, a melodia suave de uma velha canção de Natal ecoava noite afora. E a gente estava bem ali. Na casa da árvore, envoltos em nossos segredos.

Mas de que adiantou? De nada? Dois anos de mentira não haviam adiantado de nada.

Olhei para Hendrix, o menino que havia me protegido a minha vida toda. O menino que eu havia quebrado... Não. O menino que Johan havia quebrado junto com a menina que ele amava.

Se eu havia aprendido algo nos últimos dois anos era que não se podia alterar o passado. Em Dayton, não havia muito que qualquer um de nós pudesse fazer para mudar o futuro. Se Hendrix *tivesse* matado Johan, se ele tivesse sido pego, eu desistiria mesmo de mais um dia com ele?

Não, não desistiria. Eu não queria saber se ele havia feito aquilo. Eu não me importava com nada além da possibilidade de ele ser tirado de mim.

— Porra, Lola… — Hendrix usou a manga para secar as lágrimas do meu rosto, depois pegou minhas mãos frias na sua. — Não há um único dia desde que te conheci que não penso em você. Que não preciso de você. — Seu polegar afagou as minhas juntas. — Amar você é a única droga de coisa na vida que eu sei que não vai mudar. — Ele deslizou a aliança no meu dedo. — Não vou deixar você escapar. Não vou te deixar dizer não.

Ri através das lágrimas e encarei o anel.

Eu não conseguia me lembrar de uma época em que não tinha imaginado passar toda a vida com Hendrix. Quando ele não representava o para sempre. Isso não havia mudado, nem nunca mudaria, não importava o que ele fizesse. Porque ele jamais faria algo para me ferir. Ele sempre me protegeu e me amou. E isso era mais do que muitas pessoas tinham.

Ele segurou meu queixo e direcionou meu olhar para si.

— Nada mais de mentiras.

Toquei a testa com a dele.

— Nada mais de mentiras.

— Então, você vai ou não se casar comigo, Lola Cola?

Não consegui conter o sorriso.

— Vou.

E então ele me beijou como se não tivesse feito isso milhares de vezes antes. Como se mal pudesse esperar para me beijar mil vezes mais.

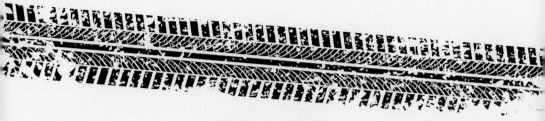

EPÍLOGO

HENDRIX

6 anos depois...

O sol de fim de agosto batia no deque da piscina ao lado da minha casa e de Lola. Eu odiava admitir, mas essa merda daria inveja em Barrington. Até mesmo Chadwick Vaginelson havia ficado impressionado quando trouxe Gracie, sua agora irmã adotiva, e Kyle aqui pela primeira vez. Gracie inclusive apelidou o lugar de Palácio Bunda Mole.

Tudo o que eu tinha a dizer era que o negócio das rifas havia decolado. Decolado a nível milionário. E todo mundo pensando que aquele taco de plástico havia matado todos os meus neurônios...

Zepp pegou uma cerveja no cooler antes de se largar em uma espreguiçadeira ao lado de uma Monroe miseravelmente grávida. Ela não tinha aquele brilho de futura mãe. Não igual a minha Lola.

Zepp jogou uma chapinha de cerveja em mim.

— Não consigo acreditar que você engravidou a Lola *de novo*.

De novo, como se quatro filhos fosse muita coisa. Ajustei Axel, nosso menino de um ano e meio, no colo, arrumando o chapeuzinho de dinossauro antes de olhar para a piscina. Lola estava de pé, com a barriga de grávida se destacando no biquíni sexy, tentando tirar um balde de brinquedo da cabeça de Ozzy, nosso filho de três anos.

Sorrindo, tirei a cerveja do alcance de Axel e apontei o queixo para a piscina.

— O plano é termos seis.

— Vocês são loucos — Monroe murmurou, recostando-se na espreguiçadeira e afagando a barriga.

— E você não tem alma.

Ao longo dos anos, aquele súcubo ruivo havia se enraizado em mim feito mofo em um trapo imundo. Eu até mesmo chegaria ao ponto de dizer que a amava. Mas jamais admitiria. Arruinaria tudo o que havia entre nós.

Olhei feio para ela, tentando não sorrir.

— Não precisa ficar toda putinha só porque os nadadores de Zepp levaram uma eternidade para penetrar seus óvulos de diabo ruivo folheados a aço.

Meu irmão fez careta para mim.

— O nome disso é contracepção, seu merda.

Movi meu filho no colo.

— O nome disso é ninguém te perguntou, seu babaca.

É, nem a idade nem o dinheiro me fizeram amadurecer. Eu não era vinho. Eu era uma cerveja aberta: não melhorava com o tempo.

Crew, nosso filho de cinco anos, disparou pelo deque da piscina, com boias no braço e uma de dragão ao redor da cintura.

— Olha, papai, eu sou um pelotinho de piscina! — gritou, antes de se lançar pela borda e espalhar uma onda impressionante de água sobre Monroe.

Secando a água do rosto, ela bufou.

— Qual é!

— Ei, cara — chamei Crew, tentando me esquivar da mão de Axel batendo na minha bochecha. — Da próxima vez, tenta acertar a tia Ruiva mais em cheio. Seu priminho está fazendo sua tia sentir calor.

Ele fez um joinha antes de sair nadando.

— Você é muito otário — Monroe disse.

Axel grunhiu, provavelmente dando um cagão na fralda.

— Você está preparando esse aí para a tia Ruiva, não é?

— Nem mesmo…

Um borrão rosa em forma de criança disparou pelo quintal, gritando. Seguido de perto por Bellamy e Drew.

— Não corra! — Bellamy gritou, balançando a cabeça antes de se sentar na cadeira ao meu lado. — Estou cansado pra caralho, e só tenho um. Como é possível você não estar morto, Hendrix?

— Eu amo essa merda, cara. — O punho grudento de Axel bateu na minha cara de novo enquanto eu apontava para a carnificina na piscina. — Estou criando um exército de balas de canhão, caralho.

— Você está criando? — Lola deixou Ozzy aos pés da minha espreguiçadeira, e ele vomitou em cima de mim na mesma hora. — *Nós* estamos criando. Mas esse aqui é todo seu. — Então ela me abandonou com o vômito e entrou em casa.

Movi Axel para impedi-lo de passar os dedos gordinhos no cereal desintegrado.

— Aqui — falei, passando Ozzy e sua cara suja de cereal para Monroe. — Você e seu coração gelado precisam de treino.

Monroe pareceu horrorizada.

— Não, Aurora. — Bellamy suspirou. — Não tire o maiô.

Um disparo rápido de dardos da arminha me acertou no peito. Crew soltou uma gargalhada e atirou em mim de novo.

— Segure o seu sobrinho — falei, e entreguei Ozzy para Zepp, que segurou o garoto como se ele fosse uma bomba de vômito.

— Isso é loucura… — Zepp bufou. — Criança para todo lado. Merda. Vômito.

— É a melhor parte da vida, cara. — Peguei minha blusa no chão molhado, amarrei na cabeça e sai em disparada para pegar a outra arminha e soltei um grito de guerra. — Tomara que esse seu dragão flutuante possa te salvar, filho — gritei, ao atirar algumas vezes, acertando o dragão na cabeça antes de mergulhar.

Joguei três rodadas de matar o dragão com ele e o resto das crianças, antes de Zepp me atingir na cabeça com uma lata de cerveja vazia.

— O jogo vai começar.

Olhei para a tela imensa que ficava na cozinha lá de fora, peguei Crew pela cintura e o tirei da piscina.

— Vamos, está na hora de assistir ao tio Wolf jogar aquela partida idiota de futebol americano.

— Vamos, porcos de Sweat! — ele gritou, socando o ar.

— É. Vamos, porcos de Sweat. — Peguei uma garrafa de champanhe no balcão do bar e a abri antes de me juntar ao resto da nossa família.

Pelo canto do olho, vi Crew derrubar um Ozzy agora nu no chão.

— Eu sou o tio Wolf, filho da fruta.

— Vocês os ensinaram a não xingar? — Bellamy ergueu uma sobrancelha.

— *Eu* ensinei, e Hendrix gosta de evitar levar socos no pau, então… — Lola se aproximou de mim enquanto eu servia uma taça de champanhe.

— Agora me diz, quem é a puta rica? — Drew perguntou.

— Eu sou um puto rico — entreguei a taça a ela —, tá bom? — Então passei o braço ao redor da minha garota e a puxei com força junto ao meu peito e a beijei. — Mas nada faz esse ex-pobre garoto se sentir tão rico como quando esta garota sorri.

FIM

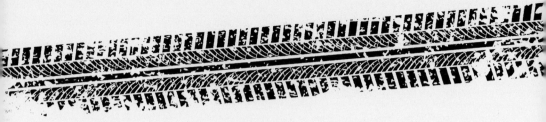

Quer ficar por dentro da história de Zepp e Monroe e saber por que ele foi parar na prisão? Vá ler *Nenhum príncipe*.

Sinopse:

Zepp Hunt não era o rei do Colégio Dayton. Ele estava no topo da cadeia alimentar. E eu era a próxima da fila para ser arrastada até o covil do leão. Ao menos era o que ele pensava...

As garotas boazinhas queriam domá-lo. As atiradas queriam ser corrompidas por ele. Todos se curvavam à sua presença. Quanto a mim?

Eu odiava Zeppelin Hunt com cada fibra do meu ser.

E era por isso que eu ficava longe do bad boy arrogante cheio de tatuagens, e antecedentes criminais.

Até que eu não pude mais.

Até que trocamos favores, e eu fiquei devendo a ele três meses da minha vida. Eu nunca pensei que terminaria na cama dele, e ao parar lá, tive que lembrar a mim mesma de que ele me odiava tanto quanto eu o odiava.

Até que eu não odiava mais.

Zepp Hunt não era nenhum príncipe, e eu me recusava terminantemente a ser sua donzela em perigo...

E de como Bellamy acabou com uma menina de Barrington e de por que o carro dele parece estar pronto para ir para o ferro-velho? Dê uma lidinha em *Nenhum santo*.

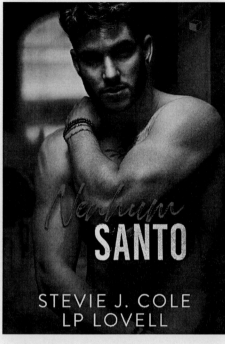

Sinopse:

Ele era o infame rei do Colégio Dayton. Eu era a princesa amargurada que foi expulsa do próprio reino. E estávamos em guerra.

Começou com uma mentira, um lance de uma noite só que deu muito errado. Embora eu soubesse que nada de bom sairia do meu encontro com Bellamy West, um bad boy muito gato de cidade pequena, eu não esperava que ele jogasse gasolina aos destroços já em chamas da minha vida. Só para depois recuar com um sorrisinho sexy nos lábios e me ver queimar.

E eu queimei...

Ele me fez ser demitida.

Eu o fiz ser preso.

Éramos inimigos até não sermos mais. Até um único toque ir longe demais, e eu me ver desejando cada palavra sacana. Cada promessa lasciva.

Bellamy West não era nenhum santo, e eu queria ser má.

Foda-se o Príncipe Encantado, escrevi minha história de amor com o vilão.

E, por causa disso, eu paguei...

Compre *Nenhum príncipe*:

Compre *Nenhum santo*:

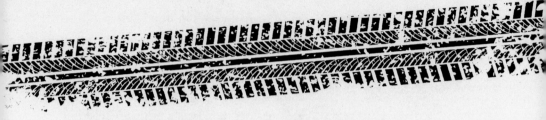

Se você gosta da série Dayton, vai gostar de *Herdeiro diabólico*.

Sinopse:

Ele está me arrastando para o inferno.

Algo tão errado não deveria causar uma sensação tão boa. Eu conheci o diabo aos 14 anos de idade. Mesmo ele sendo apenas uma criança, estava determinado a fazer da minha vida um inferno.

Aos 15 anos, eu o odiava.

Quando fiz 16 anos, eu me mudei para o mais longe que pude.

Desde que parti, minha vida tem sido simples – pacífica e tranquila. Eu não tinha a menor intenção de voltar à Skull Creek.

Até que a tragédia aconteceu e eu fui chamada de volta. Faz dois anos desde que vi o filho do meu padrasto. Eu esperava que ele tivesse mudado. Mas o diabo continua o mesmo. Ele é arrogante e implacável. Manda na cidade com mãos de ferro. Por onde ele passa, as pessoas dão passagem.

Agora a culpa dele está voltada para mim, assim como seu olhar opaco e escurecido pelo ódio. É hora de eu mostrar a ele que não sou mais a menina de antes.

Se ele forçar a barra, eu empurrarei mais forte.

Onde eu me curvar, ele quebrará.

Desde que ele não encontre minha fraqueza, eu conseguirei sobreviver a isso. Ainda que minha fraqueza tenha se tornado diabólico.

Compre o seu em thegiftboxbr.com:

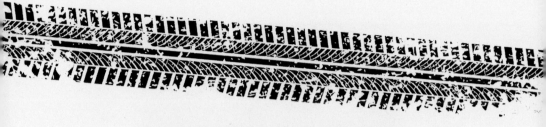

AGRADECIMENTOS

Um grandessíssimo obrigada a vocês, leitores, por comprarem/pegarem emprestado e lerem o nosso livro.

Precisamos fazer uma menção especial à nossa melhor leitora-beta da vida/amiga/puro ouro/melhor pessoa do mundo, *Kerry Fletcher*. Muito poucas pessoas te dirão que um livro está uma merda. Mas ela vai, e nós a amamos por isso.

Superobrigada a *Corina Ciobanu* por amar *Nenhum príncipe* e por ser leitora-beta de *Nenhum Romeu* para a gente. Garota, a gente te ama.

Um superobrigada à nossa editora, *Stephie Walls*, você deixa tudo tinindo, e à nossa revisora, *Autumn Jones*.

E enviamos muito amor à nossa capista, *Lori Jackson*.

E, é claro, somos muito gratas à galera dos blogs, do bookstagram, do booktoker, e tudo o mais, que demonstram tanta paixão pelos livros e berram sobre eles. Vocês são os heróis não aclamados do mundo dos livros.

A The Gift Box é uma editora brasileira, com publicações de autores nacionais e estrangeiros, que surgiu no mercado em janeiro de 2018. Nossos livros estão sempre entre os mais vendidos da Amazon e já receberam diversos destaques em blogs literários e na própria Amazon.

Somos uma empresa jovem, cheia de energia e paixão pela literatura de romance e queremos incentivar cada vez mais a leitura e o crescimento de nossos autores e parceiros.

Acompanhe a The Gift Box nas redes sociais para ficar por dentro de todas as novidades.

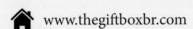 www.thegiftboxbr.com

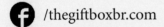 /thegiftboxbr.com

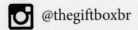 @thegiftboxbr

 @GiftBoxEditora

Impressão e acabamento